Zu diesem Buch

Mit «Die Gauneroper», «Das Berghotel», «Erschwerte Möglichkeit der Konzentration» und «Der Fehler» liegt das zwölf Theaterstücke umfassende dramatische Gesamtwerk Václav Havels in rororo-Taschenbuchausgaben vor; längst vor der Wahl des Autors zum tschechoslowakischen Staatspräsidenten hatte es internationale Beachtung gefunden. In etwa 400 Bühneninszenierungen und Rundfunksendungen haben seine Komödien und Schauspiele Zuschauer und Zuhörer in vielen Ländern unterhalten und zum Nachdenken angeregt.

«Die Gauneroper» basiert – wie auch Brechts «Dreigroschenoper» – auf John Gays Posse «The Beggars Opera». Sie ist, in einer Mischung aus Satire und Sentimentalität, die aktuelle Darstellung des Kampfs einiger Mächtiger um ihre Macht: Macheath und Peachum sind zwei vom Polizeiapparat dirigierte Gangsterbosse, verstrickt in den Teufelskreis von Filz und Korruption.

«Das Berghotel» ist das formal mutigste Schauspiel Havels. Es variiert das schon für die frühen Stücke «Das Gartenfest» und «Die Benachrichtigung» wichtige Thema der Identifikationssuche des modernen Menschen. «Havel zeigt den Persönlichkeitszerfall als Sprachzerfall: die banalen Konversationssätze jedes einzelnen werden Allgemeingut – sinnentleerte Gesprächspartikel, jeder für automatisches Geplapper verfügbar. Gültiger hat die organisierte Identitätsvernichtung in Ost und West in letzter Zeit keiner formuliert.» («Deutsches Allgemeines Sonntagsblatt»)

«Erschwerte Möglichkeit der Konzentration» zeigt in einer a-logisch ablaufenden Szenen-Collage den Alltag eines europäischen Intellektuellen und behandelt das «Schlüsselthema» der Entpersönlichung des Menschen. «Havel verquirlt schwarzen Humor und Absurdität zu einem Wirbelwind von Ulk und tieferer Bedeutung.» («Der Spiegel»)

«Der Fehler», ein Einakter, spielt auf einem Schauplatz, der seinem Verfasser aus eigenem bitterem Erleben vertraut ist: in einer Gefängniszelle. Die Ankunft eines «Neuen» führt zu Komplikationen, die Handlung läuft auf eine groteske Schlußpointe hinaus. Die Verfilmung dieses Kurzdramas erhielt 1987 den Bundesfilmpreis in der Kategorie Kurzfilm.

Václav Havel wurde am 5. Oktober 1936 in Prag geboren. Wegen seiner bürgerlichen Herkunft durfte er zunächst weder das Abitur machen noch an einer Universität oder der Filmhochschule studieren. Nach zweijährigem Militärdienst wurde er im Prager «Theater am Geländer» Kulissenschieber, Beleuchter, Sekretär, Lektor und ab 1960 Dramaturg. An dieser Bühne wurden seine ersten Dramen uraufgeführt.

1968, nach dem Ende des sogenannten Prager Frühlings, wurde Havel in der ČSSR mit einem Publikations- und Aufführungsverbot belegt. Er war Mitbegründer und langjähriger Sprecher der «Charta 77», wurde mehrfach verhaftet, vor Gericht gestellt und wiederholt zu Gefängnisstrafen verurteilt. 1979 erhielt er viereinhalb Jahre Haft, wurde jedoch wegen einer schweren Erkrankung 1983 einige Monate vor Ablauf der Haftzeit entlassen. Eine neue Verurteilung am 21. Februar 1989 zu neun Monaten Gefängnis unter verschärften Bedingungen löste weltweite Proteste – auch in Ländern des Ostblocks – aus.

Am 29. Dezember 1989 wurde Havel einstimmig zum Präsidenten der tschechoslowakischen Republik gewählt.

In der Reihe der rororo-Taschenbücher liegen ferner vor: «Largo Desolato» (1985, Nr. 5666), «Das Gartenfest/Die Benachrichtigung» (1989, Nr. 12736), «Briefe an Olga» (1989, rororo aktuell-Essay Nr. 12732), «Versuch, in der Wahrheit zu leben» (1989, rororo aktuell-Essay Nr. 12622), die «Vanek-Trilogie: Audienz/Vernissage/Protest und Versuchung, Sanierung» (1989, Nr. 12737), «Fernverhör» (1987, Nr. 28820) und «Am Anfang war das Wort» (1990, Nr. 12838).

Václav Havel

Die Gauneroper

❖

Das Berghotel

❖

Erschwerte Möglichkeit der Konzentration

❖

Der Fehler

Theaterstücke

Mit einem Nachwort von
Milan Kundera

rororo
Rowohlt

Deutsch von Franz Peter Künzel

Deutsch von Gabriel Laub

Deutsch von Franz Peter Künzel

Deutsch von Joachim Bruss

Originalausgabe
Veröffentlicht im Rowohlt Taschenbuch Verlag GmbH,
Reinbek bei Hamburg, November 1990

Umschlaggestaltung Walter Hellmann
Satz Sabon (Linotronic 500)
Gesamtherstellung Clausen & Bosse, Leck
Printed in Germany
1280-ISBN 3 499 12880 2

Inhalt

Die Gauneroper

❖

Schauspiel
(nach John Gays «Beggar's Opera»)

Personen

MACHEATH – *Chef einer Organisation von Dieben*
WILLIAM PEACHUM – *Chef einer anderen Organisation von Dieben*
ELIZABETH PEACHUM – *seine Frau*
POLLY – *beider Tochter und Frau von Macheath*
BILL LOCKIT – *Polizeikommandant*
MARY LOCKIT – *seine Frau*
LUCY – *beider Tochter und Frau von Macheath*
HARRY FILCH – *Unabhängiger Taschendieb*
DIANA – *Besitzerin eines «Damensalons»*
JENNY, BETTY, VICKI, INGRID – *ihre Angestellten*
JIM, JACK – *Mitglieder von Macheaths Organisation*
HAROLD
JOHN – *Gefängniswärter*
SERGEANT
BETRUNKENER
SCHANKWIRT
DREI BÜTTEL
STIMME

Inhalt

Die Handlung spielt in der zweiten Hälfte des 18. Jahrhunderts in London.

Erstes Bild

Auf der Bühne Peachums Wohnung. Ein geräumiges Zimmer, eingerichtet mit mittelständischer Solidität. Hinten Türen in die rückwärtigen Räume, rechts der Haupteingang. Im Hintergrund eine Art Kochnische, die aus einem großen Herd, verschiedenen Töpfen, hölzernen Kübeln u. ä. besteht. In der Mitte des Raums steht ein großer Tisch mit einigen Stühlen. Bei Hochgehen des Vorhangs befinden sich Peachum und Frau Peachum auf der Bühne. Peachum trägt einen Morgenrock, sitzt am Tisch und notiert etwas in ein voluminöses Rechnungsbuch; Frau Peachum, mit Schürze, bewegt sich um den Herd und kocht das Mittagessen. Nach längerem Schweigen:

FRAU PEACHUM: Du, Willy –

PEACHUM *ohne aufzusehen*: Was ist?

FRAU PEACHUM: Meinst du, es war ein guter Einfall?

PEACHUM: Was?

FRAU PEACHUM: Na, das mit Polly und Macheath –

PEACHUM: Warum?

FRAU PEACHUM: Ich hab das Gefühl, Polly geht mit ihm –

PEACHUM: Na und? Gerade darum ging es mir doch! *Ruft nach hinten*: Polly!

Durch eine Hintertür tritt Polly ein.

POLLY: Ja, Papa?

PEACHUM: Stimmt es, daß du mit dem Macheath gehst?

POLLY: Ich richte mich nach deinen Weisungen, Papa: ich habe mich von ihm einige Male zum Abendessen einladen lassen und habe seinen Schmeicheleien Gehör geschenkt, wie du es befohlen hattest –

PEACHUM: Es stimmt also? Ausgezeichnet, Polly! Nur weiter so!

POLLY: Ich tue mein Bestes, Papa – *Polly geht durch die Hintertür ab.*

Jemand klopft an die rechte Tür.

Peachum schlägt rasch das Buch zu und steckt es in die Schublade.

PEACHUM *ruft*: Herein!

Durch die rechte Tür tritt Filch.

FILCH: Herr Peachum?

PEACHUM: Sie wünschen?

FILCH: Ich bin Filch, Harry Filch.

PEACHUM: Das sagt mir nichts –

FILCH: Ich weiß. *Sieht sich im Raum um.* Kann ich hier reden?

PEACHUM: Warum sollten Sie nicht?

FILCH: Ich bin unabhängiger Taschendieb –

PEACHUM: Na und?

FILCH: Wir leben in einer Zeit der Umwälzungen, zumindest was unsere Branche anbelangt –

PEACHUM: Was wollen Sie damit sagen?

FILCH: Kooperation, Integration – die großen Organisationen haben sich die Stadt aufgeteilt – das kleine Unternehmertum verliert an Boden.

PEACHUM: Sie haben doch die ganze Carnaby Street!

FILCH: Ach, Herr Peachum, dort sind abends schon mehr Diebe als Fußgänger! Auf freiem Fuß könnten Sie sich heutzutage nicht mehr halten, auch wenn Sie goldene Hände hätten!

PEACHUM: Das ist nun mal der Trend der Zeit – auch in der Produktion setzt sich die Arbeitsteilung durch, in der Manufaktur und so –, ich werde Ihretwegen doch nicht die Geschichte anhalten!

FILCH: Ich hätte einen bescheideneren Wunsch, Herr Peachum –

PEACHUM: Der wäre?

FILCH: Würden Sie mich nicht aufnehmen?

FRAU PEACHUM: Wir kennen Sie ja gar nicht!

FILCH: Herr Peachum! Haben Sie ein Einsehen! Wenn Sie mich

im Stich lassen, muß ich eine Stelle in einer Druckerei annehmen!

PEACHUM: Seien Sie mir nicht böse, aber ich habe alle Planstellen besetzt –

FRAU PEACHUM: Warum gehn Sie nicht zu Macheath?

FILCH: Dann lieber in die Druckerei, als zu dem.

PEACHUM: Was haben Sie gegen Macheaths Organisation?

FILCH: Die Methoden von denen gefallen mir nicht –

FRAU PEACHUM: Sagen Sie das nicht bloß, um sich bei uns einzuschmeicheln?

FILCH: Nein, ich schwöre es!

PEACHUM: Gut. Aber Sie müssen sich einer Aufnahmeprüfung unterziehen –

FILCH: Gern, Herr Peachum! Sie sind sehr gut zu mir! Was soll ich tun?

PEACHUM: Wenn Sie mir bis morgen die Taschenuhr des Herzogs von Gloucester herschaffen, dann will ich mir die Sache überlegen. Aber glauben Sie nicht, daß Sie mich anschmieren können: ich kenne die Uhr – Und sollte man Sie zufällig erwischen, haue ich Sie natürlich nicht heraus!

Filch macht einen Satz zu Peachum und küßt ihm dankbar die Hand.

FILCH: Ich danke Ihnen, Herr Peachum, ich danke Ihnen tausendmal! *Filch eilt erfreut durch die rechte Tür hinaus.*

Peachum zieht sein Buch wieder aus der Schublade und fährt fort, seine Eintragungen zu machen.

Kurzes Schweigen.

FRAU PEACHUM: Du, Willy –

PEACHUM *ohne aufzusehen*: Was ist?

FRAU PEACHUM: Ich hab Angst –

PEACHUM: Warum?

FRAU PEACHUM: Daß uns das ja nicht aus der Hand gleitet –

PEACHUM: Was?

FRAU PEACHUM: Na, das mit Polly und Macheath –

PEACHUM: Ich begreife nicht, warum uns das aus der Hand gleiten sollte!

FRAU PEACHUM: Ich habe das Gefühl, Polly schläft mit ihm –

PEACHUM: Na und? Gerade darum ging es mir doch. *Ruft nach hinten*: Polly!

Durch eine Hintertür tritt Polly ein.

POLLY: Ja, Papa?

PEACHUM: Stimmt es, daß du mit dem Käpten schläfst?

POLLY: Ich dachte, daß du es dir so gedacht hast –

PEACHUM: Es stimmt also? Ausgezeichnet, Polly! Nur weiter so!

POLLY: Ich tue mein Bestes, Papa – *Polly geht durch die Hintertür ab.*

Jemand klopft an die rechte Tür. Peachum schlägt rasch das Buch zu und steckt es in die Schublade.

PEACHUM *ruft*: Herein!

Durch die rechte Tür tritt Diana.

DIANA: Mahlzeit.

FRAU PEACHUM: Höchste Zeit, daß du dich mal wieder blicken läßt, Mädchen!

PEACHUM: Wie geht es denn so, Frau Diana? Wie gehen die Geschäfte?

DIANA *nimmt Platz*: Bestens, Herr Peachum! Stellen Sie sich vor, meinen Salon hat der Adel entdeckt! Ich hab vor einiger Zeit ein paar Neuheiten engagiert, durchwegs so zwischen sechzehn und zwanzig, das hat sich irgendwie herumgesprochen, und jetzt gibt einer dem andern die Klinke in die Hand. Natürlich hab ich sofort die Taxen erhöht –

PEACHUM: Da muß man Ihnen wohl gratulieren!

DIANA: Übrigens möchte ich gleich sagen, daß ich auch wegen der neuen Situation zu Ihnen komme: die veränderte soziale Struktur meiner Kundschaft stellt auch, wie Sie sicher begreifen werden, erhöhte Ansprüche an die Ausstattung meines Salons –

PEACHUM: Was würden Sie konkret brauchen?

DIANA: Eine silberne Besteckgarnitur, einige Leuchter und ungefähr zehn Meter Brokat für neue Vorhänge –

PEACHUM: Sie haben Glück, Brokat kann ich momentan in jeder Menge liefern –

DIANA: Danke, Herr Peachum! Ich wußte, daß Sie mich nicht in der Patsche sitzen lassen!

Schweigen.

FRAU PEACHUM: Du sagst, dein Unternehmen ist voller Adliger?

DIANA: Ob du es glaubst oder nicht: zwei Herzöge, einige Lords, eine Menge Viscounts –

PEACHUM: Ich wußte gar nicht, daß die Moral der höheren Schichten so abgesunken ist – Sie haben riesiges Glück!

DIANA: Die Moral ist immer die gleiche, nur tut man heutzutage öffentlich, was man früher heimlich tat! Mätressen und Liebesaffären sind zu einem unerläßlichen Bestandteil im Leben der Herren aus höheren Klassen geworden, sie gehören zu ihren Titeln wie Kutschen und Schmuck –

PEACHUM: Wie erklären Sie sich diesen Trend?

DIANA: Nun ja, die Zeiten ändern sich, Herr Peachum, wir leben in der zweiten Hälfte des 18. Jahrhunderts, da läßt sich nichts machen! Früher errangen die Herren beim gemeinen Volk Popularität und Achtung durch wackere Taten auf den Schlachtfeldern, heute tun sie es in Schlafzimmern und Damensalons! Kein Wunder: letzteres ist viel angenehmer –

PEACHUM: Sie meinen, daß die es wegen ihrer Popularität tun?

DIANA: Selbstverständlich! Wenn der kleine Mann von der Straße sieht, daß so ein Herzog in Wirklichkeit ein Mensch ist wie er selber – aus Fleisch und Blut, mit Lastern, Leidenschaften und Sorgen –, bemächtigt sich seiner zwangsläufig das Gefühl einer gewissen Verwandtschaft, und gleich mag er ihn lieber! Etwas wie eine unterbewußte Identifikation, begreifen Sie? Es überrascht mich übrigens, daß gerade Sie – so ein guter

Psychologe – das noch nicht bemerkt und nicht Ihre Folgerungen daraus gezogen haben –

PEACHUM: Ich? Ich bitte Sie –

DIANA: Warum nicht? In der Unterwelt zählen diese Dinge genauso wie anderswo! Bestimmte Schritte in dieser Richtung werden von einem Mann in Ihrer Stellung geradezu erwartet!

PEACHUM: Meinen Sie?

DIANA: Schauen Sie sich meinetwegen so jemanden wie Käpten Macheath an! Warum, meinen Sie, macht er eine derart schwindelerregende Karriere und warum gewinnt seine Organisation derart rasch an Bedeutung? Weil er sich durch seine Skandale mit Frauen allgemeine Achtung zu sichern weiß!

PEACHUM: Nur bin ich nicht Macheath, Frau Diana! Sex hat in meinem Leben nie eine entscheidende Rolle gespielt – ich bin eher, wie soll ich sagen, ein intellektueller Typ, obendrein mit deutlicher monogamer Veranlagung –

DIANA: Allerdings, Ihre puritanische Solidität ist Thema einiger erfolgreicher Witze, die über Sie in London kursieren!

FRAU PEACHUM: Diana hat recht, Willy. Diesen Aspekt haben wir bisher übersehen. Wer weiß, vielleicht haben wir wirklich einen Fehler gemacht! Hast du nicht auch das Gefühl, daß du all diesen giftigen Reden endlich mal ein Ende setzen solltest?

PEACHUM: Dazu ist es zu spät, meine Teure!

DIANA: Zu gewissen Dingen ist es nie zu spät, Herr Peachum! Übrigens, Sie sind in den besten Jahren, und würden Sie nicht dauernd in diesem vergammelten Morgenrock herumlaufen, könnten Sie ganz flott aussehen!

FRAU PEACHUM: Da, siehst du!

PEACHUM: Seid vernünftig: in der Rolle des Verführers würde ich ja lächerlich wirken!

DIANA: Ein erfolgreicher Verführer wirkt nie lächerlich!

PEACHUM: Und woher wissen Sie, daß ich erfolgreich wäre?

DIANA: Dafür würde ich, wenn Sie erlauben, selbst sorgen.

FRAU PEACHUM: Vergiß nicht, Willy, daß Diana in diesen Dingen ein Fachmann ist!

DIANA: Schließlich habe ich darin schon ein paar Jährchen Erfahrung, nicht wahr? Wenn Sie wollen, suche ich Ihnen das passende Mädchen aus, gebe ihr unbezahlten Urlaub, erkläre ihr die Sache geschickt – und Sie werden sehen, alles andere geht von allein!

PEACHUM: Hören Sie, ließe es sich mit ihr nicht so vereinbaren, daß sie einfach gewissermaßen vortäuschte, daß –

DIANA: Nein, das wäre nicht gut, Herr Peachum, das wäre gar nicht gut! Die Leute, vor allem die Frauen, haben eine Nase für so was, man würde dahinterkommen, und es gäb nur eine überflüssige Blamage –

FRAU PEACHUM: Du schlaffst deswegen schon nicht ab, Willy –

PEACHUM: Na, wenn du meinst –

DIANA: Wir sind uns also einig? Wundervoll! Gleich morgen schick ich Ihnen das Mädchen zur Begutachtung! Ach, du meine Zeit, ich muß gehen, die Arbeit ruft! Es hat mich gefreut, daß ich euch beide angetroffen hab und daß wir so nett plaudern konnten! Sie vergessen doch den Brokat nicht, Herr Peachum?

FRAU PEACHUM: Kannst dich drauf verlassen, Täubchen, ich paß schon auf!

DIANA: Dank dir, Herzchen! Tschüs! Auf Wiedersehn, Herr Peachum, ich halte Ihnen den Daumen!

PEACHUM: Auf Wiedersehn –

Diana entfernt sich durch die rechte Tür. Peachum zieht sein Buch wieder aus der Schublade und fährt fort, seine Eintragungen zu machen. Kurzes Schweigen.

FRAU PEACHUM: Du, Willy –

PEACHUM *ohne aufzusehen*: Was ist?

FRAU PEACHUM: Du glaubst ihr?

PEACHUM: Diana?

FRAU PEACHUM: Nein, Polly –

PEACHUM: Natürlich. Warum?

FRAU PEACHUM: Vergiß nicht, daß Macheath ein Mädchenspezialist ist!

PEACHUM: Polly fällt auf seine Tricks nicht rein!

FRAU PEACHUM: Wenn sie bloß nicht schon reingefallen ist!

Vorhang fällt.

Ende des ersten Bildes

Zweites Bild

Auf der Bühne eine Kneipe, in der Diebe verkehren. Nur drei Tische mit Stühlen; im Hintergrund eine Theke, Weinfässer und die Tür in die Küche; rechts drei Treppenstufen und die Tür auf die Gasse. Beim Hochgehen des Vorhangs sitzen an einem Tisch Macheath, Jim und Jack; am zweiten Tisch schläft ein Betrunkener, der während des ganzen Bildes nicht erwacht. Aus der Küche taucht hin und wieder gemächlich der Schankwirt auf, hält kurz Umschau, schenkt den Gästen Wein nach und verschwindet wieder hinterm Türvorhang. Macheath und seine Gefährten unterhalten sich lebhaft.

JIM: Wissen Sie, Chef, was mir an Ihnen am besten gefällt?

MACHEATH: Was denn, Freundchen?

JIM: Daß Sie bei aller Mühe und Verantwortung, die die erfolgreiche Leitung unserer Organisation für Sie bedeutet, es noch fertigbringen, ein wirklich volles Menschenleben zu führen!

MACHEATH: Das gehört doch zusammen! Unsere Arbeit ist deshalb erfolgreich, weil ich sie mit der Dynamik der neuen Zeit und mit dem Mut zu großzügigen und unkonventionellen Aktionen erfüllt habe – brächte denn ein Mensch ohne Vitalität, Phantasie und Höhenflug so etwas zustande, irgend so eine Dörrpflaume wie der Peachum?

JIM: Sogar für die Weiber finden Sie Zeit!

MACHEATH: Ich muß sie finden, weil ich auf Weiber stehe. Ich würde sogar sagen, daß ich so etwas wie ein Weiberheld bin.

JIM: Wir sind auch Weiberhelden! Nicht wahr, Jack?

JACK: Na klar –

JIM: Wenn natürlich auch nicht so erfolgreiche wie Sie –

JACK: Mit Ihnen kommen wir nicht mit –

MACHEATH: Ich leugne nicht, daß ich als Weiberheld wirklich erfolgreich bin. Von zehn Mädchen, auf die ich Lust kriege,

kriege ich gewöhnlich neun früher oder später in eines meiner Betten. Dabei kriege ich viele von denen, die ich nicht kriege, nur deshalb nicht, weil ich nicht mehr Zeit auf ihre Verführung verwenden kann.

JIM: Ihre Erfolge, Chef, sind leider unwiederholbar –

MACHEATH: Weshalb meinst du, Freundchen?

JIM: Ihr Ruf als bedeutender Diebsbrigadeführer, bekannter Abenteurer, Verführer und Lebemann muß Ihnen den Zutritt zu Frauen doch ungemein erleichtern! Nicht zu reden von Ihren übrigen Voraussetzungen, wie es zum Beispiel Ihr Charme und Ihre unzweifelhafte physische Schönheit sind –

MACHEATH: Na ja, mein Ruf und mein im ganzen passables Aussehen erleichtern mir das Vorgehen wirklich sehr –

JIM: Sehen Sie bloß mich an – wie soll ich bei meinem Aussehen Chancen haben?

JACK: Und ich erst? Mit meiner Fresse erwisch ich nicht mal eine alte Vettel.

JIM: Tu nicht so! Ich bin viel häßlicher –

JACK: Blödsinn!

MACHEATH: Ich denke, Jungs, ihr unterschätzt eure Möglichkeiten unnötigerweise. Einerseits seid ihr nicht so übel, andererseits sind diese Dinge nicht das Wichtigste! Wie hat einer meiner Bekannten gesagt, ein Krüppel, als man ihn nicht in die Bande nehmen wollte, in der ich begonnen habe: Schönheit ist nicht alles!

JIM: Was ist dann für so einen Ranschmeißer am wichtigsten, Chef?

MACHEATH: Am wichtigsten ist die besondere Mischung aus Frechheit, Fleiß, Humor und fixem Mundwerk, durch die sich fast alle auszeichnen, von denen es heißt, daß sie es mit den Frauen können. Man muß einfach Mut, Phantasie und Ausdruckskraft besitzen –

JIM: Nach Ihrer Meinung sind also nicht mal wir bei den Weibern von vornherein ohne Chancen?

MACHEATH: Keineswegs! Überhaupt, wenn ihr überzeugt seid, häßlich zu sein, könnt ihr eure Strategie und Taktik in der Liebe auf einem vorgetäuschten Minderwertigkeitskomplex aufbauen: Frauen helfen einem nämlich wahnsinnig gern oder wollen jemanden retten – und je besser es ihnen gelingt, desto mehr lieben sie den betreffenden Mann, sie lieben durch ihn ihre eigene Großartigkeit, für die ihnen der Gerettete lebendiger Beweis ist.

JIM: Sie glauben also, daß man auch aus unserer Häßlichkeit Kapital schlagen könnte?

MACHEATH: Zweifelsohne! Und was für eins!

JIM: Das ist aber gut, Jack, was?

JACK: Man müßte es erst mal ausprobieren –

JIM: Wenn wir schon bei Ihrer Mädchenjägerei sind, Käpten, könnte ich Sie da etwas Praktisches fragen?

MACHEATH: Nur zu, Freundchen!

JIM: Was schätzen Sie höher ein: die Verführung anständiger Mädchen oder Beziehungen mit bewährten Kurtisanen?

MACHEATH: Je nachdem, lieber Freund, je nachdem –

JIM: Könnten Sie uns das näher erklären?

MACHEATH: Gut, dann schaut mal her: Die Verführung anständiger Mädchen hat beträchtliche Vorteile, beginnend mit dem aufregenden Gefühl der Unsicherheit über das Endergebnis und endend mit der Tatsache, daß alles kostenlos war. Die Nachteile freilich sind andererseits: Die Verführung nimmt oft viel Zeit in Anspruch, ohne daß das Ergebnis im vorhinein sicher wäre; Mädchen ohne erotische Erfahrung befriedigen euch selten; und es droht jedesmal von neuem die Gefahr, daß euer Gequatsche eine so sehr bezaubert, daß sie sich in euch verliebt und sich euch an die Fersen heftet. Mit lockeren Vögeln dagegen ist man sich schnell einig, denen verwehrt keine Scham, euren Gelüsten entgegenzukommen, und sie machen euch nach der Sache als solcher das Leben nicht mit Gefühlen und Ansprüchen schwer –

JIM: Obschon Fälle vorgekommen sind, in denen auch lockere Vögel –

MACHEATH: Ja, ja, doch das sind Ausnahmen, en gros gibt es das nicht –

JIM: Und was ist der Nachteil bei diesem Weg?

MACHEATH: Vor allem, daß ein Mann gefühlsmäßig schnell abstumpft, wenn er in seinem Liebesleben bloß auf lockere Vögel angewiesen ist –

JIM: Es ist, scheint's, am besten, beide Möglichkeiten zu kombinieren –

MACHEATH: Genau dieses. Wobei man die Sache von Zeit zu Zeit noch durch eine dritte Möglichkeit unterhaltsamer gestalten kann, nämlich durch Beziehungen zu verheirateten Frauen –

JIM *zu Jack*: Siehst du, das hab ich immer gesagt! Aber du: Ins Bordell, ins Bordell!

JACK: Irgendwo muß man anfangen –

JIM: Ist es Ihnen nicht unangenehm, Chef, daß wir mit unseren Fragen so tief in Ihre Intimsphäre eindringen?

MACHEATH: Im Gegenteil! Ich plaudere im Kreis guter Freunde immer gern über Weiber!

JIM: Für uns ist es über die Maßen wertvoll, unsere Erfahrungen mit den Ihren zu konfrontieren – nicht wahr, Jack?

JACK: Na klar –

MACHEATH: Also fragt ruhig –

JIM: Eine Sache würde mich noch interessieren: Bis jetzt haben wir darüber gesprochen, wie man die Weiber am besten gewinnt. Nicht weniger wichtig scheint mir, wie man sie nachher wieder los wird –

MACHEATH: Du meinst die Kletten?

JIM: Ja. Was machen Sie mit denen?

MACHEATH: Es gibt nur zwei Möglichkeiten: entweder sich einer solchen Person gegenüber derart gemein zu verhalten, daß es ihr der Rest ihres Stolzes verwehrt, sich weiterhin für unsereinen zu interessieren, oder – und das ist die zweite Möglichkeit – sie einfach zu heiraten.

JACK: Zu heiraten? Das ist gut!

JIM: Interessant, interessant. Heißt das aber nicht, daß man die weiteren Möglichkeiten als Weiberheld aufgibt?

MACHEATH: Im Gegenteil, Freundchen, im Gegenteil! Jeder richtige Weiberheld ist glücklich verheiratet, und einige – wie zum Beispiel ich – sogar mit mehreren Frauen auf einmal.

JIM: Das versteh ich nicht –

MACHEATH: Das ist doch sonnenklar: Jedes Frauenzimmer möchte, so sie nicht schon zufällig verheiratet ist, dringend heiraten, und sie betrachtet euch, sobald ihr nur ein bißchen mehr um sie herumscharwenzelt, als potentiellen Bräutigam. Wie ließen sich solche Ansprüche besser neutralisieren, ohne daß ihr zu verschiedenen fraglichen Ausflüchten greifen müßtet, als durch den Hinweis, daß ihr leider schon verheiratet seid? Eure Geliebte wird – eben dank ihrer hohen Wertschätzung des Ehestands – einen bestimmten sentimentalen Respekt vorm Glück ihrer glücklicheren Kollegin empfinden und großzügig von der Absicht ablassen, die andere um ihr Glück zu bringen. Voraussetzung hierfür ist freilich, daß ihr sie durch die verschwörerische Versicherung entschädigt, eure Frau könne sich mit ihr bei weitem nicht messen und eure Flucht zu ihr hänge ureigentlich damit zusammen. Kurz, wenn etwas dem Mädchenjäger einen relativen Freiraum für die mädchenjägerische Aktivität sichern kann, dann einzig und allein eine glückliche Ehe. Eure Rücksichtnahme gegenüber dem Eheglück eurer Angetrauten wird nämlich in der Frauenwelt, die voller Illusionen ist, meist als Ausdruck eurer Rücksichtnahme gegenüber dem weiblichen Geschlecht im ganzen begriffen – und somit indirekt auch gegenüber jenen, denen wegen des schicksalhaften Zufalls, euch nicht früher begegnet zu sein, das Eheglück an eurer Seite verwehrt bleibt.

JIM: Jack –

JACK: Hmm –

JIM: Das ist was?

JACK: Glänzend ausgedacht!

JIM: Wahrlich! *Zu Macheath:* Ich hatte keine Ahnung, Käpten, daß Sie verheiratet sind.

MACHEATH: In einem Fall bin ich sogar frischgebackener Ehemann!

Vorhang fällt.

Ende des zweiten Bildes

Drittes Bild

Auf der Bühne wieder Peachums Wohnung. Alles wie im ersten Bild. Bei Hochgehen des Vorhangs befinden sich Peachum und Frau Peachum hier. Frau Peachum deckt den Tisch für drei Personen. Peachum schiebt sein Rechnungsbuch beiseite, sieht Frau Peachum forschend an und sagt dann:

PEACHUM: Du, Liz –

FRAU PEACHUM *tischdeckend*: Hmm –

PEACHUM: Was wolltest du mit dieser Bemerkung über Polly sagen – sie sei vielleicht schon reingefallen?

FRAU PEACHUM: Ich weiß nicht, warum, Willy, aber ich habe den unbestimmten Verdacht, daß die zwei heimlich geheiratet haben –

Frau Peachum geht zum Herd zurück; Peachum macht einen Freudensprung.

PEACHUM *ruft*: Was? Nein! Das wäre fabelhaft! *Ruft nach hinten:* Polly! Polly!

Durch eine Hintertür tritt Polly ein.

POLLY: Ja, Papa?

PEACHUM: Stimmt es, daß du Macheath heimlich geheiratet hast?

POLLY: Du hast gesagt, daß es vom Standpunkt deines Unternehmens die beste Lösung überhaupt wäre –

PEACHUM: Es stimmt also? Du bist ein Mordskerl, Polly! Du machst mir Freude, und ich beglückwünsche dich aufrichtig! Dir ist ein Meisterstück gelungen. Warum hast du es nicht gleich gesagt?

POLLY: Entschuldige, Papa, aber es ging alles so schnell –

PEACHUM: Du hast recht, es ist tatsächlich schneller gegangen, als selbst ich kalkulierte. Um so wichtiger ist es, liebe Polly, daß dir nun, wo du Macheaths Frau bist, eine entscheidende Sache klar bewußt wird: Macheath ist nicht nur ein intelligenter Gefährte, unbestreitbar ein Charmeur und eine populäre Figur schlechthin, sondern er hat auch ein zweites, ein gefährlicheres Gesicht –

Frau Peachum hat inzwischen die Suppe ausgeteilt; die drei setzen sich zu Tisch; Peachum steckt eine Serviette in den Kragen; man beginnt zu essen.

POLLY: Ihr seid Konkurrenten, wie?

PEACHUM: Wir könnten es sein, Polly, ja. Wenn er nur nicht systematisch alle grundlegenden Normen der Koexistenz der Londoner Organisationen verletzten würde, die ich so mühsam eingeführt habe!

POLLY: Mackie hat eben andere Methoden –

PEACHUM: Danke für solche Methoden!

POLLY: Was hat er dir wirklich getan?

PEACHUM: Liebe Polly! Ein ganzer Tag würde nicht ausreichen, dir das alles zu erzählen! Immer wieder bringt er mich um meine unternehmerischen Möglichkeiten und Absatzgebiete, er hat keine Hemmungen, sich unverhüllt auf meine Kosten zu bereichern, er vertreibt systematisch meine Leute und wirbt mir die besten ab! Sein Ziel ist es, mein Unternehmen auszuhöhlen und allmählich zu liquidieren. Ist das nichts?

POLLY: Ich kann nicht glauben, daß Mackie so ist! Unterstellst du ihm nicht mehr böse Absichten, als er tatsächlich hat?

PEACHUM: Tausendmal hab ich das erkennen müssen, auf Schritt und Tritt kann ich mich davon überzeugen! Er ist ein Wüstling und ein charakterloser Zyniker! Was meinst du wohl, warum er dich geheiratet hat? Weil er hofft, auf diese Weise mein Unternehmen unter Kontrolle zu bekommen, es sich unter den Nagel zu reißen! Das ist kalte Berechnung von ihm! Bloß hat diesmal die Sense den Stein getroffen!

POLLY: Mackie hat mich aus Liebe geheiratet, Papa!

PEACHUM: Du wirst ihm doch nicht glauben, Polly!

POLLY: Und überhaupt – wenn du eine solche Meinung von ihm hast, dann begreife ich ehrlich nicht, warum du wolltest, daß ich ihn kennenlerne und mich ihm nähere!

PEACHUM: Weil das der einzige Weg ist, mein Unternehmen zu retten!

POLLY: Meine Aufgabe ist es also, euch zu versöhnen?

PEACHUM: Im Gegenteil, teure Polly, im Gegenteil! Ich rechne damit, daß du als der Mensch, der ihm jetzt am nächsten steht, mich laufend über die Verhältnisse in seiner Organisation unterrichtest, über seine Aktionen und Pläne – selbstverständlich so, daß er es nicht merkt. Dadurch wirst du es mir ermöglichen, seine Organisation endlich zu liquidieren, seinen mir ohnehin rechtmäßig zustehenden Besitz an mich zu bringen und gleichzeitig ausreichend Beweise über seine Tätigkeit zu sammeln, so daß ich ihn anzeigen und zu lebenslänglicher Deportation verurteilen lassen kann.

POLLY *steht erregt auf*: Papa! Ich werde doch nicht meinen Mann verraten!

PEACHUM: Willst du deinen Vater verraten?

POLLY: Das auch nicht –

PEACHUM: Was willst du dann?

POLLY: Ich will eine glückliche Ehe führen, Kinder haben, sie erziehen, den Haushalt besorgen –

Peachum schmettert den Teller auf den Boden, springt auf und beginnt erregt durch den Raum zu laufen.

PEACHUM: Eine glückliche Ehe führen! Mit dem größten Schürzenjäger Londons! Dem Todfeind des eigenen Vaters den Haushalt besorgen! Und mit ihm am Ende noch Kinder haben! Das ist aber gelungen! Du bist wohl verrückt geworden?

FRAU PEACHUM *streng zu Peachum*: Halt, Willy! *An Polly gewandt, deren Hand sie ergreift und der sie tief in die Augen schaut:* Polly –

POLLY: Ja, Mama?

FRAU PEACHUM: Gestehe: du hast dich in diesen Menschen verliebt?

Polly senkt den Blick. Gespanntes Schweigen.

PEACHUM *leise*: Polly – Töchterchen – sag, daß es nicht stimmt –

Polly blickt eine Weile verzweifelt zu Boden, fängt plötzlich zu weinen an, sinkt auf einen Stuhl und bedeckt das Gesicht mit den Händen. Peachum starrt sie an, dann schreit er:

Marsch, weg von meinem Tisch! Du Schlampe!

Polly geht weinend und mit hängendem Kopf durch die Hintertür ab. Schweigen. Peachum wankt zum Tisch und läßt sich wie gebrochen auf einen Stuhl fallen. Erneut Schweigen.

Verzweifelt: Das ist die größte Enttäuschung meines Lebens! Meine eigene Tochter! So eine Schande! So eine Schmach! Alles ist aus –

FRAU PEACHUM: Nur ruhig, Willy. Das ist hinzukriegen –

PEACHUM: Wie?

FRAU PEACHUM: Radikal!

Vorhang fällt.

Ende des dritten Bildes

Viertes Bild

Auf der Bühne wieder die Kneipe, in der Diebe verkehren. Alles wie im zweiten Bild. Bei Hochgehen des Vorhangs sitzen Macheath, Jim und Jack noch immer an ihrem Tisch; am zweiten Tisch schläft der Betrunkene; ab und zu taucht der Schankwirt auf. Macheath und seine Gefährten unterhalten sich lebhaft beim Wein.

JIM: Sie, Chef –

MACHEATH: Was denn, Freundchen?

JIM: Jetzt könnten wir eigentlich – mit Hilfe Ihrer Frau – die Kontrolle über Peachums gesamte Organisation erlangen!

MACHEATH: Keine solchen Reden, Jim. Polly ist ein unschuldiges Kind, ich habe sie ausschließlich deshalb geheiratet, weil sie mich erotisch reizt und weil ich bei meiner Lebensweise dringend einen bestimmten Hafen brauche, wenigstens einen geordneten Haushalt, wohin ich mich ab und zu zurückziehen kann. Ich lehne es ab, Polly in meine geschäftlichen Angelegenheiten hineinzuziehen.

JIM: Entschuldigen Sie, Chef –

Durch die Tür auf die Gasse stürzt die atemlose Polly herein. Macheath erhebt sich überrascht.

MACHEATH: Wo kommst du denn her?

POLLY: Mack! Mein Liebster – *Sie fällt ihm in die Arme.* Liebst du mich?

MACHEATH: Selbstverständlich. Was ist geschehen? Willst du dich nicht setzen?

Polly setzt sich schwer auf einen Stuhl; Macheath setzt sich ebenfalls.

Das sind meine Freunde: Jim – Jack – und das ist meine Frau Polly –

JIM: Freut mich, Frau Macheath –
JACK: Küß die Hand –
MACHEATH: Sag schon: was ist los? Du bist ganz verstört –
POLLY: Eine furchtbare Sache, Mack! Du mußt sofort fliehen –
MACHEATH: Weswegen?
POLLY: Die Meinen wollen dir eine Falle stellen, dich an den Galgen zu bringen –
MACHEATH: Woher weißt du das?
POLLY: Ich hab an der Tür gelauscht, als sie es absprachen –
MACHEATH: Recht so, daß du gehorcht hast. Was für eine Falle wollen sie mir stellen?
POLLY: Ich weiß es nicht. Ich bin losgerannt, um dich zu warnen, darum hab ich das Ende nicht gehört.
MACHEATH: Das war dumm von dir. Du hättest dir zuerst das Ganze anhören sollen –
POLLY: Ich war aber doch so aufgeregt!
MACHEATH: Und was ist ihnen auf einmal über die Leber gelaufen?
POLLY: Sie wissen alles!
MACHEATH: Was alles?
POLLY: Daß wir verheiratet sind –
MACHEATH: Das war doch Papachens Plan!
POLLY: Aber sie wissen auch, daß ich dich liebe und daß ich dich nie verraten werde –
MACHEATH: Was? Woher wissen sie das?
POLLY: Ich habe es ihnen gesagt –
MACHEATH: Scheiße! Warum hast du es ihnen gesagt, verdammt?
POLLY: Der Vater wollte, daß ich ihn über alle deine Aktionen und Pläne informiere, damit er deine Organisation zerschlagen kann, dich um den Besitz bringen und vor Gericht stellen –
MACHEATH: Das war uns doch von Anfang an klar, daß es ihm nur darum geht! Bist eine Gans, wie konntest du ihm die Wahrheit sagen!

POLLY: Ich konnte ihm doch nicht versprechen, daß ich dich verraten würde!

MACHEATH: Warum nicht? Versprechen kannst du alles, wichtig ist nur, daß du es nicht hältst!

POLLY: Er hat so häßlich über dich gesprochen! Du hast mich angeblich nur aus Berechnung geheiratet und willst ihn angeblich erledigen –

MACHEATH: Ach, du heilige Einfalt! Du hättest mit allem einverstanden sein sollen und ihm alles versprechen, damit er den Eindruck hat, daß alles so läuft, wie er es plant. Und dann hättest du ihm einfach die falschen Nachrichten überbracht, die ich dir für ihn gegeben hätte, daß er in Verwirrung gerät und schließlich selbst in die Falle geht, die er mir stellen will. Daß er Vertrauen zu dir gehabt und geglaubt hätte, daß du alles machst, wie er will – es wäre kein Problem gewesen, ihm fingierte Beweise deiner Treue zu liefern –, würde er dir sogar einiges über seine eigenen Pläne erzählt haben, und das wäre wiederum für mich riesig wertvoll gewesen. Du hast alles verpatzt! Alles!

POLLY: Sei mir nicht böse, Mack, aber ich hätte doch Papa nicht hintergehen können –

MACHEATH: Du behauptest, mich zu lieben, und könntest dabei ruhig zusehen, wie man mich vernichtet! Komische Liebe!

POLLY: Mack! Mack! Ich werde alles tun, was du willst!

MACHEATH: Jetzt ist es zu spät, Polly –

POLLY *beginnt zu weinen*: Ich mag nicht mehr leben –

MACHEATH: Hör auf mit dem Geflenne, du weißt, daß ich es nicht vertrage!

JACK: Sie sollten eine Weile in Deckung gehen, Chef –

POLLY *leise*: Darf ich mit?

MACHEATH: Das geht nicht –

POLLY: Was soll ich dann tun?

MACHEATH: Du gehst schön nach Hause, bittest Papachen um

Verzeihung und sagst, daß du mich durchschaut und erkannt hast, was für einer ich bin. Dann versprichst du ihm, daß du dich künftig nach seinen Ratschlägen und Weisungen richten wirst, weil du dich überzeugt hättest, daß er recht hat und es gut mit dir meint. Das weitere ergibt sich –

POLLY: Ich werde es versuchen, Mack – *Polly steht verlegen auf und geht zur Tür. Plötzlich bleibt sie stehen und dreht sich zu Macheath um.* Liebst du mich?

MACHEATH: Selbstverständlich –

POLLY: Und bleibst du mir auch treu?

MACHEATH: Ja, ja, das weißt du doch –

POLLY: Für ewig?

MACHEATH: Für ewig –

POLLY: Ich werde auf dich warten und immer nur an dich denken!

MACHEATH: Fein. Dann also tschüs.

Polly geht durch die Tür auf die Gasse ab.

Das hat mir grade noch gefehlt! Jungs, gehn wir! *Ruft nach hinten:* Zahlen!

Aus der Küche taucht der Schankwirt auf; Macheath wirft ihm eine Münze zu; der Schankwirt fängt sie auf und verschwindet wieder in der Küche. Macheath, Jim und Jack gehen zur Treppe vor der Gassentür, dort stoßen sie auf die eintretende Jenny. Als Jenny Macheath gewahrt, stutzt sie kurz, lächelt ihn aber sogleich an. Macheath verhält überrascht den Schritt und mustert Jenny; sie kommt die Stufen herunter und geht in den Raum. Macheath folgt ihr langsam; Jim und Jack bleiben verlegen an der Tür stehen und blicken auf Macheath.

Zu Jenny: Verzeihen Sie, Fräulein, aber kennen wir uns nicht irgendwo her?

JENNY: Sie erinnern sich meiner?

MACHEATH: Ja, gewiß. Ich weiß bloß im Moment nicht, wohin ich Sie tun soll. Arbeiten Sie nicht zufällig im Salon von Frau Diana?

JENNY: Nein –

MACHEATH: Woher kennen wir uns dann?

JENNY: Wollen Sie die Wahrheit wissen?

MACHEATH: Und ob!

JENNY: Sie haben mich vor fünf Jahren um die Unschuld gebracht –

MACHEATH: Wirklich? Und sind Sie mir sehr böse?

JIM *schüchtern*: Chef –

MACHEATH *zu Jim und Jack*: Geht voraus, Jungs! Wir treffen uns – ihr wißt schon, wo!

Jim und Jack sehen einander verlegen an, zucken mit den Schultern und gehen.

JENNY: Ich habe mich mit Ihrem Verrat abgefunden –

MACHEATH: Ich und Sie verraten?!

JENNY: Ja. Sie haben mir Liebe geschworen, aber als Sie das Ihre erreicht hatten, verließen Sie mich –

MACHEATH: Das soll ich wirklich getan haben? Ach, das tut mir aber leid.

JENNY: Es war mein Fehler: ich hätte Ihnen nicht trauen dürfen!

MACHEATH: Ich begreife dennoch nicht, wie ich das tun konnte: ein so schönes Mädchen zu verlassen! Waren Sie damals nicht häßlicher?

JENNY: Das müssen Sie selber wissen –

MACHEATH: Sie haben mich wohl geliebt?

JENNY: Sehr –

MACHEATH: Verständlich: schließlich war ich Ihr erster –

JENNY: Und letzter –

MACHEATH: Wie? Sie scherzen!

JENNY: Ich weiß, es klingt absurd, aber ich bin Ihnen bis heute treu geblieben. Nicht aus Liebe, die ist längst verflogen –

MACHEATH: Warum dann?

JENNY: Da müßte ich lange reden –

MACHEATH: Ein Trauma?

JENNY: Etwas in dieser Richtung –

MACHEATH: So daß ich Sie eigentlich um fünf Jahre Ihres Lebens gebracht habe. Ein Glück, daß wir uns wieder getroffen haben –

JENNY: Wieso?

MACHEATH: Weil es mich hoffen läßt, wenigstens teilweise wiedergutmachen zu können, was ich Ihnen antat. Wer sonst sollte Sie dem Leben zurückgeben als jener, durch dessen Schuld Sie so lange vom Leben ausgeschlossen waren? Wie heißen Sie?

JENNY: Jenny –

MACHEATH *greift sie bei der Hand und zieht sie an sich*: Jenny!

JENNY: Mack! Ich bitte dich, nein! Nein –

Macheath umarmt und küßt sie; sie wehrt sich einen Augenblick; bald jedoch schlägt ihre Abwehr in Leidenschaft um; die beiden umarmen und küssen einander wild. Plötzlich ruft Jenny:

Hilfe!!!

Sofort stürzen von draußen ein Sergeant und drei Büttel herein; aus der Küche taucht der Schankwirt auf. Macheath versucht sich aus der Umarmung zu befreien; Jenny hält ihn jedoch krampfhaft fest.

SERGEANT: Was geht hier vor?

JENNY: Er wollte mich vergewaltigen!

SERGEANT *zu Macheath*: Ich verhafte Sie im Namen Ihrer Königlichen Hoheit, Herr. Was Sie von jetzt ab sagen, kann später gegen Sie benutzt werden!

JENNY *schreit auf*: Ach –

Jenny läßt Macheath los und sinkt erschöpft auf einen Stuhl. Die Büttel ergreifen auf einen Wink des Sergeanten Käpten Macheath und drehen ihm die Hände auf den Rücken.

MACHEATH *zu Jenny*: Daß du dich nicht schämst, du Dirne!

Sergeant und Büttel führen Macheath auf die Gasse. Der Schankwirt nickt bedächtig mit dem Kopf und verschwindet in der Küche. Jenny sitzt noch immer reglos da und blickt abwesend vor sich hin. Nach einer Zeitlang erwacht der Betrunkene, erhebt sich taumelnd und ruft:

BETRUNKENER: Es lebe die Pressefreiheit!

Vorhang fällt.

Ende des vierten Bildes

Fünftes Bild

Auf der Bühne die Gefängniskanzlei. Hinten eine Tür zum Gang; links eine Tür ins Gefängnis, die mit großem Riegel und großem Schloß gesichert ist. Vorn links ein großer Tisch mit Sessel; rechts ein kleiner Tisch mit Stuhl, auf dem Tischchen Tintenfaß und Federkiel. Außer einem oder zwei weiteren Stühlen ein Bücherbord mit verschiedenen Gesetzbüchern, Schriften und Kartotheken; an der Rückwand Bilder von König und Königin sowie die Gefängnisordnung; in einer Ecke ein großer Waschkorb voll Eisenbeschlägen und Handschellen. Bei Hochgehen des Vorhangs werden die Formalitäten erledigt, die mit der Aufnahme von Macheath ins Gefängnis verbunden sind. Macheath steht mitten im Raum, die Hände mit einem Strick gefesselt; bei ihm steht Harold, der ihm die Taschen leert, die einzelnen Gegenstände prüft, sie John angibt und danach in einen Holzkasten legt. John sitzt am kleineren Tisch und erstellt das Verzeichnis der Gegenstände nach Harolds Diktat.
Macheath beachtet den Vorgang kaum, denn ihn lenkt das Gespräch mit Lockit ab, der es sich im Sessel beim großen Tisch bequem gemacht hat.

HAROLD: Taschenmesser –

LOCKIT: Meines Wissens sind Sie ein bekannter Gesetzeskenner, Mackie. Sicherlich sind Sie informiert, was man für öffentliche Vergewaltigung eines minderjährigen Mädchens bekommt –

MACHEATH: Den Strick.

LOCKIT: Genau!

HAROLD: Ein Damenohrring –

MACHEATH: Nur daß ich niemanden vergewaltigt habe –

LOCKIT: Haben Sie Zeugen dafür?

MACHEATH: Die Schuld ist zu beweisen!

LOCKIT: Ihre Schuld werden dem Gericht fünf Zeugen bestätigen –

HAROLD: Hanfstrick, ungefähr acht Fuß lang –

MACHEATH: Gemäß Paragraph 7 des Gesetzes Nummer 15 der Sammlung aus dem Jahre 1531 sind Büttel als Zeugen unzulässig –

LOCKIT: Es waren aber keine Büttel!

HAROLD: Eine Feile –

MACHEATH: Was waren es dann?

LOCKIT: Häftlinge.

MACHEATH: Soll das ein Witz sein?

LOCKIT: Kein Witz, Mackie. Es waren als Büttel verkleidete Häftlinge. Sie haben es für einen Sonntagsausgang gemacht –

HAROLD: Ein Türkendolch –

MACHEATH: Dadurch können Sie schön in die Tinte geraten!

LOCKIT: Die Gültigkeit ihrer Aussagen berührt das nicht –

MACHEATH: Es verrät jedoch, daß Sie die ganze Sache inszeniert haben –

HAROLD: Ein Damentaschentuch, feucht –

LOCKIT: Sie täuschen sich, Mackie: Ich kann nachweisen, daß mir zu wenig Büttel zur Verfügung stehen und daß ich mir von Zeit zu Zeit so helfen muß. Dabei hebe ich den Erziehungseffekt hervor, den diese Praxis bei unseren Häftlingen hat –

HAROLD: Haken –

MACHEATH: Wollen Sie damit sagen, daß ich in der Falle sitze?

LOCKIT: Ich habe diesen Eindruck –

HAROLD: Schraube –

JOHN: Holzschraube?

HAROLD: Ja –

MACHEATH: Schön perfide von Ihnen, Lockit! Was zahlt Ihnen Peachum dafür?

LOCKIT: Erlauben Sie! Wie können Sie es wagen, mich dermaßen zu verdächtigen? Ich weiß gar nicht, daß Sie irgendwelche Reibereien mit dem alten Fuchs haben, den es demnächst auch erwischen wird!

HAROLD: Klappmesser mit Ziergriff –

MACHEATH: Weshalb haben Sie es dann getan?

LOCKIT: Ihre Organisation ist bei mir längst fällig. Dort – wir halten Ihre sämtlichen Aktionen in Evidenz. Ich kenne Ihren Stil genau. Das einzige, was mir fehlt, sind Beweise. Leider –

HAROLD: Drei Briefe, erotischen Inhalts –

LOCKIT: So daß ich es anders angehen mußte, verstehn Sie?

MACHEATH: Ungesetzlich!

HAROLD: Ein Zahnrad, klein.

LOCKIT: Ich habe ein reines Gewissen. London von so einem Schrecken zu befreien, wie Sie es sind – das ist ein großer Dienst an der Gesellschaft, gleichgültig, wie man es anstellt. Im Grunde geschieht nichts anderes, als daß das Schwurgericht die Strafe, die Sie verdienen, durch eine andere Schuld begründet –

HAROLD: Ein Damenstrumpfband, angerissen –

MACHEATH: Hören Sie, Lockit –

LOCKIT: Hm?

MACHEATH: Sie wollen mich wirklich an den Galgen bringen?

LOCKIT: Natürlich –

HAROLD: Ein Bund Dietriche –

MACHEATH: Vielleicht könnten wir noch zu einer Übereinkunft kommen –

LOCKIT: Was schlagen Sie vor?

MACHEATH: Zweitausend –

HAROLD: Schlosserzwinge mit Flansch –

LOCKIT: Sind Sie nicht ein bißchen frech?

MACHEATH: Also drei –

HAROLD: Einbrecherwerkzeug –

LOCKIT: Soweit müßten Sie mich kennen, um zu wissen, daß mich Ihr schmutziges Geld nicht interessiert!

MACHEATH: Dann freilich weiß ich nicht, warum Sie sich mit mir noch unterhalten –

HAROLD: Eine Margerite, vertrocknet.

LOCKIT: Es ist eine Gewohnheit von mir, auch den größten Gaunern eine letzte Chance zur Besserung zu geben!

Macheaths Taschen sind jetzt leer; Harold tastet ihn noch einmal schnell ab.

JOHN: Ist das alles?

HAROLD: Scheint so –

MACHEATH: Wenn Sie wünschen, verspreche ich Ihnen, das Geschäft aufzugeben –

LOCKIT: So billig kommen Sie nicht davon! Das könnte jeder: zuerst ein Vermögen zusammenraffen, dann sich zurückziehen und es sich gutgehen lassen. So was nenne ich nicht Besserung –

JOHN *zu Macheath*: Das da unterschreiben Sie mir, he!

Macheath tritt zu John, überfliegt kurz die Liste, ergreift den Federkiel und das Blatt mit gefesselten Händen und unterschreibt mühsam. John nimmt die unterschriebene Liste, bläst sie zufrieden trocken und legt sie dann in einen Ordner, dem er ein anderes Blatt entnimmt.

HAROLD *zu Macheath*: Zeigen Sie die Zunge!

Macheath streckt Harold die Zunge heraus. Harold betrachtet sie und meldet John: Mittelfeucht, rötlich –

MACHEATH: Und was nennen Sie Besserung?

LOCKIT: Seine Verbrechen kann man nur durch aktiven Kampf gegen das Verbrechertum sühnen!

MACHEATH: Na, entschuldigen Sie! Bin ich dafür qualifiziert?

LOCKIT: Sie werden lachen, Mackie, aber kaum jemand ist dafür so qualifiziert wie Sie!

MACHEATH: Jetzt versteh ich gar nichts mehr –

Harold hat sich inzwischen auf den Holzkasten gestellt und damit begonnen, Macheaths Haare nach Läusen zu durchsuchen.

LOCKIT: Ich erkläre es Ihnen: Zwar bin ich mit der Unterwelt tagtäglich in intimem Kontakt, nichtsdestoweniger aber bleibe ich sozusagen draußen. Es würde mir den Kampf um Recht und Ordnung sehr erleichtern, wenn ich immer auch sozusagen drinnen wäre, wenn Sie mich verstehen. Kurz, ich würde einen Mann brauchen, der sich bei der gesamten Unterwelt absoluten Vertrauens und absoluter Achtung erfreut. Begreifen Sie, was ich meine?

HAROLD *steigt vom Holzkasten*: Kein Ungeziefer –

JOHN *notiert es*: Und jetzt die Größe, bitte –

Harold stellt sich Rücken an Rücken mit Macheath, streckt den Oberkörper und vergleicht seine Größe mit der von Macheath.

MACHEATH: Nichts für ungut, Lockit, aber Unbestechlichkeit ist ganz sicher eine der wenigen Eigenschaften, die wir beide gemeinsam haben. Ehe ich auf Ihren Vorschlag eingehe – dann lieber den Galgen!

LOCKIT: Meinen Sie nicht auch, daß ein gewisser Unterschied besteht zwischen einer Bestechung, die ein Mann des Gesetzes aus der Hand eines Verbrechers empfängt, und der Gelegenheit zur Besserung, die der Verbrecher aus der Hand eines Mannes des Gesetzes erhält? Ich begreife nicht, wie Sie das vergleichen können!

HAROLD: Siebeneinhalb Fuß –

JOHN *notierend*: Und das Gewicht?

Harold packt Macheath von hinten um die Hüfte und hebt ihn unter Aufbietung aller Kräfte hoch.

MACHEATH *pathetisch, wenn auch in der Luft*: Verrat bleibt immer Verrat!

HAROLD *setzt Macheath ab*: Hundertfünfzig Pfund –

JOHN: Danke, Harold –

HAROLD: Ist das alles?

JOHN: Ja –

John ordnet seine Schriftstücke und räumt sie weg. Harold

löst den Strick um Macheaths Hände und zieht den Korb mit den Handschellen heran.

HAROLD: Suchen Sie sich welche aus –

Macheath kniet nieder und prüft mit Kennerblick die verschiedenen Stücke.

LOCKIT: Sie wollen offensichtlich den Helden spielen, Mackie. Nun gut, ich will Sie nicht daran hindern. Doch bewundern werde ich Sie auch nicht: Wirkliches Heldentum wäre meiner Ansicht nach, wenn Sie sich entschlössen, einen Strich unter Ihre Vergangenheit zu ziehen und in den Dienst der guten Sache zu treten! Was Sie tun wollen ist nichts als leere Geste, die unverstanden bleiben muß und mit der Sie niemandem helfen werden. Damit tun Sie lediglich Ihren nächsten Angehörigen weh. Es wird ein typisch überflüssiger Tod sein.

MACHEATH: Meine Ehre bedeutet mir mehr als mein Leben! *Er zeigt Harold die Handschellen, die er gewählt hat.* Die da –

HAROLD: Die sind erste Wahl –

MACHEATH: Na und?

HAROLD: Die kosten fünf Pence pro Tag –

MACHEATH: Hier wird man ja schön geneppt!

Harold legt Macheath die Fesseln an.

JOHN: Das ist unser einziger Nebenverdienst!

LOCKIT: Nun denn, Mackie, ganz nach Belieben! Wie sich einer bettet, so liegt er! Sollten Sie es sich in den paar Tagen, die Ihnen noch bleiben, zufällig anders überlegen, stehe ich Ihnen zur Verfügung.

HAROLD: Einzelzelle, Chef?

LOCKIT: Selbstverständlich!

Harold schließt die linke Tür auf und führt Macheath ins Gefängnis. John stellt den Korb mit den Handschellen an den Holzkasten und entfernt sich durch die hintere Tür. Kurz darauf klopft jemand an diese Tür. Lockit ruft: Herein!

Durch die hintere Tür tritt Peachum ein und geht lächelnd auf Lockit zu; die beiden reichen sich die Hände.

PEACHUM: Du hast ihn angeblich schon, Bill!

LOCKIT: Zelle Nummer sechs, falls du ihn besuchen möchtest –

PEACHUM *lachend*: Kein Interesse – *Peachum läßt sich auf einem der Stühle häuslich nieder.*

Durch die linke Tür kehrt Harold zurück, er schließt diese Tür ab und entfernt sich durch die hintere Tür.

Vielen Dank, Bill, in meinem Namen und im Namen von Liz. Du hast viel für uns getan –

LOCKIT: Eines möchte ich dir sagen, Willy: das war das letzte Mal! Künftig wirst du deine Familienprobleme gefälligst ohne meine dienstliche Assistenz lösen!

PEACHUM: Ist was schiefgelaufen?

LOCKIT: Nein. Aber ich mache solche Sachen nicht gern. Ich mache sie sogar verdammt ungern!

PEACHUM: Sei froh, daß du ihn hinter Schloß und Riegel hast! Oder hat er vielleicht nicht einige der schlimmsten Verbrechen auf dem Gewissen, die London in letzter Zeit erlebte?

LOCKIT: Gerade deshalb wollte ich warten, bis die Sache ganz reif ist, um ihn dann mit seiner ganzen Bande zu fangen und einen Monsterprozeß zu veranstalten, der der ganzen Unterwelt Angst eingejagt hätte. Aber so? Seine Leute werden sich in der Unterwelt verkrümeln, werden verschiedene kleinere Organisationen verstärken, werden Privatgewerbler, und wir sind genauso weit wie zuvor. Ihn stempeln wir obendrein zum romantischen Opfer weiblichen Verrätertums!

PEACHUM: Bill, ich habe getan, was ich konnte! Ich habe ihm die eigene Tochter untergeschoben, nur damit wir ein Maximum an Beweisen erhalten! Die Rechnung ist eben nicht aufgegangen –

LOCKIT: Sei mir nicht böse, Willy, aber dieser Ausgang war vorauszusehen: du weißt doch, wie es Mackie mit den Frauenzimmern versteht! Hättest du dich bloß vorher mit mir beraten! Mir ist ohnehin noch nicht ganz klar, warum du dich auf eigene Faust in eine derart gefährliche Aktion eingelassen hast –

PEACHUM: Bill, willst du damit vielleicht sagen, daß ich –

LOCKIT: Ich will nur sagen, daß du in anderen Fällen vorsichtiger gearbeitet hast –

PEACHUM: Auch dem treuesten Diener des Gesetzes mißglückt mal etwas!

LOCKIT: Lassen wir es gut sein, Willy, jetzt ist eh nichts mehr zu retten. Weißt du nicht zufällig, wer das Ding mit der Uhr des Herzogs von Gloucester gedreht hat?

PEACHUM: Donnerwetter, es ist diesem Menschen tatsächlich gelungen!

LOCKIT: Du weißt, wer es war?

PEACHUM: Es war für einen Kerl die Aufnahmeprüfung –

LOCKIT: Allerbesten Dank dafür! Weißt du, wie der Herzog tobt? Und überhaupt: wie kommt es, daß du neue Leute annimmst?

PEACHUM: Er hat und hat sich nicht abwimmeln lassen –

LOCKIT: Willy! Vor der Schaffung deiner Organisation war doch klar abgesprochen, daß ihre Dimensionen auf die zu erfüllende Aufgabe beschränkt bleiben: dir das Vertrauen der Unterwelt zu erringen und zu erhalten. Trotzdem hast du schon mehrmals vergrößert! Was soll das? Treibst du es weiter so, ist die Organisation bald nicht mehr Fundament für unsere Arbeit, sondern eine objektiv gefährliche Angelegenheit, die eines Tages der Gesellschaft mehr Schaden als Nutzen bringt!

PEACHUM: Du tust mir Unrecht, Bill, schon ein Jahr lang hab ich niemanden mehr angenommen!

LOCKIT: Wer war es?

PEACHUM: Kannst du es nicht jemandem andern anhängen? Wenn du ihn jetzt abholst, verrätst du mich –

LOCKIT: Gott, habe ich eine Plage mit dir!

Schweigen.

PEACHUM: Du, Bill –

LOCKIT: Hm?

PEACHUM: Meinst du, deiner Mary würde eine Perlenkette Freude machen?

LOCKIT: Was soll denn das wieder, Willy! Soviel mir bekannt ist, hast du allen Reingewinn der Stadtkasse abzuliefern!

PEACHUM: Ich dachte, man könnte eine kleine Ausnahme machen – es handelt sich wirklich um ein schönes Stückchen!

LOCKIT: Ich werd dir helfen – schönes Stückchen! Wie kommst du nur auf so eine Idee? Bist du dir überhaupt bewußt, was für ein Spiel du treibst? Willst du womöglich, daß aus uns Kämpfern gegen das Verbrechertum am Ende selbst Verbrecher werden?

PEACHUM: Bill! Mein letzter Taschendieb verdient am Tag mehr als du im ganzen Monat! Hältst du das für gerecht?

LOCKIT: Ich weiß nicht, wie du darüber denkst, Willy, aber ich habe genau gewußt, als ich mich auf dieses Handwerk einließ, daß ich nur Undank ernten würde!

PEACHUM: Unterstellst du mir wieder Nebenabsichten? Du bist ungerecht zu mir, Bill! Ist dir wirklich nicht klar, daß sich alles auf dieser Welt aus purer Gewinnsucht machen läßt, nur meine Arbeit nicht?

LOCKIT: Ich wollte dich nicht treffen – hast du sie bei dir?
Peachum zieht sogleich die Perlenkette aus der Tasche und reicht sie Lockit, der sie fachmännisch begutachtet.
Eine Pracht!

PEACHUM: Nicht wahr?

LOCKIT *steckt die Kette ein*: Vielen Dank also –

Vorhang fällt.

Ende des fünften Bildes

Sechstes Bild

Auf der Bühne die Gefängniszelle. In der Rückwand ein vergittertes Fenster, an der rechten Wand eine Pritsche, gegenüber ein kleiner Tisch, ein Hocker und eine massive Tür mit Guckloch. Bei Hochgehen des Vorhangs liegt Macheath, die Hände gefesselt, auf der Pritsche. Da wird die Tür rasselnd aufgeschlossen, und Macheath erhebt sich schnell; die Zelle betritt Harold.

HAROLD: Sie haben Besuch bekommen, Käpten –

MACHEATH: Ich?

In der Zelle erscheint Lucy. Harold geht hinaus und schlägt die Tür hinter sich zu. Macheath ruft:

Lucy!

Lucy tritt zu Macheath und haut ihm eine herunter.

Was soll das?

LUCY: Wo bist du gewesen?

MACHEATH: Wann – wie?

LUCY: Da fragst du noch? Seit der Hochzeit hab ich dich nicht mehr gesehen, und die liegt schon über ein Jahr zurück! Wie denkst du dir das eigentlich? Eine Ehe ist kein Taubenschlag!

MACHEATH: Ich erkläre dir gleich alles, Lucy –

LUCY: Da bin ich aber gespannt!

MACHEATH: Ich habe dich deinetwegen nicht aufgesucht –

LUCY: Nicht meinetwegen? Wieso?

MACHEATH: Ich wollte dich nicht gefährden – du weißt, was es setzen würde, wenn das Papilein erführe, daß wir geheiratet haben –

LUCY: Warum sagst du nicht gleich, daß du mich satt hast?

MACHEATH: Unsinn! Im Gegenteil –

LUCY: Wenn dir an mir was läge, hättest du immer eine Gelegenheit gefunden, mit mir zusammenzukommen! Warum hast du mich eigentlich geheiratet – warum?

MACHEATH: Ich hatte meinen Plan: ich wollte in aller Stille ein größeres Vermögen zusammentragen, damit wir aufs Land ziehen und dort glücklich miteinander leben können –

LUCY: Du Quatschkopf!

MACHEATH: Ehrlich, Lucy! Es wäre sogar fast schon soweit!

LUCY: Davon habe ich nichts gemerkt –

MACHEATH: Das Vermögen habe ich beinahe beisammen. Hätte mir dein Herr Papa nicht eine so hinterlistige Falle gestellt, die mich an den Galgen bringen soll, wir hätten schon in ein paar Tagen fahren können!

LUCY: Dir droht der Galgen?

MACHEATH: Laut deinem Papa muß ich damit und nur damit rechnen. Gott weiß, was er gegen mich hat! Zuerst glaubte ich, er hätte irgendwie etwas von unserer geplanten Abreise erfahren –

LUCY: Wie denn, wenn nicht einmal ich etwas davon wußte?

MACHEATH: Lucy, es ist schrecklich, aber unser Glück wurde kurz vor dem Augenblick zerstört, in dem es groß ausbrechen sollte!

LUCY: Ich glaube dir nicht –

MACHEATH: Du mußt mir glauben, Lucy! Das Ganze ist nur ein Zusammentreffen unseliger Mißverständnisse! Wenn du wüßtest, wie oft ich an dich gedacht habe. Tagtäglich hab ich mir im Geist ein kleines Landschlößchen aus roten Ziegeln vorgestellt, von Efeu berankt und von grünen Wiesen und Eichenhainen umgeben, und uns zwei, wie wir darin hausen, wie wir mit den Windhunden über die Wiesen laufen, auf Pferden reiten, Edelwild jagen, im nahen Fluß baden, Pilze sammeln, altenglische Speisen kochen, Soireen für die benachbarten Landadeligen geben, Sonnenblumen züchten – und wie wir dann abends am großen Renaissance-Kamin sitzen, ins Feuer blicken, einander von unserer Kindheit erzählen, zusammen alte Bücher aus der Schloßbibliothek lesen, Met trinken und uns dann – leicht trunken – in das Schlafzimmer des Schlosses zurückziehen – durchs Fenster strömt die duftende Sommerluft, von den Wiesen klingt die tausendfache Stimme der Zikaden herein, und vom Himmel fällt das Licht von Millionen Sternen ein – und wir kleiden uns wie betäubt aus und legen uns im großen gotischen Bett mit dem Baldachin nieder und küssen uns zuerst lange, lange zärtlich und lieben uns dann und lieben uns – unsere heißen braungebrannten Leiber umschlingen sich in wilden Liebeskrämpfen und dann endlich schlafen wir unendlich glücklich und süß ermattet ein – wir schlafen, auf daß uns am anderen Morgen die funkelnde Sommersonne, der Vogelsang und der Kammerdiener wecken, der uns Schinken mit Ei und Kakao bringt –

LUCY *ruft*: Halt ein, Mack! *Lucy bricht weinend auf dem Hocker zusammen. Schluchzend:* Alles ist verloren! Alles!

Macheath tritt zu Lucy und ergreift mit seinen gefesselten Händen ihre Hand.

MACHEATH: Nichts ist verloren, Lucy –

LUCY *blickt überrascht zu ihm auf*: Wieso?

MACHEATH: Alles können wir noch erleben, und viele schöne Dinge dazu. Es kommt nur auf dich an!

LUCY: Ach, Mack, was kann ich dafür tun?

MACHEATH: Mir eine Eisenfeile bringen –

Vorhang fällt.

Ende des sechsten Bildes

Siebentes Bild

Auf der Bühne wieder Peachums Wohnung. Alles wie im ersten Bild. Bei Hochgehen des Vorhangs befinden sich Peachum und Frau Peachum hier. Peachum trägt den Morgenrock, sitzt am Tisch und notiert etwas in sein voluminöses Rechnungsbuch; Frau Peachum, mit Schürze, hantiert am Herd und kocht das Mittagessen.
Nach längerem Schweigen unterbricht Peachum seine Arbeit, überlegt und läßt sich vernehmen:

PEACHUM: Du, Liz –
FRAU PEACHUM *ohne sich umzudrehen*: Was ist?
PEACHUM: Meinst du, es war ein guter Einfall?
FRAU PEACHUM: Was?
PEACHUM: Das mit Macheath so radikal zu lösen –
FRAU PEACHUM: Wir hatten keine andere Wahl, Willy –
PEACHUM: Und Polly? Weiß sie es schon?
FRAU PEACHUM: Nein. Warum?
PEACHUM: Wenn sie sich nur nichts antut –
FRAU PEACHUM: Ich bitte dich –
Jemand klopft an die rechte Tür.
Peachum schlägt rasch das Buch zu und steckt es in die Schublade.
PEACHUM *ruft*: Herein!
Durch die rechte Tür tritt Filch.
Oh, Kollege Filch! Wir erwarten Sie schon! Ich muß Ihnen gratulieren, Freund!
Filch zieht die goldene Uhr aus der Tasche und wirft sie auf den Tisch. Peachum greift gleich danach und untersucht sie kennerisch.
FRAU PEACHUM: Sie sind der Held des Tages, Herr Filch!

PEACHUM: Kein Zweifel, sie ist es! *Er steckt die Uhr in die Tasche.* Das haben Sie perfekt hingekriegt! Glouster und Lockit toben!

FRAU PEACHUM: Ehrlich gesagt, wir hatten nicht damit gerechnet, daß es Ihnen gelingen würde –

PEACHUM: Wirklich, eine glänzende Arbeit! Sie werden eine der Säulen meiner Organisation!

Schweigen. Filch blickt düster zu Boden; Peachum und Frau Peachum sind verlegen.

Was haben Sie, Filch? Freuen Sie sich nicht?

Schweigen.

Plötzlich schaut Filch Peachum voll an.

FILCH: Herr Peachum –

PEACHUM: Ja?

FILCH: Darf ich Sie etwas fragen?

PEACHUM: Gewiß –

FILCH: Wissen Sie zufällig, wer Käpten Macheath ins Gefängnis gebracht hat?

PEACHUM *unsicher*: Das weiß ich nicht –

FILCH: Aber ich weiß es!

PEACHUM: Wer denn?

FILCH: Sie!

PEACHUM: Ich? Na, erlauben Sie! Was für ein Unsinn! Wo haben Sie das her?

FILCH: Der Käpten hat es mir selbst gesagt –

PEACHUM: Wie kann er es Ihnen gesagt haben, wenn er sitzt?

FILCH: Er konnte heute nacht fliehen –

FRAU PEACHUM: Wie?

PEACHUM: Das glaube ich nicht!

FILCH: Lockits Tochter hat ihm angeblich geholfen –

PEACHUM *platzt heraus*: Ich wußte, daß wir uns in die Scheiße setzen würden!

FRAU PEACHUM: Ruhig Blut, Willy –

PEACHUM: Du sei still! Es ist deine Schuld!

FRAU PEACHUM: Schieb's nur jetzt nicht auf mich! Das ist eine schändliche Verleumdung, Herr Filch, die sich Macheath ausgedacht hat, um uns zu vernichten!

FILCH: Aber er hat Zeugen dafür, daß Ihre Tochter ihn kurz vor der Verhaftung gewarnt hat.

PEACHUM *ruft*: Der breche ich die Knochen!

FILCH *feierlich*: Herr Peachum, ich verachte Sie!

Peachum sieht Filch einen Augenblick lang wütend an, verzieht dann das Gesicht und spricht resignierend –

PEACHUM: Gut, Filch, ich will Ihnen die Wahrheit sagen: Macheath habe tatsächlich ich ins Gefängnis gebracht. Hätte ich es nicht getan, würde er mich ins Gefängnis gebracht haben, so daß ich es eigentlich aus Notwehr tat. Genügt Ihnen das?

Filch senkt den Blick und starrt eine Weile nachdenklich auf den Boden. Dann sagt er zu Peachum –

FILCH: Wissen Sie, Herr Peachum, es wird Ihnen vielleicht albern vorkommen, aber Sie waren für mich immer so etwas wie die Verkörperung aller klassischen Prinzipien der Londoner Unterwelt, das Symbol für den Stolz unseres Standes, der Typ des charakterstarken Diebsbrigadeführers alter Solidarität, der lieber sich selbst geopfert hätte, als einen Kollegen zu verraten und der Polizei auszuliefern. Können Sie sich vorstellen, welche Enttäuschung Sie mir bereitet haben? Mein letztes großes Ideal ist hin, alles war nur Illusion, Selbstbetrug, Irrtum! Meine Welt bricht zusammen –

PEACHUM: Nicht durch meine Schuld, Filch –

FILCH: Durch wessen dann?

PEACHUM: Durch Ihre!

FILCH: Wieso?

PEACHUM: Sie leben im elfenbeinernen Turm!

FILCH: Wollen Sie damit sagen, ich hätte keinen Kontakt zum Leben – ich, der ich den Großteil des Tages auf der Straße verbringe?

PEACHUM: Im Kleinen stehlen Sie vielleicht gut, aber von den Bedingungen eines Großunternehmens haben Sie – nehmen Sie es mir nicht übel – keine Ahnung. Sonst müßten Sie wissen, daß heutzutage kein Chef ohne die eine oder andere Zusammenarbeit mit der Polizei auskommt. Sie würden sich wundern, Herr, wie viele aus unseren Kreisen tagtäglich bei Herrn Lockit zu Gast sind!

FILCH: Das begreife ich einfach nicht!

PEACHUM: Glauben Sie denn, meine Organisation würde derart prosperieren, gäbe ich ihr nicht durch meine Zusammenarbeit mit der Polizei den nötigen Rückhalt? Seien Sie nicht kindisch! Ganz zu schweigen davon, wieviel wichtige Informationen ich auf diese Weise erhielt, wieviel Leuten ich helfen konnte, wieviel scheinbar verlorene Fälle sich retten ließen! Sag selbst, Liz!

FRAU PEACHUM: Und ob!

FILCH: Womit Sie aber Ihre Erfolge erkaufen mußten – das sagen Sie nicht!

PEACHUM: Umsonst war es natürlich nicht, so dumm ist keine Polizei. Wichtig ist bei diesem Spiel einzig, daß der Gewinn immer möglichst die Verluste übersteigt –

FILCH: Verzeihen Sie, aber ein solcher Schacher mit dem Feind widert mich an!

PEACHUM: Schacher? Vielleicht. Nur muß diese undankbare Arbeit, lieber Herr, irgend jemand machen: wer weiß, wie es um die Unterwelt bestellt wäre, wenn nicht täglich Männer wie ich ihre Ehre durch die Pflege von Kontakten, für die sie wahrscheinlich nie eine Anerkennung erhalten werden, aufs Spiel setzten! Glauben Sie, Sie könnten sonst so ruhig durch die Stadt spazieren, Herzögen goldene Uhren stehlen, mit Ihren sauberen Händchen prahlen und Ihre vereinfachenden Moralurteile abgeben? Wissen Sie, irgendwo im Windschatten sitzen und dort seine schönen Grundsätze hegen – das ist furchtbar leicht! Aber was hat das für einen Sinn? Einzig den:

die eigene Selbstgefälligkeit zu befriedigen! Die wirklichen Helden der Unterwelt sind heute ganz andere Leute – es sind jene, die zwar nicht dauernd ihre Treue zur reinen Diebsmoral ausposaunen, die aber durch ihre unauffällige und riskante Kleinarbeit in der gefährlichen Zone zwischen Unterwelt und Polizei unseren Interessen real dienen und sich die Hände schmutzig machen durch dieses, wie Sie sagen, Schachern. Sie erweitern Zentimeter um Zentimeter den Bereich unserer Möglichkeiten, bringen uns lebenswichtige Informationen und treiben langsam, unauffällig, ohne Anspruch auf Ruhm, die Entwicklung voran! Die Ära der romantischen Räuber des Mittelalters ist längst vorbei, lieber Herr, die Welt hat sich gewandelt, es gelten andere Maßstäbe – und wer das nicht begreift, der begreift nie was! Sie sind noch jung, Filch, haben Ihre Ideale, das kann ich begreifen, und Sie sind mir trotz allem, was Sie mir gesagt haben, durchaus sympathisch. Doch gerade deshalb rate ich Ihnen, entledigen Sie sich der Illusionen, solange es noch Zeit dazu ist! Steigen Sie von Ihren Höhen auf die Erde herunter, beobachten Sie die Welt rings um sich, versuchen Sie sie zu begreifen und befreien Sie sich aus der Gefangenschaft Ihrer abstrakten Prinzipien! Es ist in Ihrem eigenen Interesse!

FILCH: Vielleicht erscheine ich Ihnen als Sonderling, Herr Peachum, aber bevor ich unter Polizeischutz stehe – leiste ich lieber ehrliche Arbeit!

PEACHUM: Gehen Sie in die Druckerei?

FILCH: Ja.

PEACHUM: Nun, wie sich einer bettet, so liegt er! Eins aber sage ich Ihnen: Sie werden es noch bereuen und noch an mich denken! Leben Sie wohl!

FILCH: Adieu!

Filch tritt durch die rechte Tür ab.

PEACHUM: Verstehst du das? Diesen Kerl hat mir der Teufel geschickt! Jetzt wird er durch London streunen und überall erzählen, ich hätte mich zur Zusammenarbeit mit der Polizei bekannt!

FRAU PEACHUM: Nur ruhig, Willy, das ist hinzukriegen –

PEACHUM: Wie?

FRAU PEACHUM: Radikal!

Vorhang fällt.

Ende des siebenten Bildes

Pause

Achtes Bild

Auf der Bühne Dianas Salon. Ein großer Raum, dessen Einrichtung den Anschein von Luxus zu erwecken versucht. Rechts vorn der Haupteingang; zwei weitere Türen hinten; links eine vierte Tür; rechts eine Treppe, die in ein oberes Stockwerk führt. Im Vordergrund ein schwerer Schreibtisch, dahinter Sessel und Schlüsselschränkchen, davor ein kleiner Hocker – die Einrichtung erinnert an eine Hotel-Rezeption. Im Hintergrund ein kleinerer Tisch, umgeben von einigen Sesseln. Bei Hochgehen des Vorhangs sitzt Diana am Schreibtisch und spricht mit Jim, der im Sonntagsanzug mit Blume im Knopfloch ihr gegenüber auf dem kleinen Hocker Platz genommen hat. In den rückwärtigen Sesseln sitzen Betty und Vicki – erstere strickt an einem Strumpf; letztere liest.

DIANA: Mein Salon ist nicht groß – in London gibt es sicherlich größere Unternehmen –, aber ich will bewußt nicht zu sehr vergrößern: Ich vertrete nämlich die Ansicht, daß man Dienste dieser Art nicht am Fließband leisten kann, und mir widerstreben jene riesigen anonymen Kolosse, die alles mechanisieren und entmenschlichen, indem sie die Sache auf das Niveau einer Konsumangelegenheit herunterdrücken. Sagen Sie selbst – läßt sich denn etwas so zutiefst Individuelles, wie es die Liebe ist, zu einem Gegenstand des Massenverbrauchs machen?

JIM: Ich bin absolut Ihrer Meinung, Madame! Mich widert auch alles an, womit die moderne Zeit den Menschen entfremdet!

DIANA: Sehen Sie! Eben deshalb versuche ich, meinem Salon seinen sozusagen familiären Anstrich zu erhalten, mir einen nicht allzu großen, doch festen Kundenstamm zu bewahren, und ich möchte, daß die Beziehungen zwischen meinen Mädchen und den Kunden nicht bloß geschäftsmäßig, sondern vor allem menschlich sind.

JIM: Das ist ungewöhnlich initiativ, Madame! Ich bin überzeugt, daß Ihnen die Kunden Ihre Konzeption aufrichtig danken!

DIANA: Ja, das tun sie. Und jetzt ist es wohl an der Zeit, daß wir Ihre heutige Partnerin wählen. Einverstanden?

JIM: Selbstverständlich –

DIANA: Dann wollen wir einmal sehen, ob für Sie nicht eine der Damen in Betracht kommt, die gerade frei ist – damit Sie nicht etwa warten müssen. Nun – *sie deutet auf Betty* – das ist unsere Betty – *Zu Betty:* Betty, komm, zeig dich dem Herrn!

Betty legt ihr Strickzeug weg, kommt nach vorn, wo sie sich vor Jim dreht und verschiedene Posen einnimmt.

Betty reizt vornehmlich durch eine gewisse elementare Naturhaftigkeit, sie befreit unsere Kunden von etwaiger Scham und den damit verbundenen Komplikationen bei der Mobilisierung ihrer Manneskraft, wenn Sie mich recht verstehen –

JIM: Schätze, ich verstehe Sie –

DIANA: Diese Naturhaftigkeit bedeutet keinesfalls Empfindungslosigkeit dem Partner gegenüber, im Gegenteil: Betty besitzt ein äußerst feines Verständnis für die verschiedensten Neigungen und Gewohnheiten der Kunden und vermag ihnen spontan entgegenzukommen – soweit diese Neigungen freilich nicht den Vorstellungsrahmen der zweiten Hälfte des 18. Jahrhunderts für die Grenzen der biologischen Normalität überschreiten. *Zu Betty:* Zeig dem Herrn deine Beine!

Betty hebt ihren Rock und zeigt die Beine.

Hübsch, was?

JIM: Ja, sehr –

DIANA: Wünschen Sie auch die Zähne zu sehen?

JIM: Nein, danke, nicht nötig –

DIANA *zu Betty*: Das genügt, Betty –

Betty kehrt an ihren Platz zurück und strickt weiter. Diana deutet auf Vicki:

Nun, und das ist unsere Vicki – *Zu Vicki:* Vicki, komm her –

Vicki legt das Buch beiseite und kommt rasch nach vorn, wo sie sich vor Jim dreht und verschiedene Posen einnimmt.

Vicki ist in gewisser Hinsicht das genaue Gegenteil von Betty: empfindsam, melancholisch, von leicht romantischem Wesen mit großer innerer Spannung und reich strukturiertem Gefühlsleben. Die Kunden erregt sie durch einen bestimmten dramatischen Zug und durch ein starkes Element des Geheimnisvollen. Vicki ist überaus intellektuell veranlagt. *Zu Vicki:* Sag uns, Vicki, was du gerade liest –

VICKI: Descartes –

DIANA: Was hältst du davon?

VICKI: Ein bißchen seicht –

DIANA: Na, bitte! Vicki hat jedoch außerdem noch eine Reihe physischer Vorzüge – sie zeichnet sich zum Beispiel durch sehr feste Brüste aus. *Zu Vicki:* Zeig sie dem Herrn!

Vicki zeigt Jim ihre Brüste. Diana zu Jim:

Na?

JIM: Schön –

DIANA: Nicht wahr? Das sagen alle! *Zu Vicki*: Danke, Vicki, du kannst gehen –

Vicki kehrt an ihren Platz zurück und liest weiter.

Also? Glauben Sie, daß eine der beiden Damen Ihren Vorstellungen entsprechen könnte?

JIM: Beide sind höchst begehrenswert –

DIANA: Wenn Sie beide auf einmal wollen, auch das ist möglich –

JIM: So?

DIANA: Nun?

Schweigen. Jim ist verlegen.

Wie entscheiden Sie sich?

Schweigen. Jim wird immer verlegener, schließlich leise –

JIM: Madame –

DIANA: Ja?

JIM: Wissen Sie, eigentlich verstehe ich mich am besten mit Ihnen –

DIANA: Was erlauben Sie sich, Herr? Sind Sie sich bewußt, mit wem Sie sprechen?

JIM: Verzeihen Sie – ich wollte nur sagen, daß ich mich mit Ihnen verstehe, soweit es um die Reize von Fräulein Betty geht – verzeihen Sie –

DIANA: Na, na! – Betty, du hast einen Kunden da!

Betty legt ihr Strickzeug weg und tritt an den Schreibtisch. Diana blättert in einem Buch, dann wendet sie sich an Betty:

Auf zehn, ja?

BETTY: Wieder?

Diana wirft einen Blick auf ihre Taschenuhr, notiert die Zeit, entnimmt dem Schränkchen einen Schlüssel mit Holzbirne und der Schreibtischschublade ein Formular; beides reicht sie Betty. Betty zu Jim:

Dann ran, flotter Mann!

Betty schiebt Jim zur Treppe. Jim steigt verlegen empor, Betty folgt ihm. Sobald die beiden verschwunden sind, fliegt die rechte Tür auf, und den Raum betritt Macheath. Diana springt hoch.

DIANA: Bist du wahnsinnig! Willst du uns alle ins Unglück bringen! Weißt du, was es geben kann, wenn man dich hier findet? Ich bin für die Mädchen unmittelbar den Müttern verantwortlich. Geh! Sofort!

MACHEATH: Hast du eine Jenny hier?

DIANA: Weswegen?

MACHEATH: Ich müßte ein paar Worte mit ihr wechseln.

DIANA: Ausgeschlossen!

MACHEATH: Vergiß nicht, daß du für die Mädchen unmittelbar den Müttern verantwortlich bist; je schneller Jenny hier auftaucht, desto schneller bin ich hier raus!

Diana schüttelt unglücklich den Kopf und geht zur linken Tür.

DIANA: Du bist ein schrecklicher Mensch, Mack! Ein schrecklicher Mensch! *Diana legt das Ohr an die linke Tür, horcht eine Zeitlang und klopft dann schonend an.*

JENNY *hinter der Bühne*: Was ist?

DIANA: Ich bitte dich, einen Augenblick –

JENNY *hinter der Bühne*: Jetzt gleich?

DIANA: Ja –

Diana nickt Vicki zu, sieht Macheath erbost an und entfernt sich durch die rechte hintere Tür; Vicki nimmt ihr Buch und folgt ihr. Durch die linke Tür tritt Jenny ein, sie ist zerzaust und trägt einen Morgenrock, dessen Gürtel sie verknotet. Als sie Macheath erblickt, stutzt sie kurz.

MACHEATH: Eine Überraschung, was?

JENNY: Ich habe erwartet, daß Sie kommen. Ich muß Ihnen alles erklären!

MACHEATH: Ich weiß nicht, was es da noch zu erklären gibt! Daß Sie der Polizei dienen und imstande sind, alles zu tun, nur um eine Aufgabe zu erfüllen, die man Ihnen gestellt hat – das weiß ich auch ohne Sie!

JENNY: Nichts wissen Sie!

MACHEATH: Wieso?

STIMME *hinter der Bühne*: Kätzchen –

JENNY *zur linken Tür*: Augenblick –

MACHEATH: Sie wollen doch nicht etwa behaupten, daß Sie nicht für die Polizei arbeiten?

JENNY: Ich will Ihnen die Wahrheit sagen!

MACHEATH: Das haben Sie in der Kneipe auch gesagt!

JENNY: Das war etwas anderes –

MACHEATH: Wieso?

JENNY: Hätte ich mich nicht bemüht, in Ihnen den Eindruck zu erwecken, daß ich die Wahrheit spreche, wäre doch die ganze Komödie mit der verschmähten Liebe sinnlos gewesen!

MACHEATH: Und mich hätte man nicht gefangen, was?

JENNY: Na, sehen Sie!

MACHEATH: Gut. Und wie lautet nun Ihre heutige Wahrheit?

JENNY: Ich gehöre nicht zu Lockits Leuten. Es ist alles ganz anders, als Sie annehmen –

MACHEATH: Wie – anders?

JENNY: Man hat mich einfach dazu gezwungen –

MACHEATH: Wie konnte man Sie dazu zwingen?

JENNY: Man hat mir versprochen, daß mein Vater begnadigt wird, wenn ich es tue. Er ist nämlich zum Tode verurteilt –

MACHEATH: Ihr Vater ist zum Tode verurteilt?

JENNY: Ja. Es war ein schrecklicher Zwiespalt, ich wußte überhaupt nicht, was tun, und lange war ich sogar überzeugt, daß ich ablehnen müßte, weil ich nicht den einen vor dem Tod retten kann, indem ich den andern in den Tod schicke. Schließlich sagte ich mir, Sie würden sich eher heraushauen können als mein Vater – Sie müßten ihn nämlich kennen: er ist so wehrlos! Und dann bin ich auf das Angebot eingegangen –

MACHEATH: Hat man Ihren Vater freigelassen?

JENNY: Nein, aber man hat ihn bis jetzt noch nicht aufgehängt.

Schweigen. Macheath einigermaßen verlegen.

MACHEATH: Ja, ja! Nur – wenn es jetzt wieder der gleiche Trick ist wie in der Kneipe?

JENNY: Sie können es überprüfen –

MACHEATH: Daß Ihr Vater hängen sollte und begnadigt wurde, mag ja stimmen. Wie aber soll ich herausbekommen, ob man seinen Fall wirklich als Druckmittel gegen Sie benutzt hat? So was gibt doch keiner zu –

JENNY: Da sehen Sie selbst, wie teuflisch das ausgetüftelt wurde! Ach, Gott, es ist alles so verworren! Geben Sie mir einen Rat; was soll ich tun?

MACHEATH: Sie haben eine einzige Chance: daß ich Ihnen schlicht glaube –

JENNY: Ich verstehe, daß Ihnen das schwerfällt – ich könnte Ihnen nicht mal böse sein, wenn Sie mir nicht glaubten –

MACHEATH: Würde es Sie wenigstens treffen?

JENNY: Es würde mich verzweifelt machen!

MACHEATH: Im Ernst?

JENNY: Im Ernst!

MACHEATH: Wegen der Gewissensbisse?

JENNY: Das auch –

MACHEATH: Und weswegen noch?

JENNY *leise*: Das kann ich Ihnen nicht sagen –

MACHEATH: Weshalb nicht?

JENNY: Ein andermal –

MACHEATH: Sie vergessen, daß es für mich vielleicht gar kein andermal mehr geben wird –

JENNY: Um Himmels willen, so dürfen Sie nicht reden!

MACHEATH: Ich bin Realist –

JENNY: Wenn ich nur etwas dafür tun könnte, daß man Sie nicht erwischt!

MACHEATH: Es genügt, wenn Sie n i c h t s dafür tun, daß man mich erwischt –

JENNY: Warum erinnern Sie mich dauernd daran? Glauben Sie, ich wüßte nicht gut genug, was ich angerichtet habe? *Schweigen.*

MACHEATH: Hören Sie, Jenny –

JENNY: Ja?

MACHEATH: Eigentlich ist das ja seltsam –

JENNY: Was?

MACHEATH: Ist Ihnen klar, weshalb ich hergekommen bin?

JENNY: Um mir zu sagen, daß ich eine Bestie bin –

MACHEATH: Jawohl. Und, sehen Sie, am Ende werde ich noch mit dem Gefühl weggehen, daß Sie nicht anders handeln konnten – eigentlich müßte ich mich bei Ihnen entschuldigen –

JENNY: Ach, Mack!

Jenny ergreift froh mit beiden Händen die Rechte von Macheath und küßt sie in einer Anwandlung von Dankbarkeit. Macheath ist einen Augenblick lang verlegen, er umarmt Jenny und beginnt sie zu küssen. Jenny wehrt sich schwach. Nein! Nein! Ich bitte Sie – nein!

Jenny unterliegt. Die beiden küssen einander eine Zeitlang leidenschaftlich; schließlich entwindet sich Jenny zärtlich Macheath, nimmt ihn bei der Hand und führt ihn mit einem scheuen Lächeln zur linken hinteren Tür. Sie bleibt davor stehen, schaut sich um und fragt leise: Willst du?

MACHEATH: Hast du keine Angst?

JENNY *schüttelt lächelnd den Kopf*: Und du?

MACHEATH: Es gibt Momente, da bin ich unfähig, an die Zukunft zu denken!

STIMME *hinter der Bühne*: He, Kätzchen, wird's bald?

JENNY *ruft zur Tür an der linken Seite*: Bin gleich bei dir!

Jenny sieht sich noch einmal verschwörerisch um, öffnet dann leise die linke hintere Tür und schiebt Macheath schnell durch; bevor die Tür hinter ihm ganz zu ist, bedeutet sie ihm durch den Spalt, daß er sich still verhalten solle.

MACHEATH *hinter der Bühne, leise*: Kommst du bald?

Jenny lächelt Macheath durch den Türspalt an, nickt und schließt dann die Tür vorsichtig. Sie sieht sich ein drittes Mal um und enteilt leise durch die rechte Tür. Unmittelbar darauf hört man hinter der Bühne Gezeter und Geschrei, es erscheint der verschreckte Jim in der Unterhose und rennt die Treppe herunter. Hinter ihm taucht die erboste Betty in Unterwäsche auf, in der Hand seine Hose.

BETTY: Marsch, hinaus, du ekelhaftes Schwein!

Vorhang fällt.

Ende des achten Bildes

Neuntes Bild

Auf der Bühne wieder Peachums Wohnung: Alles wie vorher. Frau Peachum hantiert am Herd; Peachum sitzt am Tisch, vor sich sein Rechnungsbuch, und er ruft scharf nach hinten –

PEACHUM: Polly. *Durch die Hintertür tritt Polly ein.*

POLLY: Ja, Papa?

PEACHUM *streng:* Du hast Macheath angeblich vor uns gewarnt, stimmt das?

POLLY: Leider –

PEACHUM: Warum leider? Liebst du ihn womöglich nicht mehr?

POLLY: Er hat mich hintergangen. Er hat zu mir gesagt, daß er mich liebt, aber in Wirklichkeit sollte ich ihm nur als Werkzeug gegen dich dienen. Du hast mit allem recht gehabt, und ich war eine dumme Gans, weil ich ihm glaubte!

PEACHUM: Polly! Goldkind! Dir sind also die Augen aufgegangen! Das ist großartig! Ich bitte dich, wie ist es dazu gekommen?

POLLY: Als ich damals ging, um ihn vor euch zu warnen, da sagte ich ihm, daß ich euch beiden meine Liebe zu ihm bekannt hätte – und er hat mich deswegen beschimpft, stell dir vor! Ich hätte euch das angeblich verheimlichen sollen und weiter vorschützen, daß ich mich mit ihm nur treffe, um dir Nachrichten über ihn zu bringen – wie du es gewünscht hattest. Ich hätte mir angeblich so dein Vertrauen erhalten sollen, um es dann zu seinem Nutzen gegen dich zu mißbrauchen!

PEACHUM: Schön geplant von dem Burschen!

POLLY: Als er damit herausrückte, begriff ich, daß ich auf ihn hereingefallen war.

PEACHUM: Du bereust alles?

POLLY: Ja –

PEACHUM: Hörst du es, Liz? Die Rückkehr der verlorenen Tochter! Komm an meine Brust, Polly!

Polly tritt zum Vater, der sie umarmt und küßt.

POLLY: Verzeihst du mir?

PEACHUM: Versteht sich, Kindchen, daß ich dir verzeihe!

Polly löst sich von Peachum. Kurzes verlegenes Schweigen.

POLLY: Papa –

PEACHUM: Ja?

POLLY: Ich möchte mich an Macheath rächen –

PEACHUM: Begreife ich völlig! Und wie willst du das anstellen?

POLLY: Ich dachte mir – wenn du nichts dagegen hättest –, daß ich mit ihm sozusagen normale Beziehungen pflegen könnte, doch in Wirklichkeit – weißt du, wie du es dir ursprünglich gewünscht hattest –

PEACHUM: Dazu wärst du bereit?

POLLY: Außerdem könnte ich so vielleicht meine Schuld tilgen –

PEACHUM: Polly, endlich erkenne ich in dir wieder meine Tochter! Du bist fabelhaft, und ich habe gewußt, daß du mich am Ende nicht enttäuschen würdest! Sieh: Macheath ist zwar gestern verhaftet worden –

POLLY *überrascht*: Was ist er?

PEACHUM: Aber er ist in der Nacht wieder geflohen –

POLLY *erregt*: Tatsächlich? Wie ist ihm das gelungen?

PEACHUM: Lockits Tochter hat es organisiert –

POLLY: Lucy?

PEACHUM: So daß er jetzt – falls er mit seiner Lucy nicht schon geflohen ist – sicher irgendein Versteck sucht. Wie wär's, wenn du ihm eine Zuflucht bieten würdest – selbstverständlich nur zum Schein? Weißt du, welches Vertrauen du bei ihm dadurch gewinnen könntest? Na, und dann wäre es für dich kein Problem mehr, etwas über seine Kumpane und vor allem über das versteckte Vermögen seiner Bande herauszubekommen! Das wär doch keine schlechte Rache – was meinst du dazu?

POLLY: Papa –

PEACHUM: Ja?

POLLY: Du glaubst, Lucy und Macheath könnten miteinander geflohen sein?

PEACHUM: Wundern würde es mich nicht!

Polly starrt einen Augenblick vor sich hin, dreht sich plötzlich um und läuft durch die Hintertür hinaus. Peachum blickt ihr überrascht nach.

FRAU PEACHUM: Du, Willy –

PEACHUM: Was ist?

FRAU PEACHUM: Du glaubst ihr?

PEACHUM: Natürlich. Warum?

FRAU PEACHUM: Vergiß nicht, daß Macheath sich auf Mädchen versteht!

PEACHUM: Polly fällt auf seine Tricks nicht mehr rein!

FRAU PEACHUM: Wenn sie ihm bloß nicht schon darauf reingefallen ist!

Da klopft jemand an die rechte Tür. Peachum schlägt schnell sein Buch zu und steckt es in die Schublade. Er ruft –

PEACHUM: Herein!

Durch die rechte Tür tritt Ingrid ein.

INGRID: Herr Peachum?

PEACHUM: Sie wünschen?

INGRID: Ich bin Ingrid –

PEACHUM: Das sagt mir nichts –

INGRID: Frau Diana schickt mich –

FRAU PEACHUM: Ach, Sie sind's! Ausgezeichnet, wir erwarten Sie schon! Kommen Sie weiter und setzen Sie sich! Ich würde mich freuen, wenn Sie sich bei uns wie zu Hause fühlten. Ich mache Ihnen gleich Kaffee.

Vorhang fällt.

Ende des neunten Bildes

Zehntes Bild

Auf der Bühne wieder Dianas Salon. Alles wie im achten Bild. Bei Hochgehen des Vorhangs wirft die erboste Betty, in Unterwäsche auf der Treppe stehend, dem in der Unterhose herunterrennenden Jim die Hose nach. Jim packt sie verwirrt und flieht durch die rechte Tür. Gleichzeitig treten durch die hintere rechte Tür – vom Lärm angelockt – Diana und Vicki, mit dem Buch in der Hand, ein.

DIANA: Was ist geschehen, Betty?

BETTY: Er hat mich auf die Stirn geküßt und dann noch gewagt, mein Haar zu streicheln!

DIANA: Na und?

BETTY: Erlauben Sie, Madame! Ich verkaufe hier ehrlich meinen Körper, und kein dahergelaufener Kerl darf glauben, daß ihm auch meine Seele gehört! Bin ich denn eine solche?

DIANA: Gemäß Vertrag bist du verpflichtet, auf die Launen unserer Kunden einzugehen!

BETTY: Das war doch keine seriöse sexuelle Ausschweifung, das war eine gewöhnliche Schweinerei!

VICKI: Betty hat recht, Madame; sie kann sich nicht alles gefallen lassen – da würden die uns ja bald offene Liebeserklärungen machen –

BETTY: Und wir müßten sie am Ende erwidern!

Betty dreht sich um und geht erbittert die Treppe hinauf. Im selben Augenblick tritt die atemlose Jenny durch die rechte Tür ein.

DIANA *zu Jenny*: Du wirst ihn doch nicht auch noch hinausbegleitet haben?

Jenny nickt verlegen.

Hauptsache, er ist fort. Was wollte er eigentlich von dir?

JENNY: Ach, nichts. Er hat mir was vom Vater bestellt. Sie haben in der gleichen Zelle gesessen –

STIMME *hinter der Bühne*: Was ist los mit dir, Kätzchen? Komm endlich!

JENNY *ruft zur linken Tür*: Ich komme schon, Exzellenz!

Da fliegt die rechte Tür auf, und in den Raum stürzen der Sergeant und die drei Büttel.

SERGEANT *zu Jenny*: Wo ist er?

JENNY *weist auf die linke hintere Tür*: Dort!

Sergeant und Büttel durchqueren rasch den Raum und stürmen durch die linke hintere Tür.

DIANA: Um Himmels willen, was hat das zu bedeuten?

SERGEANT *hinter der Bühne*: Im Namen Ihrer Königlichen Hoheit verhafte ich Sie, Herr. Was Sie von diesem Augenblick an sagen, kann später gegen Sie benützt werden!

JENNY *stößt hervor*: Ach!

Jenny läßt sich erschöpft auf eine Treppenstufe fallen; durch die linke hintere Tür tritt der Sergeant ein, dem die Büttel folgen, Macheath zwischen sich. Auf der Treppe erscheint gleichzeitig Betty, jetzt wieder normal angezogen.

DIANA: Großer Gott, Macheath! Herr Sergeant, ich hatte nicht gewußt, daß er hier ist – Ehrenwort!

MACHEATH *zu Jenny*: Daß du dich nicht schämst, du Dirne!

Sergeant geht mit Bütteln und Macheath durch die rechte Tür ab. Jenny sitzt auf der Treppenstufe und stiert abwesend vor sich hin. Kurze verlegene Pause.

DIANA *zu Jenny*: Was fällt dir ein, ihn hier zu verstecken, ich bitte dich! Weißt du, was das geben kann?

VICKI: Und dann beschimpft er sie noch dafür!

STIMME *hinter der Bühne*: Kätzchen, Kätzchen!

BETTY: Ist doch klar, Madame, sie hat sich in ihn verknallt!

DIANA: Um so schlimmer! *Zu Jenny:* Augenblicklich gehst

du an deinen Arbeitsplatz, wir unterhalten uns nachher!

BETTY: Kann nicht eine andere für sie einspringen? Ihr seht doch, wie es sie mitgenommen hat, die Arme!

DIANA: Dann ran, Vicki!

Betty hilft Jenny auf die Beine und führt sie über die Treppe weg; sie kommt sogleich zurück, nimmt ihren alten Platz wieder ein und strickt ihren Strumpf weiter. Vicki begibt sich gemächlich zur linken Tür.

STIMME *ruft erregt hinter der Bühne*: Kätzchen! Kätzchen! Ich bitte dich! Komm sofort! Komm oder –

Diana setzt sich an den Schreibtisch und ruft gereizt zur linken Tür hin –

DIANA: Sie kommt ja schon!

STIMME *erschöpft hinter der Bühne*: Nicht mehr nötig –

Vicki kehrt mechanisch auf ihren Platz zurück, nimmt ihr Buch und versenkt sich in die Lektüre. Jemand klopft an die rechte Tür.

DIANA *ruft*: Herein!

Durch die rechte Tür tritt Jack im Sonntagsanzug mit einer Blume im Knopfloch ein.

JACK: Guten Tag –

DIANA *mit professionellem Lächeln*: Guten Tag, mein Herr. Sie wünschen?

JACK: Ich möchte –

DIANA: Sie sind zum erstenmal bei uns, nicht wahr?

JACK: Ja –

DIANA: Dann nehmen Sie Platz, bitte!

Jack setzt sich aufs Taburett.

Mein Salon ist nicht groß – in London gibt es sicherlich größere Unternehmen –, aber ich will bewußt nicht vergrößern: Ich vertrete nämlich die Ansicht, daß man Dienste dieser Art nicht am Fließband leisten kann, und mir widerstreben jene riesigen anonymen Kolosse, die alles mechanisieren und entmenschlichen, indem sie die Sache auf das Niveau einer Konsumangelegenheit herunterdrücken. Sagen Sie selbst – läßt sich denn –

Vorhang fällt.

Ende des zehnten Bildes

Elftes Bild

Auf der Bühne wieder die Gefängniszelle. Alles wie im sechsten Bild. Bei Hochgehen des Vorhangs liegt Macheath mit gefesselten Händen auf der Pritsche. Rasselnd wird die Tür aufgeschlossen, und Macheath erhebt sich schnell. John betritt die Zelle.

JOHN: Sie haben Besuch, Käpten –

MACHEATH: Ich?

Die Zelle betreten Polly und Lucy. John geht und schlägt hinter sich die Tür zu. Macheath ruft:

Polly! Lucy!

Polly tritt zu Macheath und versetzt ihm eine Ohrfeige.

Was ist los?

Lucy gibt Macheath eine Ohrfeige auf die andere Wange.

Was ist in euch gefahren, um Gottes willen?

LUCY: Da fragst du noch?

POLLY: Alle haben uns gewarnt, du seist ein Hochstapler, Zyniker und Mädchenjäger. Wir aber hatten nichts auf das Gerede der Leute gegeben –

LUCY: Wir hatten an deine ehrlichen Absichten geglaubt –

POLLY: Und hatten uns entschlossen, die Rolle deiner Lebensgefährtinnen anzunehmen und so gut wie möglich zu erfüllen, an deiner Seite zu stehen im Guten und im Bösen –

LUCY: Und wäre es gegen die eigenen Väter gewesen!

POLLY: Wir gaben dir alles, was wir hatten: unsere Treue, unsere Liebe –

LUCY: Unseren Körper –

POLLY: Unsere Ehre!

LUCY: Und wie hast du es uns gedankt? Schändlich hintergangen hast du uns!

POLLY: Alle deine Reden über die Liebe waren gemeine Lügen –

LUCY: Weil es dir in Wirklichkeit um nichts anderes ging, als durch Pollys Vermittlung die Kontrolle über Herrn Peachums Organisation zu erlangen –

POLLY: Und durch Lucys Vermittlung auch Einfluß auf Herrn Lockit zu gewinnen!

LUCY: Wir sind schockiert –

POLLY: Und aus tiefster Seele beleidigt!

POLLY *und* LUCY: Du solltest dich schämen!

Längeres Schweigen; Macheath geht nachdenklich in der Zelle auf und ab, dann wendet er sich mit ernstem Gesicht an Polly und Lucy.

MACHEATH: Mädchen! Ich respektiere euren Zorn und begreife euren Schmerz, weil ich weiß, daß das Erscheinungsbild meiner Handlungsweise tatsächlich zu einer solchen Auslegung, wie eure aufgebrachten Gemüter sie euch eingaben, verleiten kann. Aber eben weil ich euch verstehe – und zwar um so mehr, als ich selbst am besten weiß, wieviel Fehler ich habe –, muß ich mich ganz entschieden verteidigen, wo ihr mir erwiesenermaßen nur deshalb Unrecht tut, weil euch euer Eifer verwehrt, unter der Oberfläche meiner Taten deren wirklichen menschlichen Inhalt zu sehen. Vor allem entspricht es nicht der Wahrheit, daß ich euch nicht liebe. Ich liebe euch aufrichtig, und aus meinem Mund ist in dieser Sache kein einziges Wort gekommen, das nicht mein tatsächliches Empfinden widergespiegelt hätte; oft empfand ich im Gegenteil mehr, als mir meine Scham und mein Stolz einzugestehen erlaubten. Was habe ich eigentlich verbrochen? War es vielleicht mein Fehler, daß ich euch geheiratet habe? Was sollte ich anderes tun, wenn ich euch liebte? Gewiß: üblicher, weil für die Gesellschaft annehmbarer und darum für den Mann bequemer, ist das heutzutage einigermaßen andere Vorgehen, nämlich jenes, wo der Mann von den geliebten Frauen nur eine zur Gemahlin nimmt und die andere unter Hinweis auf die Rück-

sichtnahme gegenüber seiner legitimen Ehefrau in die deklassierende Stellung der sogenannten Geliebten verweist, das heißt, sie zu einer Art besseren Kurtisane macht, deren Pflichten sich fast ganz mit den Pflichten der Ehefrau decken, deren Rechte aber im Vergleich zur Ehefrau bedeutend beschnitten sind: sie ist gezwungen, das Recht der Ehefrau auf Nichtbilligung ihrer Existenz zu respektieren, ohne selbst das geringste Recht auf Nichtbilligung der Existenz der Ehefrau zu besitzen. Allerdings ist die Stellung der Ehefrau um nichts vorteilhafter: während die Geliebte von der Ehefrau weiß und oft, wie vorausgesetzt werden kann, sich mit dem Ehemann, ihrem Geliebten, ausführlich über sie unterhält, muß die Ehefrau im Gegenteil in den Morast des Unwissens getaucht bleiben, was sie ihrem Mann natürlich entfremdet: dieser braucht vor der Geliebten – anders als bei der Ehefrau – nichts zu verheimlichen, er versteht sich mit ihr besser und hat sie infolgedessen nach und nach auch lieber. Begreift ihr, daß diese Lösung beiden Frauen gegenüber rücksichtslos ist? Und diesen Weg hätte ich gehen sollen? Nein, Mädchen, wenn ich meine Pflichten euch gegenüber bestmöglich erfüllen wollte, durfte ich in dieser Sache nicht den anderen Männern folgen, vielmehr mußte ich einen eigenen Weg beschreiten, der möglicherweise unwegsamer ist, dafür aber entschieden moralischer, denn es ist ein Weg, der euch gleichberechtigt dasselbe Maß an Legitimität und Würde verleiht. Dies ist die Wahrheit; allein auf ihrer Grundlage, bitte, richtet mich! – Mädchen! Morgen werde ich mit größter Wahrscheinlichkeit hingerichtet, und damit erledigt sich ohnehin alles von selbst – wenn auch ein wenig anders, als ich es mir vorgestellt hatte. Es geht somit nicht, wie es vielleicht den Anschein hat, um die Zukunft, es geht nur noch um die Vergangenheit –
Polly und Lucy beginnen zu schluchzen.
Wenn ich nicht mehr bin, gibt es von mir nur noch eure Erinnerung an mich. Das einzige, was meine letzten Stunden durch

ein bißchen Glück verklärt und mir einen zufriedenen Tod sichern kann, ist die Hoffnung, daß es keine schlechte Erinnerung sein wird. Ich bitte euch darum inständig, euch in meine Handlungsweise einzufühlen, ihre Logik und Moral zu begreifen und anzuerkennen, daß ich mich – im Rahmen meiner Möglichkeiten – ehrenvoll verhalten habe! Und solltet ihr auch in dieser Stunde, da es nur mehr um den Frieden meiner Seele geht, mein Tun nicht akzeptieren können, dann versucht wenigstens, mir zu verzeihen! Ich ersuche euch darum im Namen der paar schönen Augenblicke, die wir miteinander verlebten, und im Namen der paar törichten Pläne, die wir miteinander nicht mehr zu verwirklichen vermochten!
Polly und Lucy schluchzen jetzt laut, beide stürzen sich auf Macheath, umarmen ihn leidenschaftlich, küssen ihn wild und weinen hysterisch.

Vorhang fällt.

Ende des elften Bildes

Zwölftes Bild

Auf der Bühne die Gefängniskanzlei. Alles wie im fünften Bild. Bei Hochgehen des Vorhangs sitzt Lockit breit und bequem hinter seinem Tisch und blickt forschend auf Filch, der mit gefesselten Händen vor ihm steht. Im Hintergrund sitzt John.

LOCKIT: Hören Sie Filch, eine Sache ist mir immer noch unklar: Sozusagen als Dieb aus Überzeugung sollten Sie die geschickte Art, mit der Herr Peachum im Rahmen seines Polizeidienstes für die Unterwelt arbeitet, hoch zu würdigen wissen –

FILCH: Ich habe nie die Ansicht vertreten, daß der Zweck die Mittel heiligt. Im Gegenteil: ich denke, daß problematische Mittel auch gute Ziele problematisieren!

LOCKIT: Ich sehe, Sie haben Ihre Prinzipien. Aber warum haben Sie dann bis zum letzten Augenblick versucht, Peachum zu decken, wo Sie doch sein Vorgehen so verurteilen?

FILCH: Nun, gerade weil ich Prinzipien habe! Eines davon verlangt nämlich, daß ich nie einen Kollegen anzeige, auch wenn ich ihm gegenüber die größten Vorbehalte hegte –

LOCKIT: Was offenbar auch für den Fall gilt, daß dieser Kollege Sie selbst anzeigt –

FILCH: Ja.

LOCKIT: Sie sind ein sonderbarer Mensch, Filch. Schade, daß Sie Räuber und nicht Polizist sind: einen ehrlichen Mann wie Sie würde ich hier benötigen wie Salz aufs Brot!

FILCH: Ich fürchte, daß ich als Polizist mit Ihnen dieselben Auseinandersetzungen hätte wie als Räuber mit Peachum!

LOCKIT: Weshalb meinen Sie?

FILCH: Ich könnte beispielsweise nie mit Methoden einverstanden sein, wie Sie sie heute gegen mich angewandt haben!

LOCKIT: Wenn Sie damit auf den Zuträger anspielen, den ich Ihnen in die Zelle gesetzt habe, mache ich Sie darauf aufmerksam, daß dieser Trick so alt ist wie das Gefängniswesen selber. Wie sonst hätte ich bei einem Gentleman von Ihrem Schlag herausfinden sollen, daß mich mein treuer Peachum so schandbar hintergeht?

FILCH: Seien Sie mir nicht böse, aber das war eine Schweinerei –

LOCKIT: Lassen wir es gut sein, Filch. Zur Polizei wollen Sie nicht, zutragen wollen Sie mir offensichtlich auch nichts, was soll ich mit Ihnen anfangen? Wahrscheinlich bleibt mir nichts anderes übrig, als Gloucester zu gestehen, daß ich Sie gefaßt habe – Sie werden mich dann wenigstens vor einem behüten, nämlich daß mich der Herzog beim König als Taugenichts denunziert. Was allerdings bedeutet – Sie wissen, was?

FILCH: Den Strick?

LOCKIT: Gloucester besteht darauf –

FILCH: Mir liegt ohnehin nichts mehr am Leben! Ich passe nicht in diese Welt –

LOCKIT: Ich andererseits bin der Meinung, daß die Welt mehr von Ihrer Sorte nötig hätte. Aber was läßt sich machen! Schade. *Zu John:* Du kannst ihn abführen –

John schließt die linke Tür auf und führt Filch ins Gefängnis. Kurz darauf klopft jemand an die hintere Tür. Lockit ruft: Herein!

Durch die hintere Tür tritt Peachum ein und geht lächelnd auf Lockit zu; die beiden geben sich die Hand.

PEACHUM: Mach dir nichts daraus, Bill, so was passiert in den besten Gefängnissen –

LOCKIT: Und was passiert da?

PEACHUM: Du brauchst es vor mir nicht zu verhehlen, ich weiß, daß dir unser Vogel heute nacht entflogen ist –

Peachum läßt sich häuslich auf einem der Stühle nieder. Durch die linke Tür kehrt John zurück, er schließt ab und entfernt sich durch die hintere Tür.

LOCKIT: Falls du von Macheath sprechen solltest, Willy, dann ist er in Zelle Nummer sechs –

PEACHUM: Ist er nicht ausgerissen?

LOCKIT: Doch. Aber wir haben ihn wieder eingefangen!

PEACHUM: Ah, sakra –

LOCKIT: Freut dich das nicht?

PEACHUM: Aber ja –

LOCKIT: Das klingt nicht sehr überzeugend! Ist etwas passiert?

PEACHUM: Nein – ich meinte nur, wir hätten die Flucht zu einer besseren Lösung des ganzen Falls nutzen können –

LOCKIT: Du überraschst mich, Willy! Soviel ich mich erinnere, hast du gestern die sofortige Verhaftung und Verurteilung von Macheath als die schlechterdings klügste Lösung gepriesen –

PEACHUM: Gestern war die Situation anders –

LOCKIT: Wieso? Inwiefern?

PEACHUM: Es ging darum, eine eventuelle Unüberlegtheit Pollys so schnell wie möglich zu verhindern –

LOCKIT: Und heute geht es nicht mehr darum?

PEACHUM: Polly sind die Augen aufgegangen –

LOCKIT: Nicht möglich!

PEACHUM: Im Ernst! Sie hat Macheath durchschaut, hat ihren Irrtum begriffen und möchte jetzt von sich aus im Sinne meiner ursprünglichen Absichten arbeiten –

LOCKIT: Sieh einer an!

PEACHUM: Sicherlich begreifst du, daß mir, als ich es erfuhr, sofort einfiel, Polly könnte Macheath zum Schein Zuflucht gewähren, dadurch sein Vertrauen gewinnen und aus ihm Informationen über seine Kumpane und das versteckte Vermögen seiner Bande herausbekommen. Würde es gelingen, könntest du ihn mit seiner ganzen Bande fangen und einen Monsterprozeß veranstalten, der die ganze Unterwelt abschrecken müßte. Aber so werden sich seine Leute in der Unterwelt verkrümeln, werden verschiedene kleinere Organisationen verstärken, werden privatgewerblern, und wir sind genauso weit wie zuvor. Ihn stempeln wir obendrein zum romantischen Opfer weiblichen Verrätertums –

LOCKIT: Nichts für ungut, Willy, aber besser den Spatz in der Hand als die Taube auf dem Dach!

PEACHUM: Du überraschst mich, Bill! Soviel ich mich erinnere, sprachst du gestern anders –

LOCKIT: Gestern war die Situation anders –

PEACHUM: Wieso? Inwiefern?

LOCKIT: Darauf kommt es jetzt nicht mehr an. Ich habe es einfach tun müssen –

PEACHUM: Wegen Lucy?

LOCKIT: Ich mußte einer eventuellen Unüberlegtheit von ihr vorgreifen. Ich habe festgestellt, daß sie schon über ein Jahr seine Frau ist –

PEACHUM: So daß unser Macheath zu allem Überfluß noch Bigamist ist! Wenn das Polly wüßte, machte sie für uns alles! Daß du mir das nicht gesagt hast! Na ja – sobald sich in unsere Arbeit Vatergefühle einschleichen, gibt es immer ein Malheur!

LOCKIT: Das wirfst du mir vor? Das ist nicht schön von dir! Und überhaupt – wer weiß, warum dir Macheaths Freiheit plötzlich so am Herzen liegt!

PEACHUM: Ich hoffe, du willst nicht behaupten, daß ich Macheath zu helfen gedenke –

LOCKIT: Ich weiß, daß du an Macheath kein Interesse hast –

PEACHUM: An wem dann?

LOCKIT: Lassen wir das, Willy –

PEACHUM: Bill, ich weiß genau, was du sagen wolltest!

LOCKIT: Was also?

PEACHUM: Daß es mir um das Vermögen der Bande geht! Ist es so?

LOCKIT: Ich habe nichts dergleichen gesagt –

PEACHUM: Aber gedacht!

LOCKIT: Beruhige dich, Willy. Wenn ich dir nicht glaubte, würde ich mich mit dir gar nicht so unterhalten – zumal nach dem Gerede heute vormittag mit deinem verdammten Filch.

PEACHUM: Das also steckt dahinter? Jetzt verstehe ich eher! Daß du so begriffsstutzig sein kannst, Bill, habe ich wirklich nicht geahnt –

LOCKIT: Wieso – begriffsstutzig?

PEACHUM: Herrgott, etwas habe ich diesem Menschen doch sagen müssen! Was hätte ich ihm nach deiner Meinung anderes sagen sollen? Zugeben vielleicht, daß ich für die Polizei arbeite, und ihm dadurch unser ganzes Spiel offenbaren?

LOCKIT: Nein.

PEACHUM: Was dann?

LOCKIT: Du hättest einfach alles leugnen sollen!

PEACHUM: Bill! Der Mann hatte Beweise, daß ich dir Macheath auslieferte! Begreifst du denn nicht, daß mein völliges Leugnen ihn nur vollends in seinem Verdacht bestärkt hätte? Auch wenn er von mir geradewegs in den Knast gewandert wäre, hätte er immer noch ein Dutzend Möglichkeiten gehabt, die Unterwelt vor mir zu warnen! Und das hätte ich riskieren sollen?

LOCKIT: Weshalb hast du mich über dieses Gespräch nicht wenigstens gleich informiert?

PEACHUM: Ich hab die Angelegenheit nicht für wichtig gehalten! Und ich bin auch nicht auf die Idee gekommen, daß du den Sinn dieser Geschichte nicht begreifen könntest!

LOCKIT: Oder hast du dich einfach darauf verlassen, daß Filch schweigen würde?

PEACHUM: Bill! Dein Vertrauen ist das einzige Fundament meiner Position! Wenn ich es verliere, ist alles aus, weil bei den spezifischen Bedingungen meiner Arbeit der geringste Verdacht automatisch das unwiderrufliche Urteil bedeutet!

LOCKIT: Du übertreibst, Willy –

PEACHUM: Ich übertreibe nicht! Und dabei würde es genügen, wenn du dich wenigstens ein bißchen in meine Situation versetztest – gleich wären alle Zweifel verflogen! *Peachum geht erregt im Raum auf und ab, dann wendet er sich unvermittelt*

Lockit zu. Bill! Bist du dir überhaupt bewußt, was es bedeutet, jahrelang gegen die Unterwelt zu kämpfen, voll in ihr zu leben und sich ihr Vertrauen bewahren zu müssen? Durch Jahre hindurch Mörder und Räuber zu überführen, aber gleichzeitig während der ganzen Zeit fehlerlos die Rolle ihrer Beschützer zu spielen? Durch Jahre hindurch das Verbrechen zu bekämpfen, aber gleichzeitig zum Schein Verbrechen zu begehen? Begreifst du überhaupt, wie das ist – so lange zwei Gesichter tragen zu müssen? Auf zweierlei Art zu leben? Auf zweierlei Art zu denken? Von früh bis spät auf sich achten zu müssen, sich verstellen zu müssen, dieses zu verheimlichen und jenes vorzuschützen? Ständig dich einer Welt anzupassen, die du verurteilst, und ständig einer Welt zu entsagen, in die du eigentlich gehörst? Um wieviel leichter hast du es: du bist das, was du bist; jeder weiß, daß du das bist, und jeder verhandelt dementsprechend mit dir; du brauchst vor niemandem etwas zu verbergen oder niemandem etwas vorzumachen, du brauchst dich niemandem anzupassen! Wie herrlich einfach ist deine Welt! Wie gradlinig kann dein Denken sein, welche einfachen Standpunkte kannst du geltend machen – hier das Gute, das Recht, die Moral, dort das Böse, das Unrecht, das Verbrechen! Leider gelten die Maßstäbe, die in deiner Welt gelten, in meiner Welt nicht, und ich kann sie auch nicht mechanisch übertragen, ohne die Grundlagen, auf denen sie steht, unmittelbar zu zerstören! Ich weiß, aus der Perspektive deiner Erfahrung sieht es zeitweise so aus, als würde ich da oder dort zu weit gehen, unverständliche Zugeständnisse machen, Dinge sagen, die ich nicht sagen dürfte, und mich zu sehr der Welt anpassen, die ich bekämpfe. Dein Geschäft ist furchtbar leicht – im Windschatten dieser warmen Kanzlei sitzen, hier die sauberen Händchen pflegen und von hier aus vereinfachende Urteile abgeben. Aber hinausgehen, mitten ins Leben hinein, täglich seine Ehre aufs Spiel setzen und durch die Aufrechterhaltung von Beziehungen, für die man wahrscheinlich nie Anerkennung finden wird, und durch die unauffällige und riskante Kleinarbeit in der gefährlichen Zone zwischen Unterwelt und Polizei langsam und ohne Anspruch auf Ruhm für Recht und Ordnung kämpfen – das ist etwas anderes! Übrigens, wer weiß, ob ohne die schmutzige Arbeit, die voller Verstellung und unwürdiger Kompromisse ist, diese Kanzlei und dieses Gefängnis das wären, was sie sind: eine erfolgreiche Bastion im Kampf gegen das Verbrechen!

LOCKIT: Wahrscheinlich hast du recht, Willy. Falls ich dich getroffen haben sollte, verzeih es mir bitte –

PEACHUM: Es geht nicht um meine Gefühle, Bill –

LOCKIT: Ich weiß –

Schweigen.

Du, Willy –

PEACHUM: Ja?

LOCKIT: Meinst du, daß es jetzt, da Macheath wieder hier ist, wirklich keinen Weg mehr gibt, Informationen aus ihm herauszuholen?

PEACHUM: Doch, Bill. Er ist zwar gefährlich, aber ich denke, der Versuch würde sich lohnen –

LOCKIT: Und der wäre?

PEACHUM: Hör gut zu!

Da fliegt die hintere Tür auf, und es treten der Sergeant und die Büttel ein, zwischen sich den Betrunkenen. Alle fünf durchqueren rasch den Raum zur linken Tür hin; an der Schwelle jedoch dreht sich der Betrunkene plötzlich zu Lockit um und ruft –

BETRUNKENER: Es lebe die Pressefreiheit!

Der Sergeant klebt dem Betrunkenen eine.

Vorhang fällt.

Ende des zwölften Bildes

Dreizehntes Bild

Auf der Bühne wieder die Gefängniszelle. Alles wie vorher. Bei Hochgehen des Vorhangs liegt Macheath mit gefesselten Händen auf der Pritsche. Rasselnd wird die Tür aufgeschlossen, und Macheath erhebt sich schnell; die Zelle betritt John.

JOHN: Sie haben Besuch, Käpten –

MACHEATH: Ich?

Die Zelle betritt Jenny. John geht und schlägt die Tür hinter sich zu. Macheath sieht Jenny befremdet an.

JENNY: Eine Überraschung, was?

MACHEATH: Ich habe erwartet, daß Sie kommen. Nur kann ich jetzt keine Zeit auf Dinge verschwenden, die nicht unmittelbar mit meiner Vorbereitung auf den Tod zusammenhängen. Es wäre darum am besten, Sie gingen gleich wieder –

JENNY: Ich halte Sie nicht lange auf. Ich muß Ihnen nur alles erklären!

MACHEATH: Ich wüßte nicht, was es noch zu erklären gibt! Daß Sie der Polizei dienen und fähig sind, alles zu tun, um die Aufgaben zu erfüllen, die man Ihnen stellt – das weiß ich auch ohne Sie!

JENNY: Nichts wissen Sie!

MACHEATH: Wieso?

Der Schlüssel rasselt in der Tür; John tritt ein und wendet sich an Jenny –

JOHN: Ich muß Sie bitten, Fräulein, Ihren Besuch zu beenden –

JENNY: Ich habe eine Berechtigung für eine halbe Stunde! *Sie zieht ein Papier aus dem Mieder und zeigt es John.* Da ist mein Passierschein –

JOHN: Herr Macheath hat einen wichtigen Besucher hier –

JENNY: Die Angelegenheit ist auch wichtig!

John flüstert Macheath etwas zu; Macheath verzieht überrascht das Gesicht.

JOHN: Verlassen Sie die Zelle, bitte!

JENNY *steckt das Papier ins Mieder zurück*: Gut, ich warte also draußen, bis der Besuch beendet ist –

John führt Jenny aus der Zelle; die Tür bleibt einen Augenblick lang halb offen, dann tritt Peachum ein. John schlägt von außen die Tür zu.

PEACHUM: Guten Tag, Käpten –

MACHEATH: Habe die Ehre –

Peachum geht langsam zum Tischchen und setzt sich. Macheath sieht ihn finster an. Verlegenes Schweigen.

Na? Zufrieden?

PEACHUM: Eben nicht –

MACHEATH: Wie das?

PEACHUM: Ich hab übertrieben. Bin einem Anfall beleidigten Vaterstolzes erlegen –

MACHEATH: Oder wütend, daß es Ihnen nicht gelungen ist, Polly gegen mich zu mißbrauchen?

PEACHUM: Das auch –

MACHEATH: Dann sterbe ich wenigstens mit dem guten Gefühl, daß Sie mit einem schlechten Gewissen leben –

PEACHUM: Ich möchte nicht, daß Sie sterben –

MACHEATH: Sondern? – Reichen Ihre Gewissensbisse womöglich aus, Sie etwas für meine Rettung tun zu lassen?

PEACHUM: So ist es –

MACHEATH: Umsonst wird es sicher nicht sein –

PEACHUM: Das nicht –

MACHEATH: Dachte ich es mir doch! Ich hätte Ihnen andernfalls auch gar nicht glauben können! Doch zur Sache: es geht Ihnen offensichtlich ums Vermögen meiner Organisation –

PEACHUM: Es geht mir um mehr –

MACHEATH: Mehr habe ich nicht –

PEACHUM: Sie haben!

MACHEATH: Was?

PEACHUM: Fähige Leute, weitreichende Pläne, reiche Erfahrungen, gute Einfälle –

MACHEATH: Wollen Sie nicht ein bißchen viel?

PEACHUM: Das Leben müßte es Ihnen wert sein! Im übrigen ist mein Vorschlag solid –

MACHEATH: Ich höre –

PEACHUM: Ich biete Ihnen eine Fusion an –

MACHEATH: Fusion?

PEACHUM: Genau gesagt eine Grenzberichtigung: Ihre Organisation würde sich komplett in die meine einfügen. Sie wären mein Vertreter – mit allen zugehörigen Rechten und Pflichten –, und würde ich vor Ihnen sterben, würden Sie die ganze Organisation übernehmen.

MACHEATH: Ist das alles?

PEACHUM: Die zweite Bedingung wäre, daß Sie mit Polly in einer geordneten Ehe leben. Sie hat Sie nämlich gern, wovon ich mich endgültig überzeugen konnte, als sie mir heute vormittag versprach, daß sie mir helfen würde, Sie zu vernichten: es ist nicht ihre Gewohnheit, mich anzulügen, und wenn sie es in diesem Fall dennoch tat, kann das nur von ihrer außerordentlichen Liebe zu Ihnen diktiert gewesen sein –

MACHEATH: Offenbar haben Sie begriffen, daß es für Sie vorteilhafter wäre, wenn ich als Lebender für Sie arbeite statt als Toter gegen Sie. Ist dem so?

PEACHUM: Ja. Dabei ging ich von der Voraussetzung aus, daß Sie vermutlich doch lieber ein lebender Chefstellvertreter und ordentlicher Ehemann wären als ein toter Chef und berühmter Schürzenjäger –

MACHEATH: Einen Menschen in den Knast hineinzubekommen – ist freilich leichter, als ihn wieder herauszubekommen. Wie wollen Sie Lockit davon überzeugen, daß er mich freilassen soll?

PEACHUM: Sie wissen doch, daß ich Einfluß auf ihn habe!

MACHEATH: Wenn nur nicht er eher Einfluß auf Sie hat!

PEACHUM: Entschuldigen Sie, aber was wollen Sie damit sagen?

MACHEATH: Herr Kollege, hören wir mit dem Blindekuhspiel auf! Sie halten mich für einen größeren Dummkopf, als ich bin!

PEACHUM: Ich verstehe nicht –

MACHEATH: Sie glauben im Ernst, ich würde Ihnen das alles abnehmen?

PEACHUM: Wollen Sie behaupten, da sei ein Trick dabei? Was hätte ich davon, ich bitte Sie? Der Vorschlag ist außergewöhnlich vorteilhaft für mich!

MACHEATH: Vorteilhafter wäre für Sie, wenn Sie Ihre Karriere auf die Entfaltung Ihrer Firma und nicht auf die Zusammenarbeit mit der Polizei ausrichteten! Weil dem aber nicht so ist, verstehe ich Ihren Vorschlag als geschicktes, mit Lockit bis in die Details abgesprochenes Manöver, dessen Ziel es ist, an meine Leute und an unser Vermögen heranzukommen. Uns dann alle auf einmal fangen und einen Monsterprozeß daraus machen, haha! Aber wenn ich schon hängen muß, dann wahrlich lieber als Held, der seine Kameraden nicht verraten hat und Opfer weiblichen Verrätertums geworden ist – statt als Verräter seiner Gefährten, der mit ihnen für begangene Verbrechen verurteilt wurde!

PEACHUM: Ich ahnte nicht, Herr Kollege, daß ich Ihnen – zumal an diesem Ort – alles würde vorkauen müssen! Wie ich sehe, ist Ihre Begriffsstutzigkeit größer, als ich voraussetzte –

MACHEATH: Ich begreife nur zu gut, Herr Kollege!

Peachum schaut sich um, rückt dann näher zu Macheath und spricht mit gedämpfter Stimme.

PEACHUM: Nichts begreifen Sie, Sie Dummerchen! Selbstverständlich ist das alles in Lockits Kanzlei entstanden! Wie anders hätte ich es machen sollen? Oder meinen Sie, Lockit läßt mir einen Mann von hier laufen – einzig weil ich es will? Solchen Einfluß habe ich auf ihn vorerst nicht! Deswegen dachte ich mir ja den ganzen Plan aus, nämlich daß ich Ihnen die Fusion vorschlage, für Sie gewissermaßen die Freiheit wiedergewinne, worauf Sie Lockit auf die entsprechenden Spuren bringen und er Sie samt Ihren Kumpanen einfangen kann. Was glauben Sie wohl, warum ich das Ganze eingefädelt habe? Doch nur aus dem Grund, aus dem ich alle diese Sachen mache – um wie schon oft Peachums Wein in Lockits Kelch zu gießen! Aus Liebe zum König arbeite ich nicht mit der Polizei zusammen. Ich tue einfach das, was so oder so alle tun: ich verfolge meine Ziele und decke mir dabei den Rükken!

MACHEATH: Sie wollen also Lockit einseifen?

PEACHUM: Was sonst?

MACHEATH: Wie aber wollen Sie erreichen, daß er den zweiten Teil Ihres Plans nicht ausführt und mich nach der Fusion samt meinen Jungens für immer und ewig gefangennimmt?

PEACHUM: Herr Kollege! Ich jongliere mit ihm auf diese Weise seit Jahren und habe dabei allerlei Erfahrungen gesammelt, oder? Ich sage ihm meinetwegen, daß die Unterwelt von unserem Plan erfahren hat und daß durch dessen Verwirklichung meine Zusammenarbeit mit der Polizei offenkundig würde!

MACHEATH: Hm. Und welche Garantie hätte ich, daß es nicht wieder eine mit Lockit abgesprochene List ist?

PEACHUM: So was ist Vertrauenssache, Herr Kollege! Mir garantiert auch keiner, daß nicht Sie mich überlisten möchten! Sie müssen sich einfach entschließen – wollen Sie es riskieren oder nicht? Was mich anbelangt, ich habe mich bereits entschlossen.

MACHEATH: Gut also: ich nehme an!

PEACHUM: Ausgezeichnet. Morgen nachmittag erwarte ich Sie in meinem Haus. Ich hoffe, daß sich vor uns beiden eine Etappe solider und konstruktiver Zusammenarbeit eröffnet hat. Gehaben Sie sich wohl, Käpten!

MACHEATH: Servus –

Peachum geht. Macheath spaziert nachdenklich durch die Zelle. Nach einer Zeitlang rasselt wieder der Schlüssel im Schloß und John tritt ein.

JOHN: Darf ich die Dame hereinführen, die vorher da war?

MACHEATH: Ist die noch hier?

JOHN *ruft hinter die Bühne*: Fräulein!

Die Zelle betritt Jenny. John geht hinaus und schlägt die Tür zu.

MACHEATH: Sie möchten mir also einreden, daß Sie nicht für die Polizei arbeiten?

JENNY: Ich will Ihnen die Wahrheit sagen!

MACHEATH: Das haben Sie bei Diana auch gesagt –

JENNY: Das war etwas anderes –

MACHEATH: Wieso?

JENNY: Hätte ich mich nicht bemüht, in Ihnen den Eindruck zu erwecken, daß ich die Wahrheit spreche, hätte doch die ganze Komödie mit dem verurteilten Vater keinen Sinn gehabt!

MACHEATH: Und mich hätte man nicht gefangen, was?

JENNY: Na, sehn Sie! Bisher habe ich Ihnen immer was vorgelogen, um Sie ins Gefängnis zu kriegen. Warum sollte ich Ihnen jetzt was vorlügen, wo Sie schon drin sind?

MACHEATH: Gut. Und wie lautet Ihre heutige Wahrheit?

JENNY: Ich bin nicht Lockits Handlangerin.

MACHEATH: Aha! Zuerst hat man Sie gezwungen, mich in der Kneipe zu täuschen, und dann hat man Sie gezwungen, mich bei Diana mit Hilfe des Eingeständnisses zu täuschen, daß Sie mich in der Kneipe gezwungenermaßen getäuscht hätten! Schön ausgedacht, nur falle ich Ihnen auf so etwas nicht mehr rein!

JENNY: Ich behaupte nichts dergleichen –

MACHEATH: Bestens! Sie geben also zu, für die zu arbeiten?

JENNY: Es ist alles ganz anders, als Sie denken –

MACHEATH: Wie – anders?

JENNY: Schlimmer!

MACHEATH: Schlimmer? Kann es denn etwas Schlimmeres geben?

JENNY: Schaun Sie, hätte ich – wie Sie vermuten – Sie deshalb überlistet, weil es zu meinem Dienst gehört, oder deshalb, weil ich mich damit bei der Polizei lieb Kind machen wollte, wäre es noch begreiflich – nur, ich habe keine solchen Gründe gehabt!

MACHEATH: Wollen Sie damit sagen, daß wirklich niemand dergleichen von Ihnen verlangt hat noch daß Sie irgendeinen Vorteil daraus zogen?

JENNY: Im ersteren Fall hatte ich mich selbst angeboten, und mein Vorschlag war sogar erst nach längerem Zögern angenommen worden, im zweiten Fall habe ich das Ganze dann völlig aus eigener Initiative gemacht –

MACHEATH: Folglich Böses um des Bösen willen?

JENNY: Jawohl –

MACHEATH: Und das soll ich Ihnen abnehmen?

JENNY: Warum hätte ich mir gerade diese Kurve ausdenken sollen?

MACHEATH: Vielleicht weil Lockit Ihnen die Anweisung gab, alles auf sich zu nehmen. Was zweifellos auch der wahre Zweck Ihres heutigen Besuchs ist –

JENNY: Glauben Sie, Herr Lockit hätte es nötig, sich vor einem Menschen herauszustreichen, der ihm nicht mehr schaden kann?

MACHEATH: Na, gut. Sie behaupten somit, daß Sie mich zweimal nacheinander aus purer innerer Notwendigkeit hinterhältig verraten haben?

JENNY: Verworfen, was?

MACHEATH: Wie man's nimmt. In gewisser Hinsicht wäre mir das sympathischer, als wenn Sie mich beispielsweise für Geld verraten hätten. Ganz bestimmt wäre es nicht banal –

JENNY: Das ist noch nicht alles! Mein innerer Zwang, Sie zu vernichten, ging sogar so weit, daß ich keinerlei Gewissensbisse hatte, wenn man Sie abführte, wie das sonst in solchen Fällen zu sein pflegt. Mich überkam vielmehr eine sonderbare Wollust! Ist Ihnen das immer noch sympathischer als andere Arten von Verrat?

MACHEATH: Möglicherweise überrascht es Sie, aber falls die Zugabe echt sein sollte, würde es mir durchaus gefallen. Es wäre dann wenigstens Leidenschaft, und die respektiere ich immer –

JENNY: Sie brauchen nicht den Galanten zu spielen, mir würde schon reichen, wenn Sie mir schlicht glauben wollten –

MACHEATH: Sie wissen nicht, wie gern ich einmal glauben würde, daß ich Ihnen glauben kann!

JENNY: Freilich, wenn ich keine Gewissensbisse hatte, heißt das nicht, daß ich unfähig wäre, überhaupt welche zu empfinden! Im Gegenteil: ich habe viel über mein sonderbares Handeln nachgedacht und mich gefragt, woher das auf einmal kommt. Bis zu diesem Zeitpunkt hatte ich nichts Vergleichbares getan –

MACHEATH: Also wenigstens in einem bin ich bei Ihnen der erste!

JENNY: Seien Sie nicht boshaft –

MACHEATH: Und zu welchen Ergebnissen sind Sie bei Ihren Betrachtungen gelangt?

JENNY: Schaun Sie, Mack, der Mensch kann nicht gespalten sein in einen, der den Willen anderer erfüllt, und in einen, der das mit Abscheu beobachtet; jeder hat es nötig – jedenfalls bis zu einem bestimmten Grad –, sich selbst zu gehören, denn nicht sich selbst zu gehören bedeutet, nicht mit sich selbst eins zu sein, also gar nicht zu sein. Wie Sie wissen, zwingt mich mein Beruf, mir weniger zu gehören als andere Frauen; das, was die oft als das Kostbarste ansehen, gehört in meinem Fall nicht mir, sondern dem Markt, auf den ich es trage. Aber ich will trotzdem mir selbst gehören, weil ich ich selbst sein will! Wundert es Sie da, daß ich deshalb leidenschaftlich die Herrschaft über das verteidige, was zu beherrschen mir geblieben ist und dank dessen ich überhaupt noch bin?

MACHEATH: Sie sprechen offenkundig über Ihr Herz –

JENNY: Vielleicht ist es unsere Berufskrankheit, daß wir desto energischer die Unabhängigkeit unseres Herzens verteidigen, je weniger uns unser Körper gehört! Ich weiß nicht, ob Sie das verstehen, aber ich fühle in mir das schreckliche Bedürfnis, gegen jeden zu kämpfen, der mein Herz unterjochen will!

MACHEATH: Das betrifft mich aber nicht –

JENNY: Es betrifft Sie, Mack –

MACHEATH: Sie lieben mich?

JENNY: Ich hätte es Ihnen nie gestanden, wenn ich nicht wüßte, daß Sie sterben werden.

MACHEATH: Ich bitte Sie, wie ist es dazu gekommen? Sie kennen mich praktisch nicht?

JENNY: Ich weiß es selbst nicht genau. Ich hatte Sie ein paarmal bei uns im Betrieb gesehen, und ich hörte einige Erzählungen über Sie. Ich merkte es nicht gleich, aber je länger das Feuer in meinem Unterbewußtsein glimmte, desto lodernder erfaßte es dann mein Bewußtsein: ich war regelrecht unzurechnungsfähig – lief wie in Trance herum, haßte und verfluchte Sie, mein Stolz verwandelte sich in ohnmächtigen Zorn –, und dann passierte es: ich begriff, daß ich Sie vernichten mußte, wenn ich wieder mir selbst gehören wollte. Jawohl, nur blutige Genugtuung konnte meine Demütigung abwaschen, nur eine handfeste Selbstbestätigung durch die Tat: ich mußte Sie töten, um leben zu können –

MACHEATH: Aber Jenny, sind Sie sich nicht im klaren darüber, daß der Mensch einzig durch seine Beziehungen zu anderen er selbst werden kann – und hier an erster Stelle durch die Liebe? Denn unterdrückt er seine Liebe, unterdrückt er sich selbst, nämlich das, was uns erst wirklich zu uns selbst macht! Das, wodurch Sie sich selbst verlieren, ist der Stolz, von dem Sie sich versklaven lassen – diese zerstörerische Sinnesregung, die den Menschen in jene absonderliche, luftleere Einsamkeit treibt, wo es keinen Vergleich gibt und somit auch kein Einssein! Jenny, begreifen Sie: ich trete in Ihr Herz nicht als Vernichter von dessen Souveränität, sondern als lebendigste Verkörperung von dessen souveränem Willen; ich führe Sie nicht von Ihnen selbst weg, sondern bin der einzig mögliche Vermittler Ihrer Rückkehr zu Ihnen selbst; ich nehme Ihnen nicht Ihre Existenz, sondern ich vertiefe diese im Gegenteil! Ich bin nicht Ihr Untergang, sondern Ihre Rettung!

JENNY: Sie haben leicht reden, denn Sie haben nicht meine Natur! Übrigens genügt es nicht, wenn in der Liebe nur einer liebt –

MACHEATH: Jenny! Seien Sie nicht töricht! Warum glauben Sie, daß ich, den bisher noch keine Frau überlistet hat, mich gerade von Ihnen so leicht und so oft täuschen ließ? Zugegeben, am Anfang habe ich es auch nicht erkannt, aber jetzt weiß ich es ganz sicher: ich wäre nie auf Ihre Listen hereingefallen, hätten Sie mich nicht immer wieder von neuem durch Ihr besonderes, leidenschaftliches und aufregendes Wesen bezaubert, in das Sie mir eben Einblick gewährten! Ja, jetzt weiß ich endlich, was mich an Ihnen so gereizt hat, daß ich meine übliche Vorsicht verlor: Ihr Stolz, Ihr geheimnisvoller Drang, Böses tun zu müssen, Ihr Hochmut und Ihre sengende Sinnlichkeit, die sich dahinter verbirgt! Es hätte keinen Sinn, Jenny, wenn ich es mir und Ihnen länger verheimlichte: ich liebe Sie gleichfalls! Ich liebe Sie, obwohl Sie mich verrieten; und in einem gewissen Sinn liebe ich Sie gerade deshalb! Glauben Sie mir, ich habe nie geahnt, daß Verrat einen Menschen derart erotisch erregen kann!

JENNY: Da sehn Sie! Auf der einen Seite schlagen Sie mir hier ein Leben in harmonischer Liebe vor, und auf der anderen Seite geben Sie zu, daß Sie mich nur wegen meines Verrats lieben! Nein, wir beide könnten miteinander nicht glücklich sein: ob ich Sie vernichte oder nicht, immer werde ich damit unsere Liebe töten – das eben ist der Teufelskreis!

MACHEATH: Jenny – Ihre Verräterei hat mich bis zur Stunde als Überwinderin Ihrer Liebe gereizt. Um so mehr wird mich jetzt Ihre Liebe als Überwinderin Ihrer Verräterei reizen!

JENNY: Sie sind ein schrecklicher Mensch, Mack! Ich war mir meines Sieges gewiß, und jetzt sehe ich, daß es mein Ende sein wird, wenn ich Sie nicht augenblicklich wieder verrate!

MACHEATH: Im Gegenteil, augenblicklich steht vor uns der Anfang: ich werde heute freigelassen, und wir fliehen zusammen auf der Stelle irgendwohin in die weite Ferne, wo uns niemand findet – außer Vögeln und Sternen!

Vorhang fällt.

Ende des dreizehnten Bildes

Vierzehntes Bild

Auf der Bühne Lockits Wohnung. Mit Ausnahme einiger gut erkennbarer, aber nur äußerer Veränderungen – beispielsweise in der Farbgebung – besteht sie aus der gleichen Einrichtung wie Peachums Wohnung. Lockit trägt einen Morgenrock, sitzt am Tisch und notiert etwas in ein voluminöses Rechnungsbuch; Frau Lockit, mit Schürze, bereitet auf dem Herd das Abendessen. Nach längerem Schweigen läßt sich Frau Lockit vernehmen –

FRAU LOCKIT: Du, Bill –

LOCKIT *ohne aufzusehen*: Was ist?

FRAU LOCKIT: Meinst du, daß es ein guter Einfall war?

LOCKIT: Was?

FRAU LOCKIT: Die Sache mit dem Macheath so radikal zu lösen –

LOCKIT: Wir hatten keine andere Wahl, Mary –

Jemand klopft an die rechte Tür. Lockit schlägt schnell sein Buch zu und steckt es in die Schublade. Er ruft: Herein!

Durch die rechte Tür tritt Harold ein.

HAROLD: Melde, Chef, daß die Exekution an diesem Filch ausgeführt ist –

LOCKIT: Wie hat er sich gehalten?

HAROLD: Tapfer. Kurz vor seinem Tod hat er gerufen: «Es lebe die Londoner Unterwelt!»

LOCKIT: Ein glücklicher Mensch, noch im Tod ist er er selbst geblieben!

Harold will gehen.

Harold –

HAROLD: Jawohl, Chef?

LOCKIT: Hat Macheath gerade Besuch?

HAROLD: Ich denke, nicht –

LOCKIT: Dann führe ihn mir vor, bitte!

Harold entfernt sich durch die rechte Tür. Lockit zieht sein Buch aus der Schublade und notiert weiter.

FRAU LOCKIT: Du, Bill –

LOCKIT *ohne aufzusehen*: Was ist?

FRAU LOCKIT: Warum willst du mit Macheath reden?

LOCKIT: Du wirst schon sehen –

FRAU LOCKIT: Du wirst ihm eine Chance geben?

LOCKIT: Wieso?

FRAU LOCKIT: Ich fürchte, Lucy könnte sich etwas antun –

LOCKIT: Ich bitte dich –

Jemand klopft an die rechte Tür. Lockit schlägt schnell sein Buch zu und steckt es in die Schublade. Er ruft:

Herein!

Durch die rechte Tür tritt Harold mit Macheath ein, der die Hände gefesselt hat.

HAROLD: Hier haben Sie ihn, Chef –

LOCKIT: Danke. Warte sicherheitshalber im Gang –

Harold entfernt sich durch die rechte Tür; Lockit mustert Macheath eine Weile, dann deutet er auf einen Stuhl:

Setzen Sie sich –

MACHEATH: Danke – *Macheath nimmt gegenüber von Lockit am Tisch Platz und sieht ihn neugierig an.*

LOCKIT: Gestern haben Sie mich beschuldigt, ich hätte Sie auf Wunsch von Willy Peachum eingesperrt – erinnern Sie sich?

MACHEATH: Natürlich –

LOCKIT: Und jetzt meinen Sie, ich würde Sie auf Wunsch desselben Peachums freilassen. Habe ich recht?

MACHEATH *betroffen*: Nein –

LOCKIT: Nein? Was hat Peachum dann heute bei Ihnen in der Zelle gemacht?

MACHEATH: Er war gekommen, um sich vor meinem Tod mit mir zu versöhnen –

LOCKIT: Und hat er Ihnen dabei nicht zufällig vorgeschlagen, Sie hier herauszuholen, wenn Sie in die Fusion Ihrer beider Organisationen einwilligen?

MACHEATH: Nein –

LOCKIT: Aber ja doch! Wir hatten es verabredet; es war ein Trick, durch den ich noch vor Ihrer Hinrichtung an Ihre Leute rankommen sollte –

MACHEATH: Weshalb erzählen Sie es mir dann?

LOCKIT: Jetzt kann ich es –

MACHEATH: Wieso?

LOCKIT: Weil Sie uns leider nicht darauf reingefallen sind. Peachum hat dann noch versucht, die Sache durch die Behauptung zu retten, der Plan sei mit mir nur zum Schein abgesprochen, aber nicht einmal diese Version, die wir für den Fall vorbereitet hatten, daß Sie der ersten Phase nicht glauben würden, kam bei Ihnen an –

MACHEATH: Wieso nicht? Ich habe doch Peachums Angebot angenommen –

LOCKIT: Ja, aber nur, um herauszukommen, um im Rahmen der fingierten Fusion die Vermögen der beiden Organisationen an sich zu reißen und dann zu fliehen, noch bevor ich Ihre Jungens endgültig gefangen hätte, und zwar mit einer gewissen Dame irgendwohin, wo niemand Sie finden würde außer Vögeln und Sternen!

Macheath springt aufgeregt hoch.

Mit anderen Worten: sobald Sie begriffen, daß Peachum Sie täuschte, als er sagte, er täusche mich, beschlossen Sie, ihn zu täuschen. Zu unserem Glück und zu Ihrem Unglück jedoch sind Sie unmittelbar darauf selbst getäuscht worden. Sie verstehen?

Macheath schaut einen Augenblick lang starr, dann stöhnt er.

MACHEATH: Diese Dirne!

Macheath sinkt gebrochen auf den Stuhl zurück und blickt

niedergeschlagen vor sich hin; Lockit und Frau Lockit lächeln einander vielsagend an.

Das ist das definitive Ende –

LOCKIT: Der Mensch hat immer eine Chance, Mackie. Zumindest in diesem Gefängnis –

MACHEATH: Ich mag nicht mehr leben. Ich passe nicht in diese Welt!

LOCKIT: Spielen Sie sich nicht auf!

Längeres Schweigen.

MACHEATH: Nun, worauf warten Sie noch? Mein Hals steht Ihnen zur Verfügung!

LOCKIT: Ich warte, bis Sie sich ein wenig beruhigt haben. *Zu Frau Lockit:* Mary, ich glaube, ein Gläschen Likör würde dem Herrn Käpten gut tun –

Frau Lockit schenkt ein Gläschen voll und stellt es vor Macheath.

FRAU LOCKIT: Bedienen Sie sich –

MACHEATH: Danke –

Schweigen. Macheath schlürft finsteren Blicks. Lockit beobachtet ihn. Nach einer Weile läßt sich Macheath mit brüchiger Stimme vernehmen:

Dann fangen Sie an –

LOCKIT: Schauen Sie, Mackie: Peachum arbeitet, wie Sie inzwischen erkannt haben, für mich und erfreut sich meines größten Vertrauens. Aber gerade weil er so verläßlich arbeitet, verdient er eine solidere Basis für seine Dienste als bloßes Vertrauen. Ich brauche Beweise –

MACHEATH: Und was wäre meine Aufgabe dabei?

LOCKIT: Nicht mehr und nicht weniger, als die Fusion zu verwirklichen, die Ihnen Peachum antrug, und dann müßten Sie nur noch, als sein Vertreter, ein bißchen Umschau halten und mir von Zeit zu Zeit mitteilen, was es im Betrieb Neues gibt, wie sich Ihr Chef verhält und ob er der Stadtkasse wirklich alle Gewinne abliefert. Das ist alles. Wenn Sie darauf eingehen, garantiere ich Ihnen und Ihren Jungens Sicherheit. Wie finden Sie das?

MACHEATH: Sie fürchten nicht, ich könnte Sie betrügen?

LOCKIT: Wie denn das?

MACHEATH: Was wäre, wenn ich feststellte, daß Peachum Sie betrügt, ich ihn aber deckte und mit ihm sogar gemeinsame Sache gegen Sie machte?

LOCKIT: Das werden Sie nicht tun –

MACHEATH: Woher wollen Sie das wissen?

LOCKIT: Also. Erstens: Sie werden nie Sicherheit haben, ob der eine oder andere Beweis für Peachums Verrat nicht eine von mir inspirierte Prüfung Ihrer Verläßlichkeit ist – und Sie können versichert sein, daß ich von Zeit zu Zeit solche Prüfungen vornehmen werde! Und zweitens: über jeden Ihrer Versuche, sich mit Peachum hinter meinem Rücken abzusprechen, wird er mich sofort informieren; falls er mir treu ist, aus Diensteifer, und falls er mich betrügt, aus Angst, es könnte sich um eine von mir inspirierte Verläßlichkeitsprüfung handeln – und Sie können versichert sein, daß ich von Zeit zu Zeit solche Prüfungen vornehmen werde! Alsdann – nehmen Sie an?

Langes gespanntes Schweigen. Macheath geht nachdenklich im Raum auf und ab, dann dreht er sich zu Lockit um.

MACHEATH: Sehen Sie, Lockit: Ich hänge nicht am Leben, ich fürchte den Tod nicht, ja, ich bin sogar bereit, mein Leben zu opfern – allerdings nur unter einer Voraussetzung, nämlich daß ich damit die Autorität der Werte stärke, für die ich sterbe, und somit durch meinen Tod dem Leben anderer nütze. Ich habe mir schließlich mein Leben nicht selbst gegeben, es gehört mir nicht, ich bin nur sein Verwalter – und was wäre ich für ein Verwalter, wenn ich grundlos vernichtete, was ich pflegen soll? Ringsum täuschen mich alle, wie sich gezeigt hat, doch das heißt keineswegs, daß man von mir etwas anderes erwartet, ganz im Gegenteil; man bietet mir damit eigentlich ein bestimmtes Prinzip unserer gegenseitigen Beziehungen. Was würde denn geschehen, wenn ich dieses Angebot ablehnte? Meine Umgebung würde es als Herausforderung ansehen, als Überheblichkeit und Hochmut – um so mehr, als dies mit dem theatralischen Schlußwort meiner Hinrichtung verbunden wäre –, und jeder würde fragen: Wovon leitet dieser Mensch das Recht ab, sich so grandios von den anderen zu unterscheiden, aus der Reihe zu tanzen, die Meinung der Mehrheit zu verachten und auf das Minimum an Disziplin zu spucken, ohne welches keine Gesellschaft auskommt? Man würde mich schlechterdings für einen eingebildeten Exhibitionisten halten, der das Gewissen der Welt spielen will; ich würde mich für etwas opfern, woran außer mir niemand glaubt; mein Tod würde unverstanden bleiben, ich würde keine Autorität irgendwie gearteter Werte stärken, würde niemandem helfen, würde nur einigen meiner Nächsten Schmerz verursachen. Schließlich ist es ja auch begreiflich: die Spielregeln total abzulehnen, die diese Welt dem Menschen offeriert, ist zwar bequemer, führt aber gewöhnlich zu nichts; weit schwerer, gleichzeitig jedoch unvergleichlich sinnvoller ist es, diese Regeln anzunehmen, sich dadurch die Möglichkeit der Kommunikation mit seiner Umgebung zu sichern und dann diese Kommunikation zum schrittweisen Kampf für die Verbesserung der gegebenen Spielregeln zu nutzen. Mit anderen Worten: die einzig richtige, würdige und wahrhaftig männliche Lösung dieser Situation ist es, dem Leben ins Auge zu sehen, sich mutig in die aufgewühlten Wogen zu stürzen, nicht Schmutz noch Hinterhalt zu fürchten, in die es den Menschen lockt, und alle seine Kräfte und sein ganzes Können im Kampf dafür einzusetzen, daß das Leben besser wird, als es ist!

LOCKIT: Mackie, Sie haben wie ein Mann gesprochen! Ich bin zutiefst gerührt – *Lockit reicht Macheath die Hand, es folgt ein gegenseitiger Händedruck, der etwas komisch ausfällt, weil Macheath Fesseln trägt. Dann entnimmt Lockit der Schublade einen Bogen Papier, ein Tintenfaß und einen Federkiel und baut alles feierlich vor Macheath auf:* Das hier unterschreiben Sie mir bitte –

MACHEATH: Würde nicht eine mündliche Abmachung genügen?

LOCKIT: Nein –

Macheath setzt sich an den Tisch und unterschreibt, wegen seiner Fesseln mit einiger Schwierigkeit. Lockit beobachtet ihn dabei aufmerksam. Nach der Unterschrift nimmt Lockit schnell den Bogen, bläst ihn trocken, steckt ihn in die Schublade und reicht Macheath noch einmal die Hand; dies geht natürlich nicht ohne die vorherigen Komplikationen ab.

Ich hoffe, daß sich vor uns beiden eine Etappe solider und konstruktiver Zusammenarbeit eröffnet hat! *Ruft zur rechten Tür:* Harold!

Durch die rechte Tür tritt Harold ein.

Nehmen Sie ihm die ab!

Harold nimmt Macheath die Fesseln ab. Macheath schüttelt die Hände aus, um die starren Muskeln zu lockern.

Sie sind frei, Mackie! Gehaben Sie sich wohl –

Macheath verneigt sich, noch immer die Hände ausschüttelnd, vor Frau Lockit, die den Tisch fürs Abendessen deckt.

MACHEATH: Küß die Hand, gnädige Frau –

FRAU LOCKIT *mit einem Lächeln*: Ich hoffe, daß Sie nun, wo alles so gut ausgegangen ist, mit Ihren Affären Schluß machen und endlich mit Ihrer Lucy zusammen leben werden! Sie hat Sie so gern –

MACHEATH: Verlassen Sie sich darauf, Mama! *Zu Lockit:* Servus!

Macheath enteilt durch die rechte Tür. Harold folgt ihm. Frau Lockit teilt die Suppe aus und setzt sich mit Lockit zum Abendessen nieder. Lockit steckt sich die Serviette in den Kragen, dann sagt er –

LOCKIT: So, Mary, von diesem Moment an hat unsere Organisation praktisch die ganze Unterwelt unter Kontrolle!

FRAU LOCKIT: Ein schweres Stück Arbeit, was?

LOCKIT: Die Kontrolle über die Londoner Polizei zu erlangen war ein Kinderspiel dagegen!

FRAU LOCKIT: Es ist schon komisch, Bill: niemand weiß etwas über unsere Organisation, und alle dienen ihr!

LOCKIT: Wer nicht weiß, daß er dient, dient immer am besten! Guten Appetit!

Lockit und Frau Lockit beginnen zu essen.

Vorhang fällt.

Ende des vierzehnten Bildes

Das Spiel ist aus

Das Berghotel

❖

Ein Schauspiel in fünf Akten

Personen

Dr. Josef Kubik, *Schriftsteller*
Graf Sergej Iljitsch Orloff
Josef Titz
Josef Dlask
Rachel
Wilhelm Pechar
Milena, *Serviererin*
Frau Pechar
Lisa
Josef Draschar, *Hoteldirektor*
Josef Kraus, *stellvertretender Hoteldirektor*
Koterba
Kunz

Ort der Handlung

Der Garten des Berghotels

Zeit

Gegenwart

Erster Akt

Der Garten und die Terrasse des Berghotels.
Den Hintergrund bildet die erhöhte Terrasse, die durch einen breiten offenen Eingang mit der Hotelhalle verbunden ist; von der Terrasse führt eine kleine Treppe zum Garten, der den vorderen Teil der Bühne bildet. Auf der Terrasse zwei Kaffeehaustische mit Stühlen; im Garten links ein Gartentisch mit einem großen Sonnenschirm und einigen Gartenstühlen; rechts eine Gartenbank. Am linken Tisch auf der Terrasse sitzt Kubik und liest Zeitung; am rechten Tisch sitzt Koterba, der zwar alles mit regem Interesse verfolgt, jedoch während des ganzen Spiels kein Wort sagt. Am Tisch im Garten sitzt Rachel und strickt – auf dem Tisch vor sich hat sie eine Handtasche mit einem Wollknäuel. Auf der Bank rechts sitzt Orloff. In der Mitte der Bühne sitzt auf einer Decke – nur in einer Turnhose und mit einem Strohhut auf dem Kopf – Pechar, der von verschiedenen Gegenständen umgeben ist, darunter einer Thermosflasche, einem Taschenspiegel, Kamm und ähnlichem. Er reibt sich mit Sonnencreme ein und singt dabei leise das Lied aus dem Film «Dr. Schiwago».

PECHAR *singt*:
Weißt du, wohin die Träume all' entflieh'n?
Die unerfüllt an mir vorüberzieh'n?
Weißt du, wohin mein Herz auf Reisen geht,
wenn immerzu es sich nach Liebe sehnt?

Zu dir, denn da nur will ich sein.
Zu dir, aber ich bin allein.
Für dich allein glüht dann der Sonnenschein.
Für dich allein soll meine Liebe sein.

Pechars Gesang verwandelt sich in ein leises Summen der Melodie, die den weiteren Dialog untermalen wird. Nach einer Weile kommt von links ein Ball auf die Bühne gerollt; hinter ihm kommt Titz. Er hebt den Ball auf, schaut sich um, bemerkt Orloff.

TITZ: Wo waren Sie den ganzen Nachmittag?

ORLOFF: Ich habe ein bißchen geschlafen.

TITZ: Nachmittags? Na, so was! Was werden Sie in der Nacht machen? Da können Sie wieder nicht einschlafen –

ORLOFF: Ich nehme ein Schlafmittel.

TITZ: Lassen Sie das nur! Oder wollen Sie sich die Nieren kaputtmachen?

Titz setzt sich neben Orloff auf die Bank, nimmt den Ball auf den Schoß. Pechar hört auf zu summen. Pause.

Ging's heute morgen?

Orloff winkt nur ab.

Wieder nichts?

Orloff schüttelt den Kopf.

Das haben Sie davon, wenn Sie kein Kompott essen.

Pause.

Dann spricht Pechar – der sich immer noch einreibt – den Kubik an, ohne ihn anzusehen.

PECHAR: Hören Sie mal, Doktor ...

KUBIK *hebt den Kopf von der Zeitung*: Ja?

PECHAR: Sie denken sich vielleicht, daß es uns nichts angeht.

KUBIK: Was denn?

PECHAR: Aber es betrifft uns schließlich doch alle.

FRAU PECHAR *hinter der Bühne*: Wilhelm!

KUBIK: Ich weiß nicht, was Sie meinen.

PECHAR: Schauen Sie mal, es ist schließlich der Geburtstag des Direktors – nicht wahr? Wir machen diese Feier, um seine Gunst zu gewinnen – nicht wahr? Wir brauchen ihn doch schließlich alle – hab ich nicht recht?

FRAU PECHAR *hinter der Bühne*: Wilhelm!

KUBIK: Sie wollen offenbar sagen, daß es klüger wäre, wenn ich nicht zu der Feier komme.

Von rechts kommt Lisa mit einem Arm voll Blumen. Sobald Orloff sie bemerkt hat, steht er schnell auf.

ORLOFF: Lisa?

LISA *bleibt stehen*: Ja?

Orloff kommt auf sie zu.

ORLOFF *leise*: Ich glaube nicht, daß Sie alles vergessen haben!

LISA: Ich hab es Ihnen schon gesagt, daß es sich wahrscheinlich um einen Irrtum handelt: Ich war nie in Paris – *will weggehen* – Erlauben Sie?

ORLOFF *vertritt ihr den Weg*: Und unsere Begegnung in dem Antiquariat von Vrubecky auf dem Boulevard Saint-Germain? Und unsere gemeinsame Lektüre der Gesänge Maldorors und Nadjas? Erinnern Sie sich nicht?

LISA: Es tut mir leid, Graf –

Lisa geht um Orloff herum und links ab. Orloff geht eiligst hinter ihr her.

ORLOFF *hinter der Bühne*: Lisa! Lisa!

FRAU PECHAR *hinter der Bühne*: Wilhelm!

Pechar beendet das Einreiben und schüttet dann den Inhalt seiner Thermosflasche ins Gras.

PECHAR: Ihnen ist es doch egal, ob Sie dabei sind – warum soll man ihn denn provozieren? Sie müssen das verstehen und die Situation nicht unnütz komplizieren –

Von links kommt Frau Pechar mit einer Strickweste in der Hand.

FRAU PECHAR *zu Pechar*: Da bist du ja! Warum antwortest du nicht, wenn ich dich rufe?

PECHAR: Ist was?

FRAU PECHAR: Ich bringe dir die Weste.

PECHAR: Wozu?

FRAU PECHAR: Ich laß dich nicht so draußen sitzen –

PECHAR: Es ist doch warm.

FRAU PECHAR: Diese Sonne trügt, Wilhelm! Vergiß nicht, daß es schon September ist: Die Sonne scheint, aber von der Erde kommt die Kälte! Erinnere dich nur, wie es im vorigen Jahr war: da hast du auch den Helden gespielt – und was war dann?! Da hast du... *Frau Pechar kniet neben Pechar und hilft ihm in die Weste. Leise:* Na, erzähl –

PECHAR: Ich hab's ihr heute morgen im Gewächshaus gesagt –

FRAU PECHAR: Auch – daß ihr eine Pension eröffnen wollt?

PECHAR: Mhm.

FRAU PECHAR: Und sie?

PECHAR: Nichts.

FRAU PECHAR: Das ist ein gutes Zeichen!

Frau Pechar hat ihrem Mann die Weste angezogen und schaut jetzt in seine Thermosflasche. Inzwischen kam von rechts Orloff zurück und setzte sich betrübt wieder auf die Bank neben Titz.

Ich hol dir Tee.

PECHAR: Ich will nicht.

FRAU PECHAR: Du hast ja keinen mehr! *Frau Pechar eilt mit der Thermosflasche ins Hotel.*

Pause.

ORLOFF: Ich glaube, daß ich schon in Kürze abreisen werde –

RACHEL *schaut vom Stricken auf*: Gefällt es Ihnen hier bei uns nicht?

ORLOFF: Ich halte es nirgendwo lange aus. Das ist so meine Natur.

RACHEL: Sie werden uns fehlen.

Pechar zieht die Weste aus, legt sie sorgfältig zusammen und auf die Decke, dann fängt er an, sich wieder einzureiben. Pause. In der Ferne pfeift ein Zug, und alle Anwesenden schauen gleichzeitig auf die Uhr. Kurz danach kommt Dlask aus dem Hotel, in einer Hand eine Flasche Wein, in der anderen zwei Gläser. Schaut sich um, sieht Kubik, geht zu seinem Tisch.

DLASK: Darf ich?

KUBIK *schaut überrascht auf*: Natürlich – bitte schön.

Kubik bietet Dlask einen Stuhl an, setzt sich wieder und liest seine Zeitung weiter. Dlask setzt sich hin und schenkt in beide Gläser Wein ein.

DLASK: Das ist Ihr Glas.

KUBIK *schaut auf*: Bitte?

DLASK: Ich sagte, das ist Ihr Glas.

KUBIK *verlegen*: Meins? – Aber das ist doch...

Dlask schiebt lächelnd das Glas Kubik zu. Kubik legt die Zeitung weg und nimmt das Glas. Dlask stößt mit ihm an.

DLASK: Also – Sie wissen ja auf was!

KUBIK: Auf was?

DLASK: Nur so...

KUBIK: Danke schön.

Beide trinken. Pause. Dlask zieht ein Kartenspiel aus der Tasche. Mischt geschickt, fährt mit dem Daumen durch die Karten, daß sie knacken, und lächelt Kubik herausfordernd an.

Verzeihen Sie bitte, aber ich spiele nicht –

DLASK: Wirklich nicht?

KUBIK: Leider.

DLASK: Schade. *Dlask steckt die Karten enttäuscht in die Tasche. Pause.* Geht's Ihnen schon wieder gut?

KUBIK: Mir? Wieso?

DLASK: Ich hörte, daß es Ihnen nicht gutging.

KUBIK: Wann?

DLASK: Gestern, als wir den Geburtstag des Direktors gefeiert haben. Ich wollte wissen, warum Sie nicht dabei sind, und man sagte mir, daß Sie sich nicht wohl fühlen.

KUBIK: Ach so.

DLASK: Sie hätten sich doch wenigstens für ein paar Minuten zeigen können.

KUBIK: Ich glaube, daß es so besser war.

DLASK: Wenn ich Sie wäre, würde ich bestimmt gehen. *Pause.* Haben Sie in der Nacht geschrieben?

KUBIK: Nein.

DLASK: Aber Sie hatten Licht im Zimmer.

KUBIK: Ich konnte nicht einschlafen – da habe ich ein bißchen gelesen.

DLASK: Warum haben Sie denn nicht geschrieben, wenn Sie schon nicht einschlafen konnten?

KUBIK: Ja – ich hatte keine Lust.

DLASK: Hatten Sie keine Ideen?

KUBIK: Wahrscheinlich.

DLASK: Schließlich, warum sollen Sie auch immer Ideen haben, nicht? Schreiben. Das ist doch, Herrgott, etwas anderes als eine Straße zu pflastern! Dazu muß man doch Inspiration haben, gell?

KUBIK: Mhm.

DLASK: Einmal geht's – ein anderes Mal nicht –, man kann sich nicht dazu zwingen! Ich bin zwar nur ein einfacher Mensch, ich kann Ihnen selbstverständlich nicht einmal das Wasser reichen, das verstehe ich aber sehr gut! Ich hab's ja auch mal versucht.

KUBIK: Zu schreiben?

DLASK: Das war nur so ein Firlefanz.

KUBIK: Vielleicht war es gar kein Firlefanz.

DLASK: O ja.

Aus dem Hotel kommt Milena, trägt ein Tablett mit Fruchtsäften. Bietet zuerst dem Koterba an.

MILENA: Bitte schön –

Koterba nimmt ein Glas und nickt Milena dankbar zu, dann bietet Milena den Saft Dlask und Kubik an.

Bitte schön, die Herren!

Dlask schüttelt nur mit dem Kopf. Milena geht in den Garten hinunter und bietet Rachel an, die ein Glas nimmt.

RACHEL: Danke, Milena.

Milena geht zu Titz und Orloff. Titz nimmt zwei Gläser von dem Tablett.

TITZ *zu Orloff*: Nehmen Sie.

ORLOFF: Ich habe keinen Durst.

TITZ: Sie brauchen aber Vitamine.

Orloff nimmt ein Glas. Milena bietet Pechar an, der reibt sich aber immer weiter ein und übersieht Milena ostentativ. Eine verlegene Pause.

MILENA: Möchtest du nicht etwas trinken?

Pause.

Pechar reagiert nicht.

Sprichst du nicht mit mir?

PECHAR: Geh weg!

MILENA: Was ist mit dir los?

PECHAR: Ich sag dir: geh weg!

MILENA: Bist du mir böse?

PECHAR: Hast du nicht gehört?

Pause.

MILENA: Darf ich denn mit einem Gast nicht ein paar Worte wechseln?

PECHAR: Du warst über eine Stunde allein mit ihm im Gewächshaus, und ich weiß sehr gut, was er dir dort gesagt hat! Du benimmst dich wie ein Flittchen.

MILENA: Wilhelm!

PECHAR: Daß er dich von hier wegbringen wird! Tsss! Daß er dich in die Hotelschule schickt! Tss! Daß er sich deinetwegen scheiden läßt und daß ihr dann beide eine eigene Pension eröffnet! Lauter gemeine Lügen! So sieht es aus! Jeder weiß doch, daß er nicht einmal auf die Toilette zu gehen wagt, wenn es sein Frauchen nicht genehmigt hat! Ich könnte wetten, daß er selbst sein Spielchen mit dir nicht ohne ihre Zustimmung treibt – und wer weiß, ob sie es nicht ist, die ihm sagt, was er dir zuflüstern soll, damit er schnell das bekommt, was er will und sich dabei zu nichts verpflichtet!

MILENA: Ich weiß das alles, Wilhelm – seine Vorschläge gehen bei mir in ein Ohr hinein und zum andern wieder heraus –

PECHAR: Wenn du ihn nicht ernst nehmen würdest, würdest du ihm nicht eine ganze Stunde im Gewächshaus zuhören! Aber eines sollst du wissen: Noch einmal – und es ist Schluß mit uns!

MILENA: Also – eines sage ich dir: Er mag sein wie er will, aber ganz bestimmt benimmt er sich würdiger als du: Obwohl er mich liebt und obwohl er von meiner Beziehung zu dir weiß, hat er noch nie ein einziges schlechtes Wort über dich gesagt.

PECHAR: Selbstverständlich! Ich passe nämlich sehr gut in seine Rechnung! Wenn er mal von dir genug hat, rechnet er doch damit, dich viel leichter los zu werden, wenn ich da bin! Aber ich bin kein Abfalleimer! Deshalb sage ich dir zum letztenmal: Entweder er oder ich! Ist das klar?

MILENA *scharf*: Also gut!

Milena geht mit ihrem Tablett energischen Schrittes weg ins Hotel. Pechar ist ein wenig verlegen, schüttelt verständnislos den Kopf, schaut sich nach den Anwesenden um und lächelt dümmlich. Niemand reagiert darauf, außer Koterba, der auch mit dem Kopf schüttelt und dümmlich lächelt. Pause.

TITZ *zu Orloff*: Wie war der Spaziergang?

ORLOFF: Ich war nicht spazieren.

TITZ: Was? Sie waren nicht spazieren?

ORLOFF: Nein.

TITZ: So ein schöner Tag – nicht die kleinste Wolke – ein frisches Windchen –, und Sie hocken zu Hause! Das verstehe ich einfach nicht! Ich war schon in der Früh oben bei der Schleuse, um zu sehen, ob vielleicht schon Butterpilze wachsen, dann habe ich dem Gärtner ein bißchen geholfen, habe mich etwa eine Stunde auf dem Dach gesonnt, und ab Mittag bis jetzt habe ich mit dem Koch Ball gespielt! Sie sind Ihr eigener Feind, weil Sie sich so hartnäckig gegen jede Bewegung wehren! Dann wundern Sie sich, daß Sie sich dauernd schlecht fühlen! Was haben Sie eigentlich vormittags gemacht?

ORLOFF: Heute vormittag?

TITZ: Ja.

ORLOFF: Ich habe ein bißchen gelesen.

TITZ: Die Kopien Ihrer alten Briefe, nicht wahr?

ORLOFF: Mhm.

TITZ: Mensch, die müssen Sie doch schon auswendig können!

Pause. Dann hört Rachel auf zu stricken und schaut zu Orloff auf.

RACHEL: Waren Sie schon einmal in Namjescht, Sergej Iljitsch?

ORLOFF: Wo bitte?

RACHEL: In der Stadt Namjescht in Mähren.

ORLOFF: Leider nie.

RACHEL: Ich bin da geboren.

ORLOFF: Direkt in Namjescht?

RACHEL: Ja.

ORLOFF: Das wußte ich nicht.

RACHEL: Mein Vater war Oberförster auf dem Gut des Grafen Haukwitz. Ich hab da praktisch meine ganze Kindheit verlebt – in einer eigenartigen Symbiose mit dem Wald, mit dem Wild, mit den Fischteichen. Ich war so ein dürres schmächtiges Kind, die jüngste von acht Geschwistern, sie können es sich wohl vorstellen: immer mit den Brüdern und Schwestern im Freien – ich glaube, daß ich diesen Erfahrungen meine Selbständigkeit verdanke –

ORLOFF: Die frühe Kindheit hat einen großen Einfluß auf die Gestaltung des Charakters.

RACHEL: Das haben Sie sehr schön gesagt, Sergej Iljitsch! Ja, die frühe Kindheit hat einen großen Einfluß auf die Gestaltung des Charakters! Aber ich sage mir doch manchmal: wozu war eigentlich meine Selbständigkeit im Leben gut, da ich sowieso nie wirklich glücklich war.

ORLOFF: Warum denken Sie, daß Sie nie glücklich waren?

RACHEL: Ich hatte zwar Erfolge bei den Männern, aber nie bei solchen, an denen mir wirklich lag. *Rachel schaut eine Weile verträumt, dann seufzt sie und fängt wieder an zu stricken. Pause.*

DLASK *zu Kubik*: Stört es Sie nicht, daß ich mich zu Ihnen gesetzt habe?

KUBIK: Nein.

DLASK: Vielleicht wollten Sie hier eine Weile allein sitzen.

KUBIK: Das wollte ich nicht.

DLASK: Zuerst zögerte ich ein wenig – ich sagte mir: Er ist gar nicht neugierig auf dich, hat eigene Sorgen genug – dann sagte ich mir aber: schließlich ist es ein Gast wie du –, warum sollst du dich nicht zu ihm setzen!

KUBIK: Das ist sehr nett von Ihnen.

Pause. Dann hört Rachel auf zu stricken und starrt Titz an. Titz bemerkt es und erwidert ihren Blick, dann – ohne daß sie aufhören, sich anzustarren – legt Rachel ihr Strickzeug weg, Titz übergibt mechanisch seinen Ball an Orloff. Rachel und Titz stehen langsam auf und gehen, ohne den Blick voneinander zu lassen, ins Hotel.

DLASK: Wissen Sie, ich mache mir nichts aus irgendwelcher Taktik! Wenn mir jemand sympathisch ist und es gibt eine Gelegenheit, ihn anzusprechen, dann schieße ich los und fakkel nicht lange herum.

KUBIK: Das ist sicher richtig, obwohl andererseits…

DLASK: Was andererseits? Was für eine andere Seite gibt es hier noch?

KUBIK: Ich wollte nur sagen, daß Sie doch ein wenig vorsichtig sein sollten –

DLASK: Schaun Sie mal, Herr Doktor! Ich bin zwar kein Held, ich bin ein einfacher Mensch wie jeder andere, aber schließlich bin ich auch kein krummer Hund. Und was ich tue, das kann ich noch immer vertreten! Immer!

Pause.

Dann spricht Orloff Pechar an, der sich schon wieder einreibt.

ORLOFF: Darf ich Sie etwas fragen?

PECHAR: Aber gern.

ORLOFF: Haben Sie nicht manchmal Angst?

PECHAR: Ich? Wovor?

ORLOFF: So allgemein...

PECHAR: Ich bitte Sie – das sind vielleicht Einfälle! *Pechar hört auf, sich einzureiben, macht die Cremedose zu, nimmt den Hut ab und fängt an sich zu kämmen. Dabei singt er leise sein Lied. Singt:*

Für Dich allein glüht dann der Sonnenschein.
Für dich allein soll meine Liebe sein.

Vorhang

Zweiter Akt

Beim Öffnen des Vorhangs sitzen auf der Terrasse am linken Tisch Kubik und Titz, auf dem Tisch liegen der Ball von Titz und Kubiks Zeitung; am rechten Tisch sitzt Koterba. Am Tisch im Garten sitzt Rachel und strickt; auf der Bank rechts sitzen Orloff und Dlask, beide halten ein Glas Wein in der Hand, auf dem Boden zu ihren Füßen steht die Flasche. Mitten auf der Bühne sitzt auf der Decke – wie im ersten Akt – Pechar und betrachtet sich aufmerksam im Taschenspiegel und schneidet dabei ab und zu Grimassen. – Längere Pause.

ORLOFF: Hören Sie auch den Sommer?

PECHAR *hört eine Weile zu*: Meinen Sie die Bienen?

ORLOFF: Bienen, Vögel, Wälder, Flüsse, Menschen – genau wie dort...

PECHAR: Wo?

Orloff schaut eine Weile verträumt vor sich hin, dann sieht man eine Träne über seine Wange laufen. – Pause.

TITZ *zu Kubik*: Aber in der Sonne waren Sie doch hoffentlich?

KUBIK: Sie wissen doch, daß ich die Sonne nicht vertrage.

TITZ: Sie sind also nicht einmal auf das Dach gegangen, um sich ein paar Minuten zu sonnen?

KUBIK: Nein.

TITZ: Dann dürfen Sie sich natürlich nicht wundern, daß Sie so aussehen, wie Sie aussehen!

KUBIK: Wie sehe ich aus?

TITZ: Wie eine Leiche!

KUBIK: Übertreiben Sie da nicht ein wenig?

TITZ: Na – Lassen Sie uns beide zum Spiegel in der Halle gehen – dann können Sie sich selbst überzeugen! *Nimmt Kubiks Zeitung*. Ist das die Zeitung von heute?

KUBIK: Kaum –

Titz legt die Zeitung wieder auf den Tisch. Dlask zieht ein Kartenspiel aus der Tasche, mischt es geschickt, fährt mit dem Finger über die Karten, bis sie knacken, und lächelt Orloff herausfordernd an.

ORLOFF: Verzeihen Sie bitte, aber ich spiele nicht.

DLASK: Wirklich nicht?

ORLOFF: Leider.

DLASK: Schade. *Dlask steckt die Karten enttäuscht in die Tasche.*

TITZ *zu Kubik*: Wie geht's sonst?

KUBIK: Wie – sonst?

TITZ: Wie fühlen Sie sich psychisch? Wohl nicht besonders, was?

KUBIK: Es geht.

TITZ: Sagen Sie nur noch, daß Sie heute Ihren lustigen Tag haben!

KUBIK: Das behaupte ich nicht, aber ich fühle mich entschieden wohler als vorgestern.

TITZ: Na ja, wenn Sie Ihren Zustand von vorgestern als Maßstab nehmen...

Von links kommt Lisa mit einem Armvoll Blumen. Sobald Orloff sie bemerkt, steht er schnell auf.

ORLOFF: Lisa!

LISA *bleibt stehen*: Ja?

ORLOFF *leise*: Ich flehe Sie an, machen Sie doch Schluß mit dieser Komödie!

LISA: Seien Sie mir nicht böse, Graf, aber ich weiß nicht, wovon Sie reden. *Will weggehen.* Erlauben Sie...

ORLOFF *vertritt ihr den Weg*: Und unsere langen nächtlichen Spaziergänge durch das Quartier Latin, bei denen ich Ihnen von meinem Briefwechsel mit Leo Trotzki erzählt habe? Und Ihre Sonntagsbesuche in meiner Studentenmansarde in der Rue Jacob? Das sagt Ihnen auch nichts?

LISA: Nichts.

Lisa geht um Orloff herum und geht rechts ab. Orloff eilt hinter ihr her.

ORLOFF *hinter der Bühne*: Lisa! Lisa!

Pause. Dann spricht Pechar, der immer noch vor dem Spiegel Grimassen schneidet, Kubik an, ohne ihn aber anzusehen.

PECHAR: Falls Sie denken, Herr Doktor, daß Sie damit irgend etwas Gutes getan haben, dann irren Sie sich gewaltig.

KUBIK: Meinen Sie die gestrige Feier? Die war doch ausgezeichnet. Es gab nicht die geringste Andeutung, daß meine Anwesenheit vielleicht jemanden –

PECHAR: Aber, lieber Doktor! Sie wissen doch ganz genau, daß keiner Ihnen was sagen konnte, weil Sie uns einfach vor vollendete Tatsachen gestellt haben – vor eine absichtlich zugespitzte Situation, in der uns nichts übrigblieb als zu schweigen. Gerade darauf haben Sie doch spekuliert.

KUBIK: Das ist nicht wahr.

PECHAR: Wieso nicht wahr? Sie haben unsere Wohlerzogenheit mißbraucht, obwohl Sie recht gut wußten, was für Folgen das für uns haben kann. Das war Ihrerseits geistiger Terror!

KUBIK: Das ist doch wohl...

Aus dem Hotel kommt Frau Pechar mit der Thermosflasche, schleicht sich leise an Pechar heran und schenkt Tee in den Verschlußbecher ein.

PECHAR: Und wenn jemand ein Krüppel ist, hat er noch lange nicht das Recht, gesunde Menschen dazu zu zwingen, daß sie – aus Mitleid mit ihm – auch zu Krüppeln werden! Sie haben sich rücksichtslos verhalten!

Frau Pechar reicht Pechar den Becher mit Tee. Pechar trinkt den Tee aus und wirft den Becher ins Gras. Frau Pechar nimmt die abgelegte Weste und zieht sie Pechar wieder an. Von links kehrt Orloff zurück und setzt sich betrübt auf die Bank neben Dlask.

FRAU PECHAR *leise*: Wilhelm.

Václav Havel …

… der Dichter-Präsident der neuen Tschechoslowakei, steht für den Aufbruch eines mutigen Volkes zu neuen, freiheitlichen Ufern.

Dennoch wird viel Zeit vergehen, ehe auch in diesem Land in allen Lebensbereichen Dinge selbstverständlich sein werden, die bei uns längst zum Alltag gehören.

Wir sollten uns unserer Möglichkeiten bewußt sein, die uns in so reicher Auswahl geboten werden.

PECHAR: Was ist?

FRAU PECHAR: Die Szene war überflüssig.

PECHAR: Welche Szene?

FRAU PECHAR: Sie empfindet ihm gegenüber überhaupt keine Sympathie, und dieses Gerede im Gewächshaus nimmt sie überhaupt nicht ernst. Du tust ihr Unrecht.

PECHAR: Warum hört sie dann zu?

FRAU PECHAR: Aus Höflichkeit. Glaub mir, Wilhelm: Du komplizierst nur unnütz deine Situation. Du hättest dich bei ihr entschuldigen sollen.

PECHAR: Tsss.

FRAU PECHAR: Du mußt ihr mindestens andeuten, daß du ihr nicht mehr böse bist! *Frau Pechar hat Pechar schon die Weste angezogen, verschließt die Thermosflasche, stellt sie auf die Decke und eilt ins Hotel.*

Pause.

ORLOFF: Ich glaube, daß ich schon in Kürze abreisen werde.

RACHEL *schaut vom Stricken auf*: Muß das wirklich sein, Sergej Iljitsch?

ORLOFF: Ich habe nun einmal Freude an der Veränderung – wie ein Zugvogel –

Pechar zieht die Weste aus, legt sie sorgfältig zusammen und fängt wieder an, vor dem Spiegel Grimassen zu schneiden.

Pause.

DLASK *zu Orloff*: Sie haben Sehnsucht, was? *Orloff nickt leicht mit dem Kopf.* Erinnerungen – das ist nichts für mich. Ich schaue lieber nach vorn als zurück, wissen Sie. Die Vergangenheit interessiert mich nicht. Ich erinnere mich auch kaum noch an etwas... an meine Jugend, oder so. – Ich habe mich einfach nie dafür interessiert. Könnte auch nicht viel von mir erzählen. Mich interessiert eher das, was jetzt ist.

ORLOFF: Sie haben eine glückliche Natur.

Pause.

DLASK: Falle ich Ihnen nicht auf den Wecker?

ORLOFF: Nein.

DLASK: Wissen Sie, ich schließe nur allzu gern Bekanntschaften mit neuen Leuten. Manche sind gar nicht dafür zu haben. Sie wissen nicht, wie viele Leute das überhaupt nicht vertragen können. Daher frage ich lieber zuerst… *Pause.* Lernen Sie auch gern neue Leute kennen?

ORLOFF: Eigentlich ja.

DLASK: Dann sind wir offenbar ähnliche Naturen. Da könnten wir uns doch verdammt noch einmal gut verstehen. Ja, wissen Sie, ich bin zwar nur ein einfacher Mensch, was die Bildung betrifft, kann ich Ihnen nicht einmal das Wasser reichen, dafür bin ich aber für jeden Spaß zu haben. Haben Sie etwas übrig für Späße?

ORLOFF: Es kommt darauf an.

DLASK: Und ich habe auch einen Instinkt – für Menschen. Ich meine, daß ich mich in Menschen ein bißchen auskenne. Die Menschen interessieren mich nämlich, egal, wer es ist. Deshalb schließe ich mit ihnen auch gern Bekanntschaften, wie ich schon sagte.

Rechts aus dem Hotel kommt Milena mit einem Tablett mit Fruchtsäften. Sie bietet zuerst Koterba an.

MILENA: Bitte schön.

Koterba nimmt ein Glas und nickt Milena dankbar zu. Milena bietet Titz und Kubik an, Titz nimmt zwei Gläser vom Tablett.

TITZ *zu Kubik*: Nehmen Sie.

KUBIK: Ich habe keinen Durst.

TITZ: Sie brauchen aber Vitamine.

Kubik nimmt ein Glas. Milena geht in den Garten hinunter und bietet Rachel an, die ein Glas nimmt.

RACHEL: Danke, Milena.

Milena geht zu Dlask und Orloff.

MILENA: Bitte schön, die Herren.

Dlask schüttelt nur mit dem Kopf. Milena wendet sich dann

an Pechar, der jedoch in den Spiegel schaut und sie übersieht. Milena zögert eine Weile und will dann ins Hotel zurückgehen.

PECHAR: Und für mich?

MILENA *bleibt stehen*: Verzeihen Sie bitte, ich dachte... *Milena kehrt zu Pechar zurück und bietet ihm ein Glas an. In diesem Moment zieht Pechar sie lachend auf die Decke zu sich; das Tablett mit den Gläsern fliegt ins Gras.* Sind Sie noch bei Trost? Schauen Sie sich an, was Sie gemacht haben.

PECHAR *zieht Milena an sich*: Na, wie ist es? Fahren wir zusammen weg?

MILENA: Und was wird Ihre Frau dazu sagen?

PECHAR: Das ist doch wohl meine Sorge, nicht?

MILENA: Ich muß es mir noch überlegen. Das kommt so plötzlich. Ich habe hier meine Verpflichtungen.

PECHAR: Ich habe gehört, er hat Ihnen wieder eine Eifersuchtsszene gemacht?

MILENA: Mhm.

PECHAR: Was hat er gesagt?

MILENA: Er wußte alles.

PECHAR: Was alles?

MILENA: Was Sie mir im Gewächshaus gesagt haben – von der Hotelschule, von der Pension...

PECHAR: Wie konnte er das wissen?

MILENA: Keine Ahnung. Er hat aber sehr gehässig von Ihnen gesprochen... daß das alles Lügen sind... daß es Ihnen bloß darum geht, nur das eine so schnell wie möglich zu bekommen... daß Sie sich von Ihrer Frau nie trennen werden... und daß sie Ihnen auch unser Verhältnis erlaubt hat.

PECHAR: Was haben Sie ihm darauf geantwortet?

MILENA: Daß Sie von ihm nie so häßlich sprechen.

PECHAR: Glauben Sie, daß das vernünftig war – noch mehr Öl ins Feuer zu gießen?

MILENA: Wissen Sie, was er mir darauf geantwortet hat? Er

sagt, daß Sie absichtlich sein Verhältnis mit mir unterstützen, damit Sie mich dann leichter loswerden können.

PECHAR: Interessant, was für absurde Konstruktionen ein Kopf ausbrüten kann, der von Eifersucht besessen ist! Was wollen Sie tun?

MILENA: Ich glaube, damit ist schon Schluß.

PECHAR: Definitiv?

MILENA: Ich habe diese ewigen Szenen satt.

PECHAR: Das kann ich verstehen. Andererseits hätten wir auch für ihn Verständnis haben müssen. Er ist eifersüchtig, weil er Sie liebt.

MILENA: Und das stört Sie nicht?

PECHAR: Es stört mich. Zugleich aber tut er mir leid, weil ich selbst am besten weiß, was die Liebe zu Ihnen aus einem Mann machen kann. Im Grunde genommen ist er ein unglücklicher Mensch, und schon deshalb – wenn Sie wirklich mit ihm Schluß machen wollen – müßten Sie es irgendwie schonend tun – langsam – in Ruhe – wenn möglich im Guten –

MILENA: Es scheint mir, daß Sie für ihn mehr Verständnis haben als für mich.

PECHAR: Es ist ja auch in Ihrem Interesse.

MILENA *zieht sich von Pechar zurück, blickt eine Weile nachdenklich auf den Boden, dann sagt sie leise*: Wilhelm?

PECHAR: Ja.

MILENA: Sind Sie überhaupt nicht eifersüchtig?

PECHAR: Aber ja! Ich versuche nur, mich zu beherrschen –

MILENA: Es gelingt Ihnen verdächtig gut.

PECHAR: Das scheint Ihnen nur so.

Milena denkt noch eine Weile nach und steht dann energisch auf. Pechar versucht sie wieder an sich zu ziehen. Sie entreißt sich ihm jedoch.

Was ist mit Ihnen los? Ist was passiert?

Milena läuft aufgeregt weg ins Hotel.

Pechar ist ein wenig verlegen, schüttelt verständnislos den

Kopf, schaut sich nach den Anwesenden um und lächelt dümmlich. Niemand reagiert darauf, außer Koterba, der auch mit dem Kopf schüttelt und dümmlich lächelt.

Pause. Dann pfeift in der Ferne ein Zug, und alle Anwesenden werfen gleichzeitig einen Blick auf die Uhr.

TITZ *zu Kubik*: Warum versuchen Sie nicht, Memoiren zu schreiben – zum Beispiel?

KUBIK: Memoiren? Wozu?

TITZ: Damit Sie wenigstens eine Beschäftigung haben.

Pause. Pechar schneidet wieder Grimassen vor dem Spiegel.

Oder warum führen Sie nicht ein Tagebuch? Beobachtungen – Einfälle – Eindrücke.

KUBIK: Ich bitte Sie –

TITZ: Hätte ich nur ein bißchen mehr Zeit, ich würde sofort anfangen, Memoiren zu schreiben! Mit jedem Jahr werden die Erinnerungen klarer. *Pause.* Darf ich Ihnen die Wahrheit sagen, Herr Doktor?

KUBIK: Selbstverständlich.

TITZ: Ich hab so ein ungutes Gefühl, daß Sie einfach schon aufgegeben haben –

KUBIK: Was aufgegeben?

TITZ: Alles: Die Gesundheit – das geregelte Leben – das Schreiben – Ihr Äußeres – und offenbar auch Ihre Position in der Gesellschaft! Warum sind Sie eigentlich am Sonntag nicht zur Kirmes gefahren?

KUBIK: In meiner Situation?

TITZ: Gerade in Ihrer Situation hätten Sie fahren sollen! Sie haben eine Gelegenheit verpaßt, die sich nicht so schnell wieder bietet.

KUBIK: Gelegenheit – wozu?

TITZ: Na, ein wenig aus dieser Isolation herauszukommen – Kontakte mit Menschen anzuknüpfen –, verschiedene Mißverständnisse zu klären! Glauben Sie mir: in solchen Fällen sind direkte persönliche Gespräche das beste!

KUBIK: Das weiß ich.

TITZ: Na sehen Sie! Ich hoffe, daß Sie wenigstens morgen zu der Geburtstagsfeier des Direktors kommen!

Von rechts kommt Kunz. Niemand reagiert auf seine Anwesenheit, nur Koterba winkt ihm begeistert zu und lächelt ihn an. Auch Kunz lächelt Koterba an, geht direkt auf ihn zu, verbeugt sich vor ihm und flüstert ihm lange etwas zu. Koterba amüsiert sich sehr darüber, lacht immer wieder auf. Als Kunz endlich fertig ist, lachen sie beide noch eine Weile, dann klopfen sie sich gegenseitig freundlich auf die Schultern, und Kunz geht rechts ab.

Pause.

Rachel hört auf zu stricken und schaut zu Orloff auf.

RACHEL: Sergej Iljitsch.

ORLOFF: Ja?

RACHEL: Sie sollten mal Namjescht besuchen.

ORLOFF: Gerne.

RACHEL: Ein zauberhaftes Städtchen, mein Vater war dort Lehrer auf der Bürgerschule, so ein typischer Dorfschulmeister, Bibelleser und Bücherliebhaber. Ich war ein Einzelkind; meine Eltern haben mich erst verhältnismäßig spät bekommen. Sie können sich wohl vorstellen, wie sich alles immer um mich drehte! Im Dorf herumzulaufen wie andere Kinder, das kannte ich überhaupt nicht! Vielleicht stammt aus jener damaligen unnatürlichen Isolierung meine Scheu, für die ich im Leben so teuer bezahlen mußte.

ORLOFF: Wieso haben Sie dafür bezahlt?

RACHEL: Ich habe eigentlich nie die Scham überwinden können, die wichtigsten Dinge laut auszusprechen. Vielleicht gerade deshalb bin ich mein ganzes Leben lang geradezu schicksalhaft an Menschen vorbeigegangen, mit denen ich meinen Lebensweg gern verbunden hätte. *Rachel schaut eine Weile verträumt vor sich hin, dann seufzt sie und fängt wieder an zu stricken.*

Pause.

DLASK *zu Orloff*: Wir könnten uns öfter sehen, was sagen Sie dazu?

ORLOFF: Hm –

DLASK: Na klar, so etwas dauert eine Weile, bis sich zwei Menschen zusammentun. Das läßt sich nicht übers Knie brechen, das ist einfach, wie man so sagt, eine Frage der Entwicklung! Habe ich nicht recht?

ORLOFF: Sicher.

DLASK: Wir beide könnten uns aber ergänzen, was meinen Sie?

ORLOFF: Vielleicht.

DLASK: Sie sind verhältnismäßig einsam.

ORLOFF: Aber... aber...

DLASK: Na und ich – wenn man es so rund herausnimmt, ich habe auch nicht viele echte Freunde. Ja, Bekannte – davon habe ich genug. Ich schließe ja viele Bekanntschaften mit Menschen. Das habe ich Ihnen eh schon gesagt. Aber sonst – wenn ich mir das so betrachte –, wir sind ja auch etwa gleich alt, stimmt's?

ORLOFF: Wahrscheinlich.

DLASK: Also sehen Sie.

Pause.

Rachel hört auf zu stricken und schaut Dlask an. Dlask bemerkt es und erwidert ihren Blick. Dann – ohne daß sie aufhören sich anzustarren – legt Rachel ihr Strickzeug weg. Dlask übergibt mechanisch sein Glas an Orloff. Rachel und Dlask stehen langsam auf und gehen – ohne den Blick voneinander zu lassen – ins Hotel.

Pause.

TITZ *zu Kubik*: Ach was, lieber Doktor, das Leben ist kurz, und was man sich nicht erkämpft, das hat man nicht. *Titz nimmt seinen Ball vom Tisch.* Wollen wir nicht ein bißchen spielen?

KUBIK: Verzeihen Sie bitte, aber ich spiele nicht.

TITZ: Wirklich nicht?

KUBIK: Leider.

TITZ: Schade. *Titz legt den Ball wieder auf den Tisch.*

Pause.

ORLOFF: Hören Sie auch den Sommer?

PECHAR *hört eine Weile zu*: Meinen Sie die Bienen?

ORLOFF: Bienen, Vögel, Wälder, Flüsse, Menschen – genau wie dort…

PECHAR: Wo?

ORLOFF *leise*: In Woronjesch …

Orloff schaut eine Weile verträumt vor sich hin, dann sieht man eine Träne über seine Wange laufen. Pechar zieht vor seinem Spiegel ein Affengesicht.

Der Vorhang fällt.

Dritter Akt

Als sich der Vorhang öffnet sitzen auf der Terrasse am linken Tisch Orloff und Titz, auf ihrem Tisch liegt der Ball von Titz. Am rechten Tisch sitzt Koterba. Am Tisch im Garten sitzt Rachel und strickt. Auf der Bank rechts sitzen Kubik und Dlask, beide halten Gläser mit Wein, und auf dem Boden zu ihren Füßen steht die Flasche. Mitten auf der Bühne sitzt – wie in den vorigen Akten – Pechar, rasiert sich mit einem elektrischen Rasierapparat, von dem ein langes, mehrmals verlängertes Kabel ins Hotel führt, und singt dabei leise sein «Schiwago»-Lied.

PECHAR *singt*:
Weißt du, wohin die Träume all' entflieh'n?
Die unerfüllt an mir vorüberzieh'n?
Weißt du, wohin mein Herz auf Reisen geht,
wenn immerzu es sich nach Liebe sehnt?
Pechars Gesang verwandelt sich in ein leises Summen der Melodie, die den weiteren Dialog untermalen wird.

DLASK *zu Kubik*: Sie hatten wohl kein leichtes Leben – was?

KUBIK: Wie man es nimmt.

DLASK: Leicht hatten Sie es nicht, geben Sie es nur zu! Ich ja auch nicht! Dabei haben wir es beide – so lausig es auch war – im großen und ganzen mit Würde getragen. Habe ich nicht recht?

KUBIK: Was mich betrifft, hab ich mich bemüht.
Pechar hört auf zu summen.

DLASK: Ja! Wir bemühten uns, das ist das richtige Wort! Wir bemühten uns, unserer Stellung entsprechend. Der Mensch rutscht immer irgendwo ein wenig aus, das ist schließlich menschlich, aber es ist wichtig, es irgendwie global zu sehen. Und von diesem Standpunkt aus haben wir es im Grunde gemeistert, also müssen wir uns gar nicht schämen, und können uns ruhig – einer dem anderen – in die Augen sehen. Meinen Sie das nicht auch?

KUBIK: Möglich.

DLASK: Na, und wenn wir es im Leben so weit gebracht haben – sozusagen bis in die Zielgerade, da müßte es schon mit dem Teufel zugehen, wenn wir es nicht bis zum Ende schaffen! Besonders, wenn wir uns zusammentun! Nicht wahr?

KUBIK: Hm.

RACHEL *hört auf zu stricken und schaut zu Orloff auf*: Wenn Sie in Namjescht das Schloß besuchen, denken Sie an mich.

ORLOFF: Lebten Sie in Namjescht im Schloß?

RACHEL: In meiner Kindheit haben wir uns vorwiegend dort aufgehalten, nur den Sommer über sind wir immer nach Sitzberg gefahren, das liegt fast an der italienischen Grenze und war ein Gut des österreichischen Zweigs der Haukwitz. Mein Onkel fuhr aber nie mit. Jetzt gehört es, glaube ich, irgendeinem linken Schauspieler.

ORLOFF: Ich wußte nicht, daß Sie blaues Blut haben.

RACHEL: Warum, glauben Sie wohl, habe ich nie geheiratet?

ORLOFF: Vielleicht werden Sie noch heiraten.

RACHEL: Es gibt nur einen einzigen Adeligen in der Welt, Sergej Iljitsch, nach dem ich mich als nach meinem Lebensgefährten sehne...

Rachel schaut eine Weile verträumt vor sich hin, dann seufzt sie und fängt wieder an zu stricken. Pechar, der sich noch immer rasiert, spricht Kubik an, ohne ihn anzuschauen.

PECHAR: Durch diesen Kirmesbesuch haben Sie sich, Herr Doktor, definitiv abgeschrieben.

FRAU PECHAR *hinter der Bühne*: Wilhelm!

PECHAR: Selbst diejenigen haben Ihr Verhalten verurteilt, die Sie bis zum letzten Moment verteidigt haben...

FRAU PECHAR *hinter der Bühne*: Wilhelm!

PECHAR: Sie haben offenbar begriffen, daß Sie Ihre unheilvolle

Rolle zu Ende gespielt haben, deshalb flüchten Sie sich krampfhaft in Trotz und Verzweiflung. Dabei glauben Sie offenbar, daß Sie irgendein Held oder Märtyrer sind. Zum Glück werden Sie nicht mehr lange Gelegenheit haben, sich so aufzuspielen.

FRAU PECHAR *hinter der Bühne*: Wilhelm!

PECHAR: Warten Sie nur! Die werden mit Ihnen kurzen Prozeß machen!

Von rechts kommt Frau Pechar mit einem Thermometer in der Hand.

FRAU PECHAR *zu Pechar*: Da bist du ja! Warum antwortest du nicht, wenn ich dich rufe?

PECHAR: Ist was?

FRAU PECHAR: Ich muß dein Fieber messen.

PECHAR: Nicht nötig.

FRAU PECHAR: Du spielst schon lange genug mit deiner Gesundheit! Wenn du schon keinen Verstand hast, muß ich ihn haben. *Frau Pechar kniet neben Pechar und steckt ihm das Thermometer unter den Arm. Leise:* Wilhelm!

PECHAR: Was ist?

FRAU PECHAR: Sie hat den Eindruck, daß sie dir gleichgültig ist.

PECHAR: Meinst du?

FRAU PECHAR: Ich weiß es.

PECHAR: Was soll ich tun?

FRAU PECHAR: Könntest du nicht zum Beispiel ein bißchen mehr eifersüchtig auf den anderen sein? Sie stört es, daß dich ihr Verhältnis gar nicht stört. *Frau Pechar nimmt Pechar das Thermometer ab und schaut es an.* Na, siehst du: sechsunddreißig sechs! *Schüttelt das Thermometer.* Ich hol dir ein Aspirin.

PECHAR: Ich will aber keins.

FRAU PECHAR: Du wirst sehen, es tut dir gut! *Frau Pechar eilt mit dem Thermometer ins Hotel.*

TITZ *zu Orloff*: Am Nachmittag will ich oben zu der Schleuse gehen, um zu sehen, ob vielleicht schon Butterpilze wachsen. Kommen Sie mit?

ORLOFF: Wahrscheinlich nicht.

TITZ: Haben Sie am Nachmittag irgend etwas vor?

ORLOFF: Ich möchte ein bißchen lesen.

TITZ: Alte Briefe, was?

ORLOFF: Hm.

TITZ: Das habe ich mir gedacht! Existiert für Sie wirklich nur noch die Vergangenheit? Sie leben im Traum, in den Erinnerungen, Sie seufzen, vergeuden Ihre Zeit, dabei bieten sich Ihnen so viele interessante Möglichkeiten, diese Zeit sinnvoll zu verbringen! Es genügt doch, wenn man sich für jeden Tag ein bestimmtes Programm vornimmt und sich einfach danach richtet. Ich verstehe das nicht: wenn Sie schon nicht imstande sind, sich zu irgendeiner vernünftigen Arbeit oder Bewegung zu zwingen, könnten Sie sich doch zumindest ab und zu amüsieren! Trinken Sie denn jemals ein Gläschen Wein? Rauchen Sie mal mit Genuß eine Zigarre? Singen Sie vielleicht irgendein Lied? Können Sie sich überhaupt noch auf irgendwas konzentrieren? Leben Sie überhaupt noch?

ORLOFF: Bei der gestrigen Feier habe ich doch gesungen.

TITZ: Ja, aber das brachte Sie gleich zum Weinen.

Aus dem Hotel kommt Milena mit einem Tablett mit Fruchtsäften. Zuerst bietet sie Koterba an.

MILENA: Bitte schön.

Koterba nimmt ein Glas und nickt Milena dankbar zu. Milena bietet Titz und Orloff an. Titz nimmt zwei Gläser, reicht eines an Orloff weiter.

TITZ: «Macht mit mir, was Ihr wollt» – das ist Ihr Programm – das Programm einer Leiche! Wenn Ihnen tatsächlich nichts mehr am Leben liegt, dann verstehe ich wirklich nicht, was Sie hier noch zu suchen haben.

Milena geht in den Garten hinunter, bietet Rachel Saft an, Rachel nimmt.

RACHEL: Danke, Milena.

Milena wendet sich fragend an Dlask; der schüttelt aber nur mit dem Kopf. Milena bietet also schweigend das Glas Pechar an; Pechar nimmt.

PECHAR: Danke.

Milena will gehen.

Milena?

MILENA *bleibt stehen*: Was ist?

PECHAR: Bist du mir sehr böse?

MILENA: Die ewigen Szenen machen mich müde.

PECHAR: Du kennst mich doch. Immer gehe ich wegen irgendeiner Kleinigkeit in die Luft, und das tut mir dann eine Woche lang leid. *Pause.* Ich verstehe doch, daß du ihn nicht ignorieren kannst – um so mehr, weil er dich offenbar liebt. *Pause.* Letzten Endes ist er ein unglücklicher Mensch, und schon deshalb wäre es richtig, wenn du seine Vorschläge mit der Hotelschule und mit der Pension so schonend wie möglich ablehnst. *Pause.* Lieber Gott, wer könnte das besser verstehen als ich, der doch am besten weiß, was die Liebe zu dir aus einem Menschen machen kann! *Pause.* Übrigens, sollte er das wirklich ernst meinen – die Hotelschule und so –, wer weiß, ob es sich nicht lohnen würde? Ihm würdest du eine Freude machen und dir selbst würdest du helfen – an unserer Beziehung müßte das doch gar nichts ändern! Man sagt doch: Dumm, wer gibt, und noch dümmer, wer nicht nimmt!

DLASK *zu Kubik*: Was machen Sie am Sonntag?

KUBIK: Warum?

DLASK: Wir fahren zusammen zur Kirmes.

KUBIK: Zur Kirmes? Wieso?

DLASK: Ein Freund meines Bruders hat eine Gaststätte, nicht einmal 50 Kilometer von hier, und am Sonntag ist da Kirmes –

MILENA: Mir scheint, daß ich eine ziemlich blöde Gans bin.

PECHAR: Warum?

MILENA: Weil ich deinen Eifersuchtsszenen glaubte. Jetzt sehe ich, daß das alles nur Verstellung war.

PECHAR: Das ist nicht wahr!

MILENA: Ihr seid ja alle gleich! *Milena läuft mit ihrem Tablett ins Hotel.*

Pechar ist ein wenig verlegen, schüttelt verständnislos mit dem Kopf, schaut sich nach den Anwesenden um und lächelt dümmlich. Niemand reagiert darauf, außer Koterba, der auch den Kopf schüttelt und ebenfalls dümmlich lächelt. Aus dem Hotel kommt Lisa mit einem Armvoll Blumen. Sobald Orloff sie gesehen hat, steht er schnell auf und geht auf sie zu.

ORLOFF *zu Lisa*: Wurden denn alle die sanften, zarten und unschuldigen Worte nie ausgesprochen, die ich Ihnen vor dem Modesalon auf den Champs-Élysées ins Ohr flüsterte, vor dem Salon, in dem Sie gearbeitet haben, dessen Prunk mit dem Proletenmilieu des Hinterhofs, in dem Sie mit Ihrer Mutter und Ihrem Bruder lebten, so auffällig kontrastierte? Waren wir denn wirklich nie jung?

LISA: Was Sie in der Jugend gemacht haben, Graf, das weiß ich nicht. Ich weiß nur, daß ich nicht zu Ihrer Jugend gehöre. Erlauben Sie?

Lisa weicht Orloff aus, geht in den Garten und will nach links weggehen. Orloff überholt sie aber und vertritt ihr den Weg.

ORLOFF: Wenn Sie in meiner Jugend nicht dabei waren, dann gab es diese Jugend überhaupt nicht! Ist es Ihnen denn nicht bewußt, was Sie mir alles nehmen wollen? Dabei würde nur ein Wort genügen und ich wüßte endlich, daß ich lebte – daß ich lebe –, daß ich ich bin. Lisa, meine Identität hängt von Ihnen ab! Retten Sie mich!

LISA: Verzeihen Sie, Graf, aber ich kann doch nicht Ihre Identität dadurch retten, daß ich meine verleugne! Und ich bitte

Sie, seien Sie so lieb und sprechen Sie mit mir nie mehr über diese Dinge.

Lisa geht um Orloff herum und geht links ab. Orloff läuft ihr verzweifelt nach.

ORLOFF *hinter der Bühne*: Lisa! Lisa!

Kurze Pause.

KUBIK *zu Dlask*: Verzeihen Sie bitte, dieser Freund von Ihrem Bruder...

DLASK: Was soll mit ihm sein?

KUBIK: Hat er Sie zur Kirmes eingeladen?

DLASK: Gott im Himmel! Es ist doch ein Freund meines Bruders!

Von rechts kommt eiligen Schritts Lisa mit den Blumen und geht in Richtung Hotel, gefolgt von Orloff.

ORLOFF: Lisa!

Beide verschwinden im Hotel.

Kurze Pause.

KUBIK *zu Dlask*: Na, gut – Aber was mich betrifft...

DLASK: Was betrifft Sie? Sie fahren einfach mit mir.

KUBIK: Das geht doch nicht.

DLASK: Warum soll das nicht gehen? Wissen Sie, was das für ein Ereignis ist – so eine Kirmes auf dem Dorf? Wissen Sie, wie viele neue Leute da sein werden? Und das sollen wir – wir beide! – verpassen? Sie müssen verrückt sein.

Von links kommt eiligen Schritts Lisa mit den Blumen und geht nach rechts, gefolgt von Orloff.

ORLOFF: Lisa!

Beide gehen rechts ab.

Kurze Pause.

KUBIK *zu Dlask*: Ich möchte gerne mitfahren, aber verstehen Sie doch –

DLASK: Mann, vielleicht wird sogar mein Bruder dort sein!

KUBIK: Ich weiß.

DLASK: Wollen Sie meinen Bruder etwa nicht kennenlernen?

Das meinen Sie doch wohl nicht im Ernst! Ich habe schon die Zugverbindungen herausgesucht.

Von links kommt eiligen Schritts Lisa mit den Blumen und geht ins Hotel, gefolgt von Orloff.

ORLOFF: Lisa!

Beide verschwinden im Hotel.

Kurze Pause.

KUBIK *zu Dlask*: Sie dürfen mir nicht böse sein, aber ich denke – angesichts meiner Situation –…

DLASK: Was Ihre Situation betrifft, dazu habe ich schon meine Meinung gesagt, oder?

KUBIK: Es geht aber nicht nur um Sie! Ich weiß, daß Sie keine Angst haben, aber da ist noch Ihr Bruder – sein Freund, der Gastwirt –, eine Reihe anderer Leute – die können wir doch nicht alle vor eine vollendete Tatsache stellen! Verstehen Sie denn das nicht?

Von rechts kommt Orloff, geht langsam über die Bühne, geht nach oben auf die Terrasse und setzt sich schwer auf seinen Platz neben Titz.

DLASK *leise*: Das hätten Sie nicht sagen sollen.

KUBIK: Warum?

DLASK: Sie haben meinen Bruder beleidigt.

Rechts: Pechar rasiert sich schon wieder.

Kurze Pause.

Ein Zug pfeift in der Ferne, und alle Anwesenden schauen gleichzeitig auf die Uhr. Kurz danach kommt Draschar aus dem Hotel und nach ihm Kraus. Beide bleiben auf der Terrasse stehen. Alle Anwesenden stehen sofort auf.

PECHAR: Guten Tag, Herr Direktor!

TITZ: Grüß dich, Josef!

Draschar reagiert auf Titz' familiäre Ansprache nicht. Mit einer kleinen Handbewegung deutet er an, daß sich die Anwesenden hinsetzen dürfen; als sie sich hingesetzt haben, fängt er an, in seinen Taschen zu wühlen, bis er endlich einen kleinen, zerknüllten Zettel herausgefischt hat. Er wirft einen Blick auf den Zettel und wendet sich dann an die Anwesenden.

DRASCHAR: Wir sind froh, daß Sie im Garten sind – *blickt auf den Zettel* – die Hotelordnung gilt für alle – *blickt auf den Zettel* – wir haben mehr Tee für das Frühstück organisiert – *blickt auf den Zettel* – wie man sich bettet, so schläft man – *blickt auf den Zettel* – wir diskriminieren hier niemanden – *blickt auf den Zettel* – das Licht auf der Toilette ist wieder in Ordnung – *blickt auf den Zettel* – von jedem von uns hängt es ab – *Draschar will fortsetzen, schaut sich seinen Zettel von beiden Seiten an, stellt jedoch fest, daß da nichts mehr steht, und steckt ihn in die Tasche. Es folgt ein einigermaßen unaufrichtiger Applaus. Draschar deutet mit einer Handbewegung an, daß er vorhat, ohne Papier fortzufahren. Alle werden still. Draschar denkt eine Weile intensiv nach.* Irgendwie ging es bisher, irgendwie wird es auch weitergehen – *Äußerungen begeisterter Zustimmung. Pause. Draschar denkt nach.* Alles braucht seine Zeit. *Äußerungen begeisterter Zustimmung. Pause. Draschar denkt nach.* Das Leben geht weiter. *Äußerungen begeisterter Zustimmung. Pause. Draschar denkt nach. Es fällt ihm jedoch nichts mehr ein, also geht er von einem zum anderen und schüttelt ihnen die Hände.*

TITZ: Das hast du prima gesagt, Josef!

Draschar reagiert auf Titz' Bemerkung nicht, im Gegenteil, er reicht ihm als einzigem die Hand nicht und übersieht ihn ostentativ, bleibt jedoch, zur Überraschung der Anwesenden, vor Kubik stehen.

DRASCHAR: Bist Schriftsteller, ja?

KUBIK: Ja, Herr Direktor.

DRASCHAR *nickt eine Weile mit dem Kopf, dann sagt er*: Literatur ist wichtig.

Draschar denkt noch eine Weile nach, dann erteilt er Kubik plötzlich einen freundlichen Klaps auf den Hintern; dann dreht er sich zu Rachel um und zeigt ihr mit einer Kopfbewegung, daß sie ihm folgen soll. Er winkt den Anwesenden zu und geht schnell ins Hotel, gefolgt von Rachel. – Allgemeine Erleichterung. – Kraus schaut ins Hotel hinein, um sich zu vergewissern, daß Draschar schon außer Sicht ist, dann wendet er sich lächelnd zu Kubik.

KRAUS: Das ist ein Trottel, was?

KUBIK: Er ist nicht schlecht.

KRAUS: Ich bitte dich! Wenn ich bedenke, daß ich mich als Direktor vielleicht genauso wie er benommen habe, wird mir schlecht! Mensch, das ist ein unheimliches Spiegelbild – wenn man plötzlich unten steht und zuschaut. Ich sag dir, Josef, ich würde nie mehr so einen Posten annehmen.

TITZ *zu Kraus*: Josef –

KRAUS *sieht Titz ablehnend an*: Sie wünschen?

TITZ: Ich wollte nur fragen, ob du nicht weißt...

Kraus winkt nur ab und wendet sich an alle Anwesenden.

KRAUS: Diese Feier morgen – das ist, glaube ich, eine gute Idee –, vor allem wird sie uns Gelegenheit geben, uns endlich ein bißchen besser kennenzulernen und uns gegenseitig ein bißchen näherzukommen. Es ist doch eine Schande: Wir leben so lange schon unter einem Dach, essen die gleichen Gerichte, gehen auf den gleichen Wegen spazieren und benehmen uns fast wie Fremde. Wäre es nicht endlich an der Zeit, die Barrieren zu durchbrechen, die zwischen uns stehen? Die Masken der Konventionen wegzuwerfen? Sich einer dem anderen ein wenig menschlich zu öffnen?

Kraus vertieft sich in Gedanken, eine Weile schaut er verträumt vor sich hin, dann lächelt er Kubik scheu an und geht eilig ins Hotel. Kurze Pause. Dann spricht Orloff Pechar an, der sich schon wieder zu rasieren angefangen hat.

ORLOFF: Darf ich Sie etwas fragen?

PECHAR: Gerne.

ORLOFF: Haben Sie nicht manchmal Angst?
PECHAR: Ich, wovor?
ORLOFF: So ganz allgemein.
PECHAR: Also vor dem Tod, ja?
ORLOFF: Eher vor dem Leben.
PECHAR: Ich bitte Sie, das sind vielleicht Einfälle … *Pechar hört auf, sich zu rasieren, legt den Rasierapparat weg, nimmt den Hut ab und fängt an, sich zu kämmen. Dabei singt er leise sein Lied.*

Für dich allein glüht dann der Sonnenschein.
Für dich allein soll meine Liebe sein.

Vorhang

Vierter Akt

Als der Vorhang aufgeht, sitzt diesmal auf der Terrasse am linken Tisch Koterba und am rechten Orloff und Dlask, die eine Flasche Wein und zwei Gläser vor sich haben. Am Tisch im Garten auf dem Platz, wo früher Rachel saß, sitzt Kubik. Auf der Bank rechts sitzt Rachel, hat die Tasche neben sich und strickt. In der Mitte der Bühne sitzt auf der Decke – wie in den vorigen Akten – Pechar, er reibt sich konzentriert mit Sonnencreme ein und singt dabei leise sein Lied.

PECHAR *singt*:

Weißt du, wohin die Träume all' entflieh'n?
Die unerfüllt an mir vorüberzieh'n?
Weißt du, wohin mein Herz auf Reisen geht
Wenn immerzu es sich nach Liebe sehnt?

Pechars Gesang geht in leises Summen über, das im Lauf des folgenden Dialogs immer leiser wird, bis es ganz verschwindet.

RACHEL *zu Orloff*: Gibt es um Woronjesch viele Wälder?

ORLOFF: Seien Sie mir bitte nicht böse, aber das weiß ich wirklich nicht.

RACHEL: Sie sagten doch, daß das Ihre Heimat ist.

ORLOFF: Woronjesch? Nein.

Pause.

DLASK *zu Orloff*: Falle ich Ihnen nicht auf den Wecker?

ORLOFF: Ich mache gern neue Bekanntschaften.

DLASK: Da sind wir offenbar ähnliche Naturen.

Rechts kommt Lisa aus dem Hotel mit einem Armvoll Blumen. Als sie Orloff sieht, bleibt sie stehen, ist eine Weile verlegen, dann fragt sie scheu –

LISA: Wollten Sie mich nicht etwas fragen?

ORLOFF: Ich? Nein.

LISA: Dann verzeihen Sie bitte – ich dachte nur –, verzeihen Sie.

Lisa geht schnell nach rechts ab. Kurz danach rollt von rechts ein Ball auf die Bühne; hinter ihm kommt Titz. Nimmt den Ball – schaut sich um, bis er Kubik sieht.

TITZ: Wo waren Sie den ganzen Nachmittag?

KUBIK: Ich habe ein bißchen geschlafen.

TITZ: Nachmittags? – Na, so was!

RACHEL *zu Orloff*: Aber Sie sind doch in Rußland geboren –?

ORLOFF: In Rußland? Warum gerade in Rußland?

RACHEL: Sie sind doch Russe?

ORLOFF: Schwer zu sagen.

Pause.

DLASK *zu Orloff*: Sie hatten wohl kein leichtes Leben, was?

ORLOFF: Wie man es nimmt.

DLASK: Sie hatten es nicht leicht, geben Sie es nur zu! Ich ja auch nicht!

ORLOFF: Dabei haben wir es beide – so lausig es auch war – im großen und ganzen mit Würde getragen. Habe ich nicht recht?

DLASK: Was mich betrifft, habe ich mich bemüht...

Von links kommt Lisa mit einem Armvoll Blumen. Als sie Orloff sieht, bleibt sie stehen, ist eine Weile verlegen, dann fragt sie scheu –

LISA: Ging es nicht zufällig um Paris – in Ihrer Frage?

ORLOFF: Paris?

LISA: Vielleicht wollten Sie wissen, ob wir uns da – vor vielen Jahren...?

ORLOFF: Das wird wohl ein Irrtum sein. Soweit ich mich erinnern kann, war ich nie in Paris.

LISA: Dann verzeihen Sie bitte. Ich dachte nur... Verzeihen Sie.

Lisa geht schnell ins Hotel ab.

Kurze Pause.

TITZ *zu Kubik*: So ein schöner Tag – nicht die kleinste Wolke – ein frisches Windchen – und Sie hocken zu Hause!

Pechar, der sich dauernd im Spiegel mustert, spricht Titz an, ohne ihn anzusehen –

PECHAR: Wenn Sie denken, daß Sie damit irgend etwas Gutes getan haben, dann irren Sie sich gewaltig. Das war Ihrerseits geistiger Terror.

TITZ: Das ist doch wohl…

Pechar legt den Spiegel weg, nimmt seinen Rasierapparat und fängt an, sich zu rasieren.

KUBIK *zu Titz*: Wie geht's sonst?

TITZ: Wie – sonst?

KUBIK: Wie fühlen Sie sich psychisch – wohl nicht besonders, was?

TITZ: Es geht.

Pause. Dann pfeift in der Ferne ein Zug, und alle Anwesenden schauen gleichzeitig auf die Uhr.

RACHEL *zu Orloff*: Verzeihen Sie, aber…

ORLOFF: Na, was?

RACHEL: Darf ich fragen, wo Sie eigentlich geboren sind?

ORLOFF: Was weiß ich.

RACHEL: Aber Sie müssen sich doch für Ihre Herkunft interessieren?

ORLOFF: Warum sollte ich?

RACHEL: Dann ist es also überhaupt nicht sicher, daß Sie ein Graf sind.

Pause.

KUBIK *zu Titz*: Warum sind Sie eigentlich am Sonntag nicht zur Kirmes gefahren?

TITZ: In meiner Situation?

KUBIK: Gerade in Ihrer Situation hätten Sie fahren sollen. Sie haben eine Gelegenheit verpaßt, die sich Ihnen so schnell nicht wieder bietet.

Pause.

ORLOFF *zu Dlask*: Sie haben Sehnsucht, was? *Dlask nickt leicht mit dem Kopf.* Erinnerungen, das ist nichts für mich. Ich schaue lieber nach vorn als zurück, wissen Sie? Ich erinnere mich auch kaum noch an etwas.

DLASK: Sie haben eine glückliche Natur.

Pause.

KUBIK *zu Titz*: Darf ich Ihnen die Wahrheit sagen, Titz?

TITZ: Selbstverständlich.

KUBIK: Ich hab so ein ungutes Gefühl, daß Sie eigentlich schon aufgegeben haben.

TITZ: Was aufgegeben?

KUBIK: Alles.

Pause.

ORLOFF *zu Dlask*: Der Mensch rutscht immer irgendwo ein wenig aus, das ist schließlich menschlich, aber im Grunde haben wir es beide bestanden – also müssen wir uns gar nicht schämen.

DLASK: Und können einer dem anderen ruhig in die Augen sehen.

ORLOFF: Na, und wenn wir's im Leben so weit gebracht haben – sozusagen bis in die Zielgerade –, dann müßte es schon mit dem Teufel zugehen, wenn wir es nicht bis zum Ende schaffen, besonders wenn wir uns zusammentun, nicht wahr?

DLASK: Hm.

Pause.

KUBIK *zu Titz*: Ich hoffe, daß Sie zumindest morgen zu der Geburtstagsfeier des Direktors kommen!

Von rechts kommt eilig Lisa mit einem Armvoll Blumen und wendet sich sofort aufgeregt an Orloff.

LISA: Und das Antiquariat von Vrubecky? Und die Lektüre der Gesänge Maldorors? Und Ihre Studentenmansarde in der Rue Jacob?

ORLOFF: Ich weiß nicht, wovon Sie reden.

LISA *ruft verzweifelt*: Sergej!

Dlask steht aufgeregt auf und springt auf Lisa zu.

DLASK: Lisa! Sie sind es also doch! Erinnern Sie sich an unsere Jugend in Paris?

LISA: Seien Sie mir nicht böse, Herr Dlask, aber ich war nie in Paris. Erlauben Sie?

Lisa geht um Dlask herum und geht links ab.

Dlask geht ihr eilig nach.

DLASK *hinter der Bühne*: Lisa! Lisa!

Pause. Dann pfeift in der Ferne ein Zug, und alle Anwesenden schauen gleichzeitig auf die Uhr. Kurz danach kommt aus dem Hotel Milena mit einem Tablett voller Fruchtsäfte. Sie bietet zuerst Koterba an.

MILENA: Bitte schön.

Koterba nimmt ein Glas und nickt Milena dankbar zu. Milena wendet sich fragend an Orloff, der schüttelt jedoch nur mit dem Kopf. Milena geht in den Garten hinunter und bietet Rachel den Saft an, die ein Glas nimmt.

RACHEL: Danke, Milena.

Milena geht zu Titz und Kubik; Kubik nimmt zwei Gläser.

KUBIK *zu Titz*: Nehmen Sie.

TITZ: Ich habe keinen Durst.

KUBIK: Sie brauchen aber Vitamine.

Titz nimmt ein Glas. Milena bietet Pechar an; der dreht sich ostentativ weg und rasiert sich weiter. Eine verlegene Pause.

MILENA: Was ist los mit Ihnen?

PECHAR: Gehen Sie weg.

MILENA: Sie sind mir böse?

PECHAR: Haben Sie nicht gehört?

Pause.

MILENA: Sie haben mir doch selbst zugeredet, ich soll kein Öl ins Feuer gießen und das Verhältnis so schonend wie möglich lösen.

Pechar legt den Rasierapparat weg und schaut zu Milena auf.

PECHAR: Damit meinte ich aber nicht, daß Sie doppeltes Spiel treiben sollen. Sie benehmen sich wie ein Flittchen.

MILENA: Wilhelm!

PECHAR: Glauben Sie, ich weiß nicht, wie er sich das vorstellt? Daß ich Sie hier raushole, Ihren Unterhalt in der Hotelschule bezahle, und dann werden Sie aus unserer Pension Geld herausquetschen – und er wird es mit Ihnen treiben! Das könnte ihm so passen: Sie werden schön von mir versorgt, und er muß sich zu nichts verpflichten. Und Sie machen das mit?

MILENA: Wie können Sie so etwas sagen?

PECHAR: Sonst würden Sie seine Pläne nicht so ruhig anhören –

MILENA: Das geht mir doch in ein Ohr hinein und zum andern heraus –

PECHAR: Meine Angebote sind ehrlich, und ich verlange auch von Ihnen Ehrlichkeit! Ich rate Ihnen, überlegen Sie sich's, bevor es zu spät ist. Entweder er oder ich! Ist das klar?

MILENA *scharf*: Also gut! *Milena geht energisch mit ihrem Tablett ins Hotel.*

Pechar ist ein wenig verlegen, schüttelt verständnislos mit dem Kopf, schaut sich nach den Anwesenden um und lächelt dümmlich. Niemand reagiert darauf, außer Koterba, der auch mit dem Kopf schüttelt und dümmlich lächelt. Inzwischen ist Dlask aus dem Hotel zurückgekommen und hat sich betrübt wieder auf seinen Platz gesetzt. Orloff ist jedoch inzwischen aufgestanden und hat aus der Tasche ein Kartenspiel gezogen und ist zum Tisch gegangen, an dem Kubik und Titz sitzen. Jetzt rutscht er mit dem Daumen über die Karten, bis sie knacken, und lächelt Titz herausfordernd an.

TITZ: Verzeihen Sie, aber ich spiele nicht –

ORLOFF: Schade –

Orloff zuckt enttäuscht mit den Schultern, steckt die Karten wieder ein und setzt sich neben Titz auf den freien Stuhl. Von links kommt Kunz. Niemand reagiert auf seine Anwesenheit. Nur Koterba winkt ihm begeistert zu und lächelt ihn an.

Auch Kunz lächelt Koterba an, geht direkt auf ihn zu, verbeugt sich vor ihm und flüstert ihm lange etwas zu. Koterba amüsiert sich sehr darüber, lacht immer wieder auf. Als Kunz endlich fertig ist, lachen sie beide noch eine Weile, dann klopfen sie sich gegenseitig freundlich auf die Schultern, und Kunz geht links ab. Kubik steht auf, nimmt den Ball vom Tisch und dribbelt mit dem Ball in die Mitte der Bühne und wendet sich dann an Dlask, der auf der Terrasse sitzt.

KUBIK: Wollen Sie nicht ein bißchen spielen?

DLASK: Verzeihen Sie, aber ich spiele nicht.

Kubik geht auf die Terrasse, setzt sich zu Dlask und legt den Ball auf seinen Tisch.

KUBIK: Sie sind Ihr eigener Feind, wenn Sie sich so hartnäckig gegen jede Bewegung wehren.

ORLOFF *zu Titz*: Ich hörte, Sie fühlen sich nicht wohl.

TITZ: Wann?

ORLOFF: Gestern, bei der Geburtstagsfeier des Direktors.

KUBIK *zu Dlask*: Was haben Sie eigentlich vormittags gemacht?

DLASK: Ich habe ein wenig gelesen?

KUBIK: Die Kopien Ihrer alten Briefe, was?

ORLOFF *zu Titz*: Wenigstens für ein paar Minuten hätten Sie sich bei der Feier zeigen können.

TITZ: Ich glaube, es war besser so.

KUBIK *zu Dlask*: Existiert für Sie wirklich nur die Vergangenheit? Sie leben im Traum, in den Erinnerungen, seufzen, vergeuden Ihre Zeit, können Sie sich überhaupt noch auf etwas konzentrieren?

ORLOFF *zu Titz*: Was machen Sie am Sonntag?

TITZ: Warum?

ORLOFF: Wir fahren zusammen zur Kirmes.

KUBIK *zu Titz*: Wenn Ihnen tatsächlich am Leben nichts mehr liegt, dann verstehe ich wirklich nicht, was Sie hier noch zu suchen haben.

FRAU PECHAR *hinter der Bühne*: Wilhelm!

Pechar, der sich schon wieder rasiert, spricht Titz an, ohne ihn anzusehen.

PECHAR: Durch diesen Kirmesbesuch haben Sie sich definitiv unmöglich gemacht! Zum Glück werden Sie nicht mehr lange Gelegenheit haben, sich so aufzuspielen.

FRAU PECHAR *hinter der Bühne*: Wilhelm!

DLASK: Ich glaube, daß ich in Kürze abreisen werde.

RACHEL *schaut vom Stricken auf*: Gefällt es Ihnen hier mit uns nicht mehr?

DLASK: Ich halte es nirgendwo lange aus. Das ist so meine Natur.

RACHEL: Sie werden uns hier fehlen.

FRAU PECHAR *hinter der Bühne*: Wilhelm!

PECHAR *zu Titz*: Warten Sie nur! Die werden mit Ihnen kurzen Prozeß machen.

Von links kommt Frau Pechar mit einer Strickweste in der Hand. Sie geht direkt auf Pechar zu, kniet neben ihm hin und hilft ihm in die Weste.

FRAU PECHAR *leise*: Wilhelm!

PECHAR: Was ist?

FRAU PECHAR: Wenn Sie dir wirklich so gefällt, warum versuchst du es nicht mit ihr?

PECHAR: Sie wird Hemmungen haben.

FRAU PECHAR: Du mußt ihr etwas einreden – zum Beispiel, daß du sie hier rausholst – in die Hotelschule schickst –, daß ihr dann zusammen eine eigene Pension eröffnet...

PECHAR: Und was wird mit ihrem Freund?

FRAU PECHAR: Der braucht dich doch nicht zu stören! Im Gegenteil: Wenn du die Nase voll hast von ihr, wirst du ihn als gute Ausrede benutzen können. *Frau Pechar hat Pechar die Weste angezogen, schaut in seine Thermosflasche und geht mit ihr weg ins Hotel.*

Pechar zieht sich die Weste aus, legt sie sorgfältig zusammen und weg, dann fängt er wieder an, sich mit der Creme einzureiben.

Pause.

Kubik wendet sich nach unten an Orloff.

KUBIK: Wie war der Spaziergang?

ORLOFF: Ich war nicht spazieren. Haben Sie in der Nacht geschrieben?

KUBIK: Ich konnte nicht einschlafen, da habe ich ein bißchen gelesen. Aber in der Sonne waren Sie doch hoffentlich?

ORLOFF: Sie wissen doch, daß ich die Sonne nicht vertrage. Und warum haben Sie nicht geschrieben, wenn Sie nicht einschlafen konnten?

KUBIK: Ich hatte keine Lust. Dann dürfen Sie sich aber nicht wundern, daß Sie so aussehen, wie Sie aussehen.

ORLOFF: Sie wissen doch, daß ich die Sonne nicht vertrage. – Und warum haben Sie nicht geschrieben, wenn Sie nicht einschlafen konnten?

KUBIK: Ich konnte nicht einschlafen, da hab ich ein bißchen gelesen. Aber in der Sonne waren Sie doch hoffentlich.

ORLOFF: Ich war nicht spazieren. Haben Sie in der Nacht geschrieben?

KUBIK: Wie war der Spaziergang?

Pechar, der sich immer noch einreibt, fängt wieder an, leise sein Lied zu singen.

PECHAR *singt*:

Für dich allein glüht dann der Sonnenschein.
Für dich allein soll meine Liebe sein.

In der Ferne pfeift ein Zug, und alle Anwesenden schauen gleichzeitig auf die Uhr. Kurz danach kommen aus dem Hotel Kraus und hinter ihm Draschar. Beide bleiben auf der Terrasse stehen. Alle Anwesenden stehen sofort auf.

ALLE: Guten Tag, Herr Direktor!

KUBIK: Grüß dich, Josef!

Kraus reagiert auf Kubiks familiäre Ansprache nicht. Mit

einer kleinen Handbewegung deutet er an, daß sich die Anwesenden hinsetzen dürfen. Nachdem sie sich hingesetzt haben, fängt er an, in seinen Taschen zu wühlen, bis er endlich einen kleinen, zerknüllten Zettel herausgefischt hat. Er wirft einen Blick auf den Zettel und wendet sich dann an die Anwesenden.

KRAUS: Wir sind froh, daß Sie im Garten sind – *blickt auf den Zettel* – wir diskriminieren hier niemanden – *blickt auf den Zettel* – das Licht auf der Toilette ist wieder in Ordnung – von jedem von uns hängt es ab –
Kraus will fortsetzen, schaut sich seinen Zettel von beiden Seiten an, stellt jedoch fest, daß da nichts mehr steht, und steckt ihn in die Tasche. Es folgt ein einigermaßen unaufrichtiger Applaus. Kraus deutet mit einer Handbewegung an, daß er vorhat, ohne Papier fortzufahren. Alle werden sill. Kraus denkt sehr lange intensiv nach, bis er schließlich herausstößt:
Das Leben geht weiter –

Vorhang fällt.

Fünfter Akt

Auf der Terrasse am Tisch links sitzt Kubik und liest Zeitung; am rechten Tisch sitzt Koterba. Am Tisch im Garten sitzt Rachel und strickt. Auf der Bank rechts sitzt Orloff. In der Mitte der Bühne sitzt auf der Decke – wie in den vorigen Akten – Pechar, reibt sich konzentriert mit Sonnencreme ein und summt dabei seine Melodie. Nach einer Weile rollt von links ein Ball auf die Bühne; hinter ihm kommt Titz. Er hebt den Ball auf, schaut sich um, bis er Orloff sieht.

TITZ: Wo waren Sie denn den ganzen Nachmittag?

ORLOFF: Ich habe eine Weile geschlafen.

Titz setzt sich neben Orloff auf die Bank, legt sich den Ball auf den Schoß.

Pechar spricht Kubik an, ohne ihn anzusehen.

PECHAR: Hören Sie mal, Doktor –

TITZ: Vielleicht denken Sie, daß es uns nichts angeht.

ORLOFF: Aber es betrifft uns alle.

RACHEL: Es ist schließlich der Geburtstag vom Direktor, nicht wahr?

PECHAR: Ihnen ist es doch gleich, ob Sie da sind.

TITZ: Wozu soll man ihn also provozieren?

ORLOFF: Sie hätten das verstehen müssen und die Situation nicht unnütz komplizieren sollen.

Aus dem Hotel kommt Draschar, bleibt auf der Terrasse stehen und wendet sich lächelnd an Titz.

DRASCHAR: Mensch, das ist aber ein unheimliches Spiegelbild, wenn man plötzlich unten steht und zuschaut.

Von links kommt Frau Pechar mit einem Glas Wasser und Tabletten.

FRAU PECHAR *zu Pechar*: Ich bringe dir das Aspirin. *Frau*

Pechar gibt Pechar die Tabletten; Pechar trinkt Wasser nach. Frau Pechar geht ins Hotel ab.

DRASCHAR *zu Titz*: Ich sag dir, Josef, ich würde nie mehr so einen Posten annehmen.

KUBIK *zu Draschar*: Josef.

Draschar winkt nur ab und geht ins Hotel ab.

Kurz danach kommt Dlask aus dem Hotel. Er hat in einer Hand eine Flasche Wein, in der anderen zwei Gläser. Er schaut sich um, sieht Kubik, kommt auf seinen Tisch zu.

DLASK: Darf ich?

KUBIK *schaut überrascht auf*: Selbstverständlich – bitte schön.

Kubik bietet Dlask einen Stuhl an. Dlask setzt sich und schenkt in beide Gläser Wein ein.

DLASK: Es stört Sie doch nicht, daß ich mich hingesetzt habe?

TITZ: Wenn mir jemand sympathisch ist, und es ergibt sich Gelegenheit, ihn anzusprechen, dann schieße ich los und fackle nicht lange herum.

RACHEL: Na, klar – das dauert ja eine Weile, bis sich zwei Menschen zusammen tun.

ORLOFF: Der Mensch rutscht immer irgendwo ein bißchen aus.

PECHAR: Es ist aber wichtig, das irgendwie global zu sehen.

DLASK: Na, und von diesem Standpunkt aus haben wir im Grunde bestanden.

TITZ: Also können wir ruhig einer dem anderen in die Augen sehen.

RACHEL: Wenn wir es im Leben so weit gebracht haben –

ORLOFF: Sozusagen bis in die Zielgerade…

KUBIK: Dann müßte es mit dem Teufel zugehen, wenn wir es nicht bis zum Ende schaffen, nicht wahr?

PECHAR: Warten Sie nur! Sie werden mit Ihnen kurzen Prozeß machen.

Von rechts kommt Lisa mit einem Armvoll Blumen, sobald Orloff sie gesehen hat, steht er schnell auf und vertritt ihr den Weg.

ORLOFF *leise*: Ich kann es nicht glauben, daß Sie alles vergessen haben.

LISA: Erlauben Sie?

Lisa geht um Orloff herum und geht links ab. Orloff geht ihr eilig nach.

ORLOFF *hinter der Bühne*: Lisa! Lisa!

In der Ferne pfeift ein Zug, und alle Anwesenden schauen gleichzeitig auf die Uhr. Aus dem Hotel kommt Kraus, bleibt auf der Terrasse stehen und wendet sich lächelnd an Kubik.

KRAUS: Mensch, das ist aber ein unheimlicher Spiegel, wenn man plötzlich unten steht...

Von links kommt Frau Pechar mit einem Glas Wasser und Tabletten.

FRAU PECHAR *zu Pechar*: Ich bringe dir das Aspirin. *Frau Pechar gibt Pechar die Tabletten. Pechar trinkt Wasser nach. Frau Pechar geht ins Hotel ab.*

KRAUS *zu Kubik*: Ich sage dir, Josef, ich würde nie mehr seinen Posten annehmen.

DLASK *zu Kraus*: Josef.

Kraus winkt nur ab und geht ins Hotel ab. Kurz danach kommt aus dem Hotel Orloff, in einer Hand eine Flasche Wein, in der anderen zwei Gläser, er schaut sich um, sieht Titz und geht auf ihn zu.

ORLOFF: Darf ich?

TITZ: Selbstverständlich – bitte schön.

Orloff setzt sich zu Titz auf die Bank, schenkt Wein in beide Gläser ein, reicht das eine Glas an Titz. Die Flasche stellt er vor sich auf den Boden.

ORLOFF: Stört es Sie auch nicht, daß ich mich zu Ihnen gesetzt habe?

KUBIK: Wenn mir jemand sympathisch ist und es ergibt sich eine Gelegenheit, ihn anzusprechen, dann schieße ich los und fackle nicht lange herum.

TITZ: Na klar, das dauert ja eine Weile, bis sich zwei Menschen zusammentun.

RACHEL: Der Mensch rutscht immer irgendwo ein wenig aus.

PECHAR: Es ist aber wichtig, das irgendwie global zu sehen.

ORLOFF: Wenn wir es im Leben bis hierher gebracht haben.

KUBIK: Sozusagen bis in die Zielgerade.

DLASK: Dann müßte es mit dem Teufel zugehen, wenn wir es nicht bis zum Ende schaffen, nicht wahr?

PECHAR: Warten Sie nur! Die werden mit Ihnen kurzen Prozeß machen!

Aus dem Hotel kommt Lisa mit einem Armvoll Blumen. Sobald Titz sie gesehen hat, steht er schnell auf und vertritt ihr den Weg.

TITZ *leise*: Ich kann nicht glauben, daß Sie alles vergessen haben.

LISA: Erlauben Sie?

Lisa geht um Titz herum und geht links ab. Titz eilt hinter ihr her.

TITZ *hinter der Bühne*: Lisa! Lisa!

In der Ferne pfeift ein Zug, und alle Anwesenden schauen gleichzeitig auf die Uhr. Aus dem Hotel kommt Draschar, bleibt auf der Terrasse stehen und wendet sich lächelnd an Dlask.

DRASCHAR: Mensch, das ist aber ein unheimlicher Spiegel – wenn man plötzlich unten steht.

Von links kommt Milena mit einem Glas Wasser und Tabletten. Milena an Pechar –

MILENA: Ich bring dir das Aspirin. *Milena gibt Pechar die Tabletten. Pechar trinkt Wasser nach. Milena geht ins Hotel ab.*

DRASCHAR *zu Dlask*: Ich sag dir, Josef, ich würde nie mehr so einen Posten annehmen.

ORLOFF *zu Draschar*: Du, Josef…

Draschar winkt nur ab und geht ins Hotel ab.

Kurz danach kommt aus dem Hotel Titz, in einer Hand eine

Flasche Wein, in der anderen zwei Gläser, schaut sich um, sieht Orloff, geht auf ihn zu.

TITZ: Darf ich?

ORLOFF: Selbstverständlich – bitte schön.

Titz setzt sich zu Orloff auf die Bank, schenkt in beide Gläser Wein ein, reicht das eine Glas Orloff, stellt die Flasche vor sich auf den Boden.

TITZ: Stört es Sie nicht, daß ich mich zu Ihnen gesetzt habe?

DLASK: Wenn mir jemand sympathisch ist, und es ergibt sich eine Gelegenheit, ihn anzusprechen, dann schieße ich los und fackle nicht lange herum.

KUBIK: Na klar, das dauert ja eine Weile, bis sich zwei Menschen zusammen tun.

PECHAR: Wenn wir es im Leben bis hierher gebracht haben.

TITZ: Sozusagen – bis in die Zielgerade.

ORLOFF: Dann müßte es mit dem Teufel zugehen, wenn wir es nicht bis zum Ende schaffen, nicht wahr?

RACHEL: Warten Sie nur! Die werden mit Ihnen kurzen Prozeß machen!

Von rechts kommt Lisa mit einem Armvoll Blumen.

Sobald Pechar sie sieht, steht er schnell auf und vertritt ihr den Weg.

PECHAR *leise*: Ich kann nicht glauben, daß Sie alles vergessen haben.

LISA: Erlauben Sie?

Lisa geht um Pechar herum und geht ins Hotel ab, Pechar eilt hinter ihr her.

PECHAR *hinter der Bühne*: Lisa! Lisa!

Aus dem Hotel kommt Frau Pechar mit einem Tablett mit Fruchtsäften. Bietet allen an, legt dann das Tablett auf dem Tisch im Garten ab, setzt sich auf Pechars Decke, zieht sich die Kleider aus und fängt an, sich mit der Sonnencreme einzureiben, summt dabei Pechars Melodie. Von links kommt Pechar mit einem Glas Wasser und Tabletten.

Zu Frau Pechar: Ich bringe dir das Aspirin – *Pechar gibt Frau Pechar die Tabletten. Frau Pechar trinkt Wasser nach.*

Von links kommt Lisa, hat den Ball unter dem Arm und geht nach rechts.

Kubik steht sofort auf und eilt hinter ihr her.

KUBIK: Lisa!

Beide gehen rechts ab.

RACHEL *zu Frau Pechar*: Vergessen Sie nicht, daß es schon September ist, die Sonne scheint, aber aus der Erde kommt die Kälte.

Aus dem Hotel kommt Pechar; in einer Hand eine Flasche Wein, in der anderen zwei Gläser, schaut sich um, sieht Rachel, geht auf sie zu.

PECHAR: Darf ich?

RACHEL: Selbstverständlich – bitte schön.

Pechar setzt sich neben Rachel und schenkt in beide Gläser Wein ein. Von links kommt Lisa mit dem Ball unter dem Arm und geht in Richtung Hotel. Dlask steht sofort auf und eilt hinter ihr her.

DLASK: Lisa!

Beide gehen ins Hotel ab.

RACHEL *zu Frau Pechar*: Vergessen Sie nicht, daß es schon September ist: die Sonne scheint, aber aus der Erde kommt die Kälte.

Von links kommt Kubik; in einer Hand eine Flasche Wein, in der anderen zwei Gläser.

KUBIK *zu Frau Pechar*: Ich bringe dir das Aspirin.

Kubik setzt sich auf die Decke neben Frau Pechar und schenkt in beide Gläser Wein ein. Von rechts kommt Milena mit dem Ball unter dem Arm und geht nach links. Orloff steht sofort auf und eilt hinter ihr her.

ORLOFF: Milena!

Beide gehen links ab.

RACHEL *zu Frau Pechar*: Vergessen Sie nicht, daß es schon September ist; die Sonne scheint, aber aus der Erde kommt die Kälte.

Von links kommt Lisa; in einer Hand eine Flasche Wein, in der anderen zwei Gläser. Sie schaut sich um, sieht Titz, geht auf ihn zu.

LISA: Darf ich?

TITZ: Selbstverständlich – bitte schön.

Lisa setzt sich zu Titz auf die Bank, schenkt in beide Gläser Wein ein, reicht das eine Glas Titz, stellt die Flasche vor sich auf den Boden.

Von rechts kommt Dlask mit einem Armvoll Blumen. Bleibt über Frau Pechar und Kubik stehen.

DLASK: Wenn Sie keinen Verstand haben, muß ich ihn haben.

Dlask geht auf die Terrasse und setzt sich an den linken Tisch. Von links kommt Milena mit einem Glas Wasser und Tabletten und geht auf Dlask zu.

MILENA: Wo waren Sie denn den ganzen Nachmittag?

DLASK: Ich habe eine Weile geschlafen.

Milena gibt Dlask die Tabletten. Dlask trinkt Wasser nach. Milena setzt sich an seinen Tisch. Von rechts rollt ein Ball auf die Bühne; hinter ihm kommt Orloff, er hebt den Ball auf, schaut sich um, bis er Pechar sieht.

ORLOFF: Warum antwortest du nicht, wenn ich dich rufe –

PECHAR: Vergiß nicht, daß es schon September ist.

Orloff setzt sich zu Pechar und Rachel und legt den Ball auf den Tisch.

Von links kommt Kunz. Niemand reagiert auf seine Anwesenheit, nur Koterba winkt ihm begeistert zu und lächelt ihn an. Auch Kunz lächelt Koterba an, geht direkt auf ihn zu, verbeugt sich vor ihm und flüstert ihm lange etwas zu. Koterba amüsiert sich sehr darüber, lacht immer wieder auf. Als Kunz endlich fertig ist, lachen sie beide noch eine Weile, dann klopfen sie sich gegenseitig freundlich auf die Schulter, und Kunz setzt sich neben Koterba hin. Pause. Dann pfeift in der Ferne ein Zug, und alle Anwesenden schauen gleichzeitig auf die Uhr. Aus dem Hotel kommt Draschar, bleibt auf der Terrasse stehen und wendet sich an alle Anwesenden.

DRASCHAR: Wäre es nicht an der Zeit, die Barrieren zu durchbrechen, die zwischen uns stehen, die Masken der Konventionen wegzuwerfen? Sich einer dem anderen ein wenig menschlich zu eröffnen? Man merkt es nicht, aber die Zeit läuft. Das Leben ist kurz, und auch Ihr Aufenthalt hier fließt wie das Wasser – ehe man sich's versieht, werden manche von Ihnen abreisen und die, die noch bleiben, werden sich dann Vorwürfe machen – leider aber zu spät –, wie wenig Gedanken sie mit denen ausgetauscht haben, die schon unwiderruflich weg sind, und wie wenig sie ihnen zeigten, daß sie ihnen gegenüber, trotz allem, doch tiefere Gefühle hegten.

Aus dem Hotel kommt Kraus; alle Anwesenden stehen auf. Draschar bricht seine Rede ab und geht zur Seite. Kraus winkt mit der Hand, um anzudeuten, daß sich die Anwesenden hinsetzen dürfen; als sie sitzen, fängt er an, in den Taschen herumzuwühlen, bis er endlich einen kleinen, zerknüllten Zettel herausfischt. Schaut auf den Zettel und wendet sich an die Anwesenden.

KRAUS: Die Hotelordnung gilt für alle.

Kraus schaut auf seinen Zettel, dreht ihn um, dann steckt er ihn in die Tasche. Es folgt ein gewissermaßen unaufrichtiger Applaus – Pause. Dann pfeift in der Ferne ein Zug, und alle Anwesenden schauen gleichzeitig auf die Uhr. Dlask holt aus der Tasche ein Kartenspiel, mischt die Karten geschickt, dann fährt er mit dem Daumen über die Karten, bis sie knacken, und lächelt Kraus herausfordernd an.

Verzeihen Sie, aber ich spiele nicht.

DLASK: Schade. *Dlask steckt die Karten enttäuscht ein.*

LISA *zu Titz*: Wollten Sie mich nicht etwas fragen?

TITZ: Ich – nein. *Kurze Pause.* Für alles, was ich tue, kann ich noch immer gerade stehen.

FRAU PECHAR *zu Kubik*: Wir könnten uns öfter sehen, was meinen Sie?

KUBIK: Sie hatten aber kein leichtes Leben, was?

KRAUS: Irgendwie ging es, irgendwie wird es weitergehen.

Kurze Pause.

ORLOFF: Hätte ich nur ein bißchen mehr Zeit – ich würde gleich anfangen, Memoiren zu schreiben! Mit jedem Jahr werden die Erinnerungen klarer.

RACHEL *zu Kubik*: Also es ist überhaupt nicht sicher, daß Sie ein Graf sind?

KUBIK: Wissen Sie, auf irgendwelche Taktik nehme ich keine Rücksicht.

DRASCHAR: Alles braucht seine Zeit.

Kurze Pause.

TITZ *zu Milena*: Du benimmst dich wie eine Dirne.

KUBIK: Schreiben – das ist doch nicht wie irgendwo eine Straße zu pflastern.

KRAUS: Das Leben geht weiter.

Kurze Pause.

FRAU PECHAR: Die frühe Kindheit hat einen großen Einfluß auf die Gestaltung des Charakters –

RACHEL: Der Mensch rutscht immer irgendwo ein wenig aus.

TITZ *an alle*: Wir könnten uns öfters sehen – was sagen Sie dazu?

DRASCHAR: Das Licht auf der Toilette ist wieder in Ordnung.

Während des weiteren Dialogs stehen alle Sitzenden allmählich auf, und alle Anwesenden gehen hin und her auf der Bühne, bleiben bei den anderen stehen, bilden kurz Grüppchen in verschiedenen Zusammenstellungen und gehen sofort wieder auseinander.

TITZ *zu Rachel*: Na, also? Fahren wir zusammen weg?

RACHEL: Und was wird Ihre Frau dazu sagen!

TITZ: Ich schaue eher nach vorn als zurück.

DLASK *zu Orloff*: Das war Ihrerseits geistiger Terror.

LISA *zu Kraus*: Es müßte schon mit dem Teufel zugehen, wenn wir es nicht bis zum Ende schaffen, nicht wahr?

KRAUS: Von jedem von uns hängt es ab.

MILENA *zu Dlask*: Bist du ein Schriftsteller?

DLASK: Ich habe eine Weile geschlafen.

DRASCHAR *zu Frau Pechar*: Das ist ein Trottel, was?

FRAU PECHAR: Literatur ist wichtig!

ORLOFF *zu Pechar*: Du, Josef – das hast du prima gesagt!

PECHAR: Warten Sie nur, die werden mit Ihnen kurzen Prozeß machen!

MILENA *zu Kubik*: Sie haben meinen Bruder beleidigt.

KUBIK: Dann sind wir offenbar ähnliche Naturen.

RACHEL *zu Frau Pechar*: Für alles, was ich tue, kann ich noch immer gerade stehen.

FRAU PECHAR *an alle*: Wir könnten uns öfter sehen, was sagen Sie dazu?

DLASK *zu Titz*: Das Licht auf der Toilette ist wieder in Ordnung.

TITZ: Und wie geht es sonst?

DLASK: Ich glaube, daß ich in Kürze abreisen werde.

KRAUS *zu Draschar*: Gefällt es Ihnen hier mit uns nicht mehr?

DRASCHAR: Wozu war eigentlich meine Selbständigkeit gut, wenn ich ohnehin nie wirklich glücklich war?

ORLOFF *zu Draschar*: Das haben Sie davon, daß Sie kein Kompott essen.

LISA *zu Pechar*: Waren wir wirklich nie jung?

PECHAR: Ich habe ein bißchen geschlafen.

MILENA *zu Frau Pechar*: Haben Sie nicht manchmal Angst?

FRAU PECHAR: Ich? Wovor?

RACHEL *zu Dlask*: Sie wollen nicht meinen Bruder kennenlernen? Das kann doch nicht Ihr Ernst sein.

DLASK: Ich bitte Sie, seien Sie so lieb und sprechen Sie nie mehr mit mir über diese Dinge.

MILENA *an alle*: Ihr seid ja alle gleich.

LISA *an alle*: Wir könnten uns öfter sehen, was sagen Sie dazu?

KUBIK: Das Leben geht weiter.

Während des folgenden Dialogs hört man leise die orchestrale Aufnahme des Lieds aus dem Film «Dr. Schiwago». Die Musik wird allmählich stärker, und alle Gestalten fangen bei ihren Dialogen und Bewegungen auf der Bühne an, unbewußt und unauffällig im Walzerrhythmus ihre Körper zu bewegen. Mit der Verstärkung der Musik werden auch diese Bewegungen immer deutlicher.

TITZ *zu Draschar*: Wissen Sie, was für ein Ereignis das ist – so eine Kirmes im Dorf?

DRASCHAR: Wir haben mehr Tee für das Frühstück organisiert.

FRAU PECHAR *zu Dlask*: Die Hotelordnung gilt für alle.

RACHEL *zu Titz*: Sie sind doch Russe?

TITZ: Ich bitte Sie, seien Sie so lieb und sprechen Sie nie mehr mit mir über diese Dinge.

ORLOFF *zu Titz*: Dann sind wir offenbar ähnliche Naturen.

DLASK *zu Orloff*: Das haben Sie davon, weil Sie kein Kompott essen.

ORLOFF: Das war Ihrerseits geistiger Terror.

MILENA: Warten Sie nur, die werden mit Ihnen kurzen Prozeß machen!

TITZ: Das Leben geht weiter.

LISA *zu Kraus*: Na, also –? Fahren wir zusammen weg?

PECHAR *zu Draschar*: Dann ist es also überhaupt nicht sicher, daß Sie ein Graf sind?

DRASCHAR: Alles braucht seine Zeit.

FRAU PECHAR *an alle*: Ihr seid ja alle gleich.

PECHAR *an alle*: Wir könnten uns öfter sehen, was sagen Sie dazu?

KRAUS: Erinnerungen sind nichts für mich, ich schaue eher nach vorn als zurück.

DLASK: Mit jedem Jahr werden die Erinnerungen klarer.

TITZ: Wir diskriminieren hier niemanden.

MILENA: Waren wir wirklich nie jung?

ORLOFF: «Macht mit mir, was Ihr wollt» – das ist Ihr Programm.

DRASCHAR: Wir könnten uns öfter sehen, was sagen Sie dazu?

LISA: Das Leben geht weiter.

TITZ: Waren wir wirklich nie jung?

PECHAR: Mit jedem Jahr werden die Erinnerungen klarer.

KRAUS: Ihr seid alle gleich.

ORLOFF: Wir diskriminieren hier niemanden.

FRAU PECHAR: Literatur ist wichtig!

MILENA: Alles braucht seine Zeit.

LISA: Literatur ist wichtig.

TITZ: Wir diskriminieren hier niemanden.

PECHAR: Ihr seid alle gleich.

KRAUS: Mit jedem Jahr werden die Erinnerungen klarer.

ORLOFF: Waren wir wirklich nie jung?

DRASCHAR: Das Leben geht weiter.

Die Musik wird immer lauter und übertönt jetzt völlig den Dialog. Die Bewegungen der Gestalten auf der Bühne gehen allmählich in Tanz über: Zuerst tanzt ein Paar, dann gesellt sich das zweite hinzu, bis am Ende alle tanzen, einschließlich Koterba und Kunz, und zwar so, daß die Herren, für die es keine Partnerinnen gibt, miteinander tanzen. Die Zusammensetzung der Paare wechselt dauernd, die Herren tauschen die Partnerinnen aus und wechseln sich auch in den männlichen Paaren. Der Tanz wird immer wilder, die Musik immer lauter, bis sich die Bühne in einen einzigen ekstatischen Walzerreigen verwandelt. Als dieser Rausch zum Höhepunkt kommt, fängt die Musik an, schwächer zu werden, der Tanz beruhigt sich, einzelne Paare gehen allmählich vom Tanz zum rhythmischen Schunkeln über, dann gehen sie auseinander und nehmen ihre ursprünglichen Plätze ein. Die Musik klingt aus. Alle Gestalten glotzen wie eine erstarrte Leichenparade in den Zuschauerraum. In dieser Grabesstille fällt langsam der Vorhang.

Erschwerte Möglichkeit der Konzentration

❖

Widmung, Stück in zwei Akten

Josef Safarik gewidmet

Personen

Dr. Eduard Huml, *Wissenschaftler*
Vlasta Humlová, *seine Frau*
Renata, *seine Geliebte*
Blanka, *seine Sekretärin*
Dr. Jitka Balcárková, *Wissenschaftlerin*
Karel Kriebl, *Mechaniker*
Čeněk Machulka, *Vermesser*
Beck, *Forschungsleiter*

Erster Akt

H/1

Der Vorhang geht auf. Humls Wohnung, ein Mittelding zwischen Wohnzimmer und Diele: links eine kleine Treppe zur Schlafzimmertür; unten drei Türen – die linke zum Arbeitszimmer, die hintere zum Bad, zur Küche und zu den anderen Räumlichkeiten, die rechte zum Hausgang. In der rechten Tür ein Guckloch. Im Hintergrund Spiegel und Kommode, darauf ein Kaktus. Im Vordergrund ein Eßtisch mit vier Stühlen. Aus dem Zuschauerraum sollen nicht alle Gegenstände auf dem Tisch zu erkennen sein; ein Blumenständer zum Beispiel könnte ihn teilweise verdecken. Rechts ein Fauteuil, daneben ein Tischchen mit Telefon. Eine Zeitlang ist niemand auf der Bühne, die hintere Tür steht offen, dann kommt von dort Humlová. Sie trägt einen Morgenrock überm Kleid, bringt auf einem Tablett das Frühstück für zwei Personen: Tassen, Teller, Brötchen, Teekanne, Butter. Sie deckt den Tisch, ruft in Richtung Schlafzimmer –

HUMLOVÁ: Frühstück!

Als sie aufgedeckt hat, gießt Humlová den Tee ein, nimmt Platz und beginnt zu frühstücken. Da geht langsam die Schlafzimmertür auf, Huml kommt. Er ist noch im Pyjama, ungekämmt, scheint eben erst aufgestanden zu sein. Langsam kommt er die Treppe herunter, nimmt Humlová gegenüber Platz, breitet die Serviette auf den Knien aus und beginnt ebenfalls zu essen. Nach längerem Schweigen Humlová –

Nun?

HUML: Haben wir Honig?

HUMLOVÁ: Wieder nichts, was?

HUML: Es ging nicht.

HUMLOVÁ: Warum?

HUML: Die Stimmung war nicht danach.

HUMLOVÁ: Was habt ihr euch angesehen?

HUML: Diese Grotesken...

HUMLOVÁ: So ein Einfall! Und nachher?

HUML: Sie erzählte lauter lustige Geschichten, Witze, die Stimmung war nicht danach. Haben wir Honig?

HUMLOVÁ: Und das Gespräch auf ein ernstes Thema zu bringen – ist das nicht gelungen?

HUML: Ich habe es versucht, aber sie kam dauernd mit neuen Anekdoten. Sie war einfach in zu guter Stimmung, es ging nicht. Haben wir Honig?

HUMLOVÁ: In der Speisekammer.

Huml legt die Serviette weg, steht auf und schlurft durch die hintere Tür, die er offen läßt.

Pause.

HUML *hinter der Szene*: Hier ist keiner...

HUMLOVÁ *ruft zur hinteren Tür*: Auf dem oberen Regal...

Längere Pause.

HUML *hinter der Szene*: Wo?

HUMLOVÁ: Mein Gott! *Humlová steht ruckartig auf und geht rasch Huml nach, die Tür läßt sie offen. Hinter der Szene:* Und was ist das da?

P/2

Kurz darauf wird vorsichtig die linke Tür geöffnet, und heraus tritt Huml mit dem Rücken zum Wohnzimmer und ist bemüht, aus dem Arbeitszimmer nicht mehr gesehen zu werden; er hat einen Anzug an und ist gekämmt. Vorsichtig schließt er die Arbeitszimmertür, dann läuft er auf Zehenspitzen zur hinteren Tür und ruft leise –

HUML: Komm!

In der hinteren Tür taucht Renata auf, im Mantel. Huml nimmt sie bei der Hand und führt sie eilig zur rechten Tür. Er blickt scheu um sich, küßt Renata sodann auf die Wange. Flüsternd: Tschüs. Käfer!

RENATA *flüsternd*: Tschüs! Und vergiß nicht!

Huml blickt durchs Guckloch, öffnet leise die Tür und läßt Renata hinaus. Er schließt rasch, läuft zur hinteren Tür, schließt diese ebenfalls, dann geht er gemächlich zur linken Tür, öffnet leise und hält den Türflügel fest. Kurz darauf treten Balcárková und Kriebl in Arbeitskitteln ein, sie tragen vorsichtig «Puzuk». Das ist ein komplizierter Apparat, der entfernt an eine Registrierkasse oder an eine Addiermaschine erinnert; er weist eine Tastatur, verschiedene Druckknöpfe und an der Seite eine Kurbel auf und ist außerdem mit einem Okular von der Art eines Mikroskops, einer roten und einer grünen Lampe, einem Lautsprecher und einem langen Kabel mit Stecker versehen. Balcárková und Kriebl stellen «Puzuk» vorsichtig auf den Eßtisch. Huml schließt die Tür.

KRIEBL *zu Huml*: Wo haben Sie hier eine Steckdose?

HUML: Dort, hinter dem Kaktus...

Kriebl geht mit dem Kabel zur hinteren Wand und schließt es an. Balcárková nimmt im Fauteuil Platz, Kriebl kommt zurück, setzt sich an den Tisch zu «Puzuk» und widmet sich ihm, Huml setzt sich ebenfalls zum Tisch und betrachtet neugierig den Apparat.

Das wäre er also?

BALCÁRKOVÁ: Gefällt er Ihnen?

HUML: Hübsch – darf ich fragen, wie er arbeitet?

BALCÁRKOVÁ: Wir haben ihn mit einigen Grundinformationen gefüttert, die uns über Sie zur Verfügung standen, er hat die Daten verarbeitet, und nun wird er Ihnen auf dieser Grundlage die erste Frage stellen. Sie werden darauf wahrheitsgemäß antworten, er wird Ihre Antwort verarbeiten – zusammen mit einigen Daten aus Ihrem Lebensmilieu, die ihm Herr Machulka liefert –, und dann wird er Ihnen die nächste Frage stellen. Was er so lange wiederholt, bis sich in ihm die Summe der gewonnenen Informationen zu einer bestimmten Struktur verbindet.

HUML: Wirklich interessant – er arbeitet also ein bißchen für Sie...

BALCÁRKOVÁ: In einer bestimmten Phase...

HUML: Selbstverständlich nur in einer bestimmten Phase...

Kriebl beschäftigt sich inzwischen mit «Puzuk», er tippt etwas auf der Tastatur, dreht die Kurbel, schaut ins Okular usw. Balcárková beobachtet ihn dabei.

BALCÁRKOVÁ: Etwas nicht in Ordnung, Herr Kriebl?

KRIEBL: Ihm ist ein bißchen kalt gewesen, da haben Machulka und ich ihm eine Weile das Schaltbrett gerieben, damit er die richtige Wärme kriegte.

BALCÁRKOVÁ: Und die Elektroden?

KRIEBL: Heizen normal. Wir können anfangen...

BALCÁRKOVÁ: Ausgezeichnet. Also schreiben Sie. *Diktiert:* Eduard Huml, 1928 – Gesprächsbeginn 15,25 – erste Frage. *Ruft:* Bitte Ruhe!

Kriebl hat es auf der Tastatur geschrieben, er dreht die Kurbel, schaut ins Okular, drückt dann auf einen der Knöpfe. Aus «Puzuks» Lautsprecher tönt ein leises Knurren. Kriebl blickt auf seine Armbanduhr, alle warten gespannt. Da geht die Schlafzimmertür auf, Machulka erscheint, auch er ist im Arbeitskittel, hinter dem Ohr hat er einen Bleistift. Kriebl drückt auf einen anderen Knopf, dreht die Kurbel, das Knurren verstummt. Machulka beachtet niemanden, er kommt langsam die Treppe herunter, bleibt stehen, zählt die Stufen, zieht dann einen kleinen, zerknitterten Zettel aus der Tasche und notiert die festgestellte Zahl. Als er fertig ist, geht er gemächlich zu Kriebl und reicht ihm das Papier.

KRIEBL: Danke, Čeněk...

Kriebl streicht das Papier auf dem Tisch glatt und steckt es in «Puzuk». Machulka geht mit langsamen Schritten durch die linke Tür ab.

BALCÁRKOVÁ: Können wir?

KRIEBL: Ja...

BALCÁRKOVÁ *ruft*: Bitte Ruhe!

Kriebl dreht die Kurbel, drückt auf den Knopf, wieder ertönt das Knurren. Kriebl blickt auf seine Uhr, alle warten gespannt. Nach einer Weile flammt «Puzuks» rote Lampe auf.

BALCÁRKOVÁ: Rot!

Kriebl drückt schnell auf den anderen Knopf und dreht die Kurbel. Die Lampe verlöscht, das Knurren verstummt. Verlegenes Schweigen.

Er ist überhitzt, ihr habt ihn zu stark gerieben...

KRIEBL: Gerieben haben wir ihn richtig, da klemmt eher der Starter.

BALCÁRKOVÁ: Was machen wir?

KRIEBL: Er muß sich ein bißchen abkühlen. *Zu Huml:* Haben Sie einen Eisschrank?

HUML: Ja, dort in der Speisekammer...

Kriebl zieht das Kabel aus der Steckdose und trägt mit Balcárková den «Puzuk» durch die hintere Tür hinaus, die Huml inzwischen geöffnet hat. Huml folgt den beiden, die Tür läßt er offen. Pause.

Hinter der Szene: Hier, bitte! Na, wird er auch reingehen?

KRIEBL *hinter der Szene*: Kann ich die Milch inzwischen herausnehmen?

HUML *hinter der Szene*: Selbstverständlich...

T/1

Kurz darauf tritt Huml aus dem Schlafzimmer, er hat nur eine Hose an, um den Hals ein Handtuch, er singt, in der Hand hält er ein zusammengelegtes Hemd, wie er es aus dem Wäscheschrank gezogen hat. Während er die Treppe herunterkommt, faltet er das Hemd auseinander und knöpft es auf. Er geht durch die hintere Tür. Längere Pause. Wir hören Huml hinter der Szene singen. Plötzlich läutet das Telefon, es schrillt einigemal,

P/3

ebenso plötzlich verstummt es. Im selben Augenblick treten durch die hintere Tür Balcárková und Kriebl auf, den beiden folgt Huml. Huml schließt die Tür, alle kehren nachdenklich zum Tisch zurück, nehmen ihre alten Plätze ein und warten.

Längere bedrückende Pause.

BALCÁRKOVÁ: Wenn er bloß nicht zu stark abkühlt...

KRIEBL: Der meldet sich schon, wenn ihm kalt ist!

BALCÁRKOVÁ: Hoffentlich...

Längere bedrückende Pause.

KRIEBL *zu Huml*: Sie essen gern Obst?

HUML: Woher wissen Sie das?

KRIEBL: Ich habe Ihre Vorräte in der Speisekammer gesehen...

HUML: Meine Mutter lebt auf dem Land, sie schickt ab und zu etwas...

KRIEBL: Zweifellos ein Vorteil...

Längere bedrückende Pause.

BALCÁRKOVÁ *zu Kriebl*: Sollten Sie ihm nicht einen Elektroschock geben?

KRIEBL: Lieber nicht, er hat dann immer abwegige Gedanken. Und der Kondensator ärgert sich dann auch... *Zu Huml:* Sie sind vom Land?

HUML: Ja.

KRIEBL: Aus den Bergen?

HUML: Woher wissen Sie das?

KRIEBL: Die Pflaumen, die Ihnen Ihre Mutter schickt, die wachsen nur in höheren Lagen.

HUML: Ja, es sind Hochgebirgspflaumen.

Längere bedrückende Pause.

BALCÁRKOVÁ *zu Kriebl*: Wann haben Sie ihn zum letztenmal geschmiert?

KRIEBL: Vorgestern.

BALCÁRKOVÁ: Vorgestern?

KRIEBL: Ja.

BALCÁRKOVÁ: So daß er eigentlich frisch geschmiert ist...?

KRIEBL: Ja.

Längere bedrückende Pause.

HUML *zu Balcárková*: Dürfte ich etwas fragen?

BALCÁRKOVÁ: Natürlich...

HUML: Die Fragen, die mir dieser Apparat stellen wird –

BALCÁRKOVÁ: Der Puzuk –

HUML: Ja, der Puzuk – verfolgen die ein bestimmtes Untersuchungsziel?

BALCÁRKOVÁ: Wie meinen Sie das?

HUML: Es würde mich interessieren, ob es sich um einen bestimmten konkreten Fall handelt – zu dem meine Aussage irgendeine Beziehung haben soll –, oder ob es nur irgend so eine – wie soll ich sagen – komplexe Durchforschung ist –, eine Art Präventivevidenz...

BALCÁRKOVÁ: Warum das in Gegensatz stellen? Unsere Untersuchung ist gerade darum von komplexem Charakter, weil es sich um einen konkreten Fall handelt...

HUML: Aha, aha. Und dürfte ich noch fragen, um wen es sich nun handelt?

BALCÁRKOVÁ: Um wen? Na, um Sie!

HUML: Um mich?

Hinter der Szene ertönt der Heulton einer Sirene.

KRIEBL: Was habe ich gesagt? Schon ist ihm kalt!

Balcárková und Kriebl erheben sich rasch und laufen durch die hintere Tür hinaus, die sie offen lassen. Huml folgt den beiden,

R/3

aber noch bevor er draußen ist, tritt durch die hintere Tür Renata ein, sie hat Humlovás Schürze umgebunden und bringt auf einem Tablett das Mittagessen: zwei Teller mit Fleisch, Senfglas, Brotkörbchen, Gläser, Bier, Besteck. Renata trägt das Tablett vorsichtig zum Eßtisch und deckt auf; die hintere Tür bleibt offen. Huml kommt ebenfalls zum Tisch, hilft Renata aufdecken, dann nehmen beide Platz und beginnen zu essen. Längere Pause, die von Renata schließlich unterbrochen wird.

RENATA: Und bietest du mir nicht nur faules Fallobst an?

HUML: Nein. Ich will wirklich eine Lösung herbeiführen, du mußt nur verstehen, daß das Ganze keine einfache Angelegenheit ist: wir leben zehn Jahre miteinander, sie hat nur mich, sie kann sich ihr Leben ohne mich nicht vorstellen – Bier?

RENATA: Ja, ein bißchen...

HUML *schenkt Renata und sich Bier ein, dabei fährt er fort*: Sie rechnet perspektivisch sogar damit, daß ich mich von dir trenne und daß ich wieder nur mit ihr leben werde – du weißt ja, Frauen sind in diesen Dingen schrecklich empfindlich, auf jeden Fall wird es ein Schlag für sie sein.

RENATA: Ich habe nie gesagt, daß du es nicht rücksichtsvoll machen sollst, das ist doch wohl selbstverständlich, oder?
Pause. Beide essen.

HUML: Nimm Senf...

RENATA: Entschuldige, aber ich vertrage keinen Senf... *Pause. Beide essen.* Du, Edi...

HUML: Was denn?

RENATA: Freut es dich, daß ich da bin?

HUML: Aber sicher...

RENATA: Warum sagst du mir nicht etwas Liebes?

HUML: Du weißt, ich habe in diesen Dingen keine Phantasie...

RENATA: Wer echt liebt, der findet leicht die richtigen Worte!

HUML: Du gefällst mir...

RENATA: Ist das nicht ein bißchen wenig?

HUML: Ich hab dich gern...

RENATA: Bloß?

HUML: Sei nicht böse, Käfer, ich kann eben keine großen Worte machen! Das heißt jedoch nicht, daß ich nichts empfinde...

RENATA: Wenn du etwas Großes empfinden würdest, kämen dir keine Worte groß vor! Wir können uns ja trennen, brauchst es nur zu sagen!

HUML: Fängst du schon wieder an?

RENATA: Was bin ich bloß für eine Gans!

Renata wirft Messer und Gabel hin, springt auf, schluchzt, geht einige Male hin und her, rennt dann durch die linke Tür, die sie hinter sich zuschlägt. Huml kaut seinen Bissen zu Ende, erhebt sich, geht zur linken Tür, drückt die Klinke nieder, doch erfolglos. Er überlegt einen Augenblick, dann spricht er zur geschlossenen Tür –

HUML: Renata... *Pause.* Käfer. *Pause.* Nicht böse sein. *Pause.* Erinnerst du dich noch ans Riesengebirge? In der alten Ziegelei? *Huml wartet ein Weilchen, weil sich Renata aber nicht meldet, zuckt er mit den Schultern und kehrt langsam zurück.*

B/2

Im selben Augenblick tritt Blanka durch die hintere Tür auf. Sie macht sie hinter sich zu, geht zum Tisch, setzt sich, nimmt Stenoblock und -bleistift und bereitet sich fürs Diktat vor.

Wo sind wir stehengeblieben?

BLANKA *liest*: Die verschiedenen Menschen haben zu verschiedenen Zeiten und in verschiedenen Zusammenhängen verschiedene Bedürfnisse...

HUML: Verschiedene Bedürfnisse... Ja, ja! *Huml beginnt sinnierend im Raum auf und ab zu gehen, er diktiert dabei, Blanka* stenographiert. ... und sehen darum verschiedene Dinge als Werte an – Punkt. Aus diesem Grund wäre es verfehlt, eine feste – für alle Menschen – alle Zeiten und alle Situationen – gültige Skala der Werte aufstellen zu wollen – Punkt. Was freilich nicht bedeutet – daß keine bestimmten Werte existieren würden – die dem ganzen Menschengeschlecht in seiner ganzen Geschichte gemeinsam wären – Punkt. Dennoch gilt – daß jeder Mensch – jede Zeit – jede gesellschaftliche Gruppierung ihre eigene Wertskala hat – die grundlegende und allgemeine Werte in bestimmter Art und Weise konkretisiert – Punkt. Die individuelle Wertskala des einzelnen Menschen steht dabei immer in irgendeinem Zusammenhang mit verschiedenen allgemeineren – zum Beispiel zeithaften – Wertskalen – die für ihn etwas wie einen Rahmen oder Hintergrund darstellen. Könnten Sie mir den letzten Satz wiederholen?

BLANKA *liest*: Die für ihn etwas wie einen Rahmen oder Hintergrund darstellen.

HUML: Oh, das ist aber gut! Also weiter so: Zu den grundlegendsten Werten des Gegenwartsmenschen kann man beispielsweise die Arbeit rechnen – also die Möglichkeit, das zu tun – worin sich der Mensch voll zu realisieren und worin er seine spezifischen Dispositionen zu entwickeln vermag – die Beziehung zu anderen Menschen – die moralischen Prinzipien – bestimmte weltanschauliche Gewißheiten – den Glauben an etwas – wofür sich der Mensch engagieren könnte – Punkt. Haben Sie es?

BLANKA: Ja.

HUML: Fein. Und jetzt neuer Absatz, bitte. Den Zustand – da der Mensch ein bestimmtes Bedürfnis befriedigt – da er also einen bestimmten Wert erringt – nennen wir Glück – Punkt. Weil aber die Menschen – wie wir bereits feststellten ... *Huml bleibt stehen, überlegt, dann wendet er sich an Blanka:* Blanka ...

BLANKA: Bitte?

HUML: Der Rosta – ist der Ihre erste Liebe?

BLANKA: Ja.

HUML: Wie alt ist er denn?

BLANKA: Achtzehn.

HUML: Achtzehn? Im Ernst? *Pause. Huml verträumt.* Achtzehn! Als ich achtzehn war! Hegel, Schopenhauer, Nietzsche verschlang ich da, schrieb metaphysische Essays, redigierte eine Studentenzeitschrift, liebte unglücklich die Medizinerin Anička Glücksmannová – übrigens, Sie erinnern mich ein wenig an sie –, und dabei hatte ich noch Zeit, täglich im «Eldorado» zu sitzen und zweimal wöchentlich für die sozialdemokratische Jugend Handball zu spielen! Es war eine ungewöhnliche, eine schöne Zeit... *Pause.* Wo sind wir stehengeblieben?

BLANKA *liest*: Weil aber die Menschen – wie wir bereits sagten...

HUML *geht wieder sinnierend auf und ab, diktiert*: Weil aber die Menschen – wie wir bereits sagten – sehr unterschiedliche Bedürfnisse haben und darum auch sehr unterschiedliche Dinge als Werte erachten – ist der Glückszustand sehr unterschiedlichen Inhalts – Punkt. Das ist auch der Grund – weshalb wir uns trotz des Umstandes – daß wir alle eine sehr genaue Vorstellung darüber haben – was Glück ist – sehr schwer auf eine konkrete Definition des Glücks einigen können – die allen gerecht würde – Punkt. Neuer Absatz...

BLANKA: Moment, das Wasser kocht... *Blanka steht auf und entfernt sich in Richtung hintere Tür.*

HUML: Ja, richtig!

Blanka geht hinaus, Huml folgt ihr, läßt die hintere Tür offen. Pause.

H/2

HUMLOVÁ *hinter der Szene*: Und was ist das da?

HUML *hinter der Szene*: Das da? Was? Ach das – das ist Honig!

Durch die hintere Tür tritt Humlová ein, den Morgenrock

über dem Kleid, sie geht zum Eßtisch, nimmt wieder Platz und frühstückt weiter. Kurz nach ihr kommt Huml durch die hintere Tür geschlurft, im Pyjama und ungekämmt, in der Hand ein Honigglas. Er nimmt ebenfalls wieder am Tisch Platz und frühstückt weiter, streicht sich ein Brötchen mit Honig.

Pause.

HUMLOVÁ: Also eine weitere verpaßte Gelegenheit!

HUML: Ich habe sie ja nicht zum letztenmal gesehen, sie soll heute vorbeikommen, da versuche ich es noch mal...

HUMLOVÁ: Einmal ist sie in zu guter Stimmung, ein andermal tut sie dir zu leid, ein drittes Mal bist du nicht in Form – sag mal, Hand aufs Herz, schiebst du es nicht so ein bißchen absichtlich hinaus?

HUML: Ich bitte dich, weshalb sollte ich?

HUMLOVÁ: Vielleicht liebst du sie tatsächlich...

HUML: Du weißt doch, daß das nicht der Fall ist!

HUMLOVÁ: Wirklich?!

HUML: Sie reizt mich nur geschlechtlich, und das auch schon nicht mehr wie am Anfang.

HUMLOVÁ: Was antwortest du überhaupt, wenn sie dich fragt, ob du sie liebst?

HUML: Was das anbelangt, so versuche ich, das Gespräch auf ein anderes Thema zu bringen. Nimmst du auch?

HUMLOVÁ: Das ist recht! – Kannst mir eins streichen...

HUML *bestreicht ein Brötchen mit Honig*: Ein paarmal allerdings hat sie mich in die Enge getrieben, so daß ich eine positive Antwort geben mußte.

HUMLOVÁ: Aber aus dem Herzen ist es aber nicht gekommen, oder?

HUML: Aber nein. – Hier, bitte... *Huml reicht Humlová das mit Honig bestrichene Brötchen.*

HUMLOVÁ: Du, Edi...

HUML: Hm...

HUMLOVÁ: Versprich mir, daß du endlich in einer passenden Form Schluß machst!

HUML: Ja!

HUMLOVÁ: Wir können so nicht weiterleben! Ich leide mehr darunter als du glaubst. Am schlimmsten ist es immer am Abend, wenn ich zu Hause sitze, deine Socken oder Unterhosen flicke und dabei weiß, daß du bei ihr bist, daß du dich vergnügst, daß du unser Geld ausgibst, daß du mit ihr in unserem Wagen fährst, daß du sie küßt... *Pause.* Wahrscheinlich kommt es dir albern vor, aber weißt du, was mich in solchen Augenblicken am meisten quält?

HUML: Was denn?

HUMLOVÁ: Die Vorstellung, daß du mit ihr gerade schläfst!

HUML: Du weißt doch genau, daß ich nicht oft mit ihr schlafe, wir haben doch keine Bleibe. Meist endet es nur mit einer Küsserei, höchstens mit einem Betasten des Busens. – Gib mir noch ein Brötchen!

HUMLOVÁ: Hoffentlich lügst du mir nicht nur was vor, um mich zu beschwichtigen! Du weißt nicht, wie das ist – vor den Leuten so zu tun, als wüßte ich von nichts, ihre vielsagenden Blicke zu ertragen und alles zu übersehen, die Rolle der häuslichen Gans zu spielen, die von nichts eine Ahnung hat. Übrigens, wenn du es schon nicht meinetwegen machst, solltest du es wenigstens deinetwegen tun – sieh dich bloß an! Merkst du nicht, wie es mit dir bergab geht? Liest du überhaupt noch was?

HUML: Butter?

HUMLOVÁ: Kannst den Rest aufessen.

HUML: Ich habe dir doch gesagt, daß ich in Etappen vorgehen will...

HUMLOVÁ: Ich kenne deine Etappen, du bist noch keinen einzigen Schritt vorwärtsgekommen!

HUML: Wieso? Gerade gestern habe ich den Boden vorbereitet...

HUMLOVÁ: Ja? Und wie?

HUML: Also, fürs erste habe ich sie nicht auf den Hals geküßt, wie ich das für gewöhnlich tue...

HUMLOVÁ: Du küßt sie auf den Hals! Das hast du mir nie gesagt!

HUML: Sie hat es gern, und mich regt es auch auf eine gewisse Weise an!

HUMLOVÁ: Und was weiter? Hast du ihr gesagt, daß du mich noch immer liebst?

HUML: Ich habe ihr gesagt, daß ich dich als Lebensgefährtin schätze.

HUMLOVÁ: Immerhin etwas. Und sie...?

HUML: Sie drang in mich, daß ich mich von dir trenne.

HUMLOVÁ: Ich hoffe, du hast ihr nichts versprochen!

HUML: Sie hat so darauf bestanden, daß ich nach außen hin nicht anders konnte... Aber innerlich habe ich mir mein Teil gedacht, und ich habe mich zu nichts Ausdrücklichem verpflichtet. Du, Vlasta, sei nicht böse, doch es ist gleich halb...

HUMLOVÁ: Im Ernst? Na, siehst du, ich rede, und am Ende komme ich noch zu spät zur Arbeit! *Humlová steht rasch auf, trinkt im Stehen ihren Tee aus und enteilt durch die hintere Tür, die sie offen läßt. Hinter der Szene:* Wirst du zu Hause mittagessen?

HUML: Ja.

HUMLOVÁ *hinter der Szene*: Dann komm, ich zeige dir alles...

Kurze Pause. Huml erhebt sich langsam und schlurft zur hinteren Tür hinaus. Pause.

Hinter der Szene: Das ist Siedfleisch, du läßt es in diesem Topf und stellst das Ganze hier auf den Sparherd. Dann wartest du, bis es richtig aufgewärmt ist, tust das Fleisch auf einen Teller und stellst den Topf hierher zurück...

P/4

Durch die hintere Tür treten Balcárková und Kriebl auf, vorsichtig tragen sie «Puzuk»; Huml folgt, im Anzug und gekämmt, er schließt die Tür. Balcárková und Kriebl stellen «Puzuk» auf den Tisch, Kriebl steckt das Kabel in die Dose, alle nehmen ihre Plätze ein. Kriebl widmet sich «Puzuk».

BALCÁRKOVÁ: Ich hoffe, das Gemisch in den Kapillaren ist nicht gefroren...

KRIEBL: Da würde die Sirene nicht funktionieren. Wir können anfangen...

BALCÁRKOVÁ: Ausgezeichnet. Also schreiben Sie. *Diktiert:* Eduard Huml, 1928 – Gesprächsbeginn 15,55 – erste Frage. *Ruft:* Bitte Ruhe!

Kriebl hat es auf der Tastatur geschrieben, er dreht die Kurbel, schaut ins Okular, drückt dann auf den Knopf. Aus «Puzuks» Lautsprecher tönt ein leises Knurren. Kriebl blickt auf die Armbanduhr, alle warten gespannt. Da tritt durch die linke Tür Beck im Mantel auf. Alle wenden sich ihm zu, Kriebl drückt rasch einen Knopf, dreht die Kurbel, das Knurren verstummt. Beck beachtet keinen, geht gereizt im Raum umher. Längere Pause, alle beobachten ihn verlegen. Schließlich zieht Balcárková eine Tüte Bonbons aus der Tasche und bietet ihm an.

Bitte...

Beck sieht zwar Balcárková, ignoriert jedoch ihr Angebot. Balcárková hält die Tüte noch eine Weile, steckt sie dann wieder in die Tasche. Beck geht ununterbrochen hin und her, längere bedrückende Pause. Balcárková mustert Beck einige Male nervös, sie zögert eine Zeitlang, dann fragt sie ihn –

Ist etwas passiert, Kollege Forschungsleiter?

Beck sieht Balcárková gereizt an, dreht sich sodann um und geht durch die hintere Tür ab, die er hinter sich zuschlägt. Huml sieht Balcárková fragend an, doch sie wendet sich rasch an Kriebl:

Können wir?

KRIEBL: Ja...

BALCÁRKOVÁ *ruft*: Bitte Ruhe!

Kriebl dreht wieder die Kurbel, drückt auf den Knopf, erneutes Knurren. Er blickt auf die Armbanduhr, alle warten gespannt. Nach einigen Augenblicken flammt «Puzuks» rote Lampe auf.

Wieder rot!

Kriebl drückt schnell auf den anderen Knopf und dreht die Kurbel. Die Lampe verlischt, das Knurren verstummt. Verlegene Pause.

Er hätte nicht so lange im Eisschrank bleiben dürfen...

KRIEBL: Er war ja nicht lange drin.

BALCÁRKOVÁ: Was ist dann los mit ihm?

KRIEBL: Wahrscheinlich ist nur das Gemisch in den Kapillaren gefroren. Er muß eine Weile ins Warme. *Zu Huml:* Haben Sie ein Backrohr?

HUML: Ja, dort...

Kriebl zieht das Kabel aus dem Stecker und trägt zusammen mit Balcárková den «Puzuk» zur hinteren Tür hinaus, die Huml für die beiden geöffnet hat. Huml geht ebenfalls ab, die Tür läßt er offen. Pause.

Hinter der Szene: Hier – bitte die zweite Tür links...

KRIEBL *hinter der Szene*: Paßt genau!

Die hintere Tür schließt sich langsam,

B/5

eine kurze Pause, dann Schlüsselgerassel in der rechten Tür, diese geht auf, und herein kommen atemlos Huml und Blanka. Huml hält Blanka bei der Hand, er führt sie zum Tisch, setzt sie auf ihren Platz. Blanka ist mäßig verstört, sie ordnet sich das Haar; Huml ist verlegen.

HUML: Bitte, verzeihen Sie – es war eine Augenblicksregung – eigentlich ein Spaß – es ist mir schrecklich peinlich – bitte, verzeihen Sie…

BLANKA: Versprechen Sie mir, daß es nie wieder vorkommt!

HUML: Sie haben mein Wort!

Kürzere Pause, Blanka hat sich schon wieder beruhigt, sie greift nach dem Stenoblock und liest.

BLANKA: Weil jedoch die verschiedenen Werte, die der Mensch erlangen will, von verschiedenen Standpunkten…

HUML: Aha… *Huml beginnt, sinnierend im Raum auf und ab zu gehen, dabei diktiert er, Blanka stenographiert.* …von verschiedenen Standpunkten verschieden bewertet werden können – kann auch die Aktivität verschieden bewertet werden – die der Mensch zur Erlangung dieser Werte entwickelt – Punkt. Im wesentlichen existiert zweierlei Aktivität – die positive – beispielsweise der Kampf um Gerechtigkeit – und die negative – beispielsweise das Intrigieren – Punkt. Motor einer jeden Aktivität ist dabei etwas, was wir Ehrgeiz nennen können – im allgemeinsten Sinn des Wortes – Punkt. Haben Sie es?

BLANKA: Autor einer jeden Aktivität?

HUML: Nein, Motor.

BLANKA: Deshalb…

HUML: Moment mal – Autor ginge eigentlich auch…

BLANKA: Soll ich es lassen?

HUML: Ja – nein, schreiben Sie lieber Motor, es ist besser. Kann ich weiter…?

BLANKA: Gewiß…

HUML: Was den Ehrgeiz betrifft – so müssen wir unterscheiden – Gedankenstrich – vielmehr Doppelpunkt…

BLANKA: Doppelpunkt?

HUML: Ja, Doppelpunkt. Es existieren der gesunde und der ungesunde Ehrgeiz – Punkt. Unter gesundem Ehrgeiz verstehen wir das wahrhaft fruchtbare – tiefe Lebensinteresse an einer bestimmten Sache – die natürliche Sehnsucht des Menschen nach voller Realisierung in der Sphäre dieses Interesses. – Punkt. Ungesunder Ehrgeiz dann ist es – wenn die Sehnsucht nach eigener Geltung nicht einer solchen inneren Beziehung entsprießt – sondern wenn sie lediglich ein Mittel zur Erinnerung gewisser äußerer Werte darstellt – wie es beispielsweise die Macht – das Geld – Ruhm – und ähnliches sind – Punkt. *Huml bleibt stehen, überlegt, wendet sich dann an Blanka:* Hören Sie, Blanka, was denken Sie eigentlich so über mich?

BLANKA: Ich?

HUML: Ja, Sie...

BLANKA: Daß Sie ein sehr gebildeter Mensch sind...

HUML: Reden Sie im Ernst, bitte!

BLANKA: Ich meine es ernst...

HUML: Sie sind ein kleines Biest! *Er schaut auf die Uhr.* Beenden wir wenigstens noch den Absatz. Wo sind wir stehengeblieben?

BLANKA *liest*: Sondern wenn sie lediglich ein Mittel zur Erringung gewisser äußerer Werte darstellt – wie es die Macht – das Geld – Ruhm und ähnliches sind.

HUML *geht wieder sinnierend auf und ab, diktiert weiter*: Die positive Aktivität entsprießt dabei vor allem dem gesunden Ehrgeiz – die negative Aktivität hingegen hauptsächlich dem ungesunden Ehrgeiz – Punkt. Dies ist allerdings nur ein allgemeines Schema – das – wie alle Schemata – seine Abweichungen kennt – beispielsweise wenn negative Aktivität aus gesundem Ehrgeiz sprießt oder wenn im Gegenteil ungesunder Ehrgeiz zu positiver Aktivität führt – Punkt. Haben Sie es?

BLANKA: Ja.

HUML: Womit wir es für heute gut sein lassen. Ich danke Ihnen...

BLANKA: Gern geschehen... *Blanka gibt Block und Bleistift in ihre Mappe, die auf dem Tisch gelegen hatte, macht sie zu, steht auf.*

HUML: Morgen wieder um neun, ja?

BLANKA: Ja.

HUML: Und vergessen Sie nicht, die Nachricht für Pittermann…

BLANKA: Sollte er nicht da sein, sage ich es der Bláhová…

HUML: Fein…

Blanka steht da, sie wartet offensichtlich auf etwas. Huml begreift nicht. Verlegene Pause.

BLANKA: Könnte ich meinen Mantel bekommen?

HUML: Jemine! *Huml eilt zur hinteren Tür, doch bevor er sie erreicht, schellt die Wohnungsglocke. Huml bleibt stehen, dreht sich zu Blanka um:* Ich bitte Sie – dort im Kleiderschrank…

Blanka entfernt sich durch die hintere Tür, die sie offen läßt. Huml geht zum Spiegel und überprüft rasch sein Äußeres.

B/1

Dann dreht er sich um, blickt prüfend im Raum umher, geht langsam zum Eßtisch, stellt das Frühstücksgeschirr aufs Tablett und trägt es zur hinteren Tür. Da schellt die Wohnungsglocke zum zweitenmal. Huml erschrickt sichtlich, schaut, wo er das Tablett abstellen könnte, entschließt sich dann aber doch, das Frühstücksgeschirr hinauszutragen, und läuft eilig zur hinteren Tür hinaus. Gleich darauf kommt er ohne Tablett wieder zurück, läßt die hintere Tür offen, geht rasch zur rechten Tür, blickt durchs Guckloch und öffnet. In der Tür erscheint Blanka im Mantel und mit der Mappe.

BLANKA: Guten Morgen…

HUML: Guten Morgen, Blanka. Treten Sie näher…

BLANKA: Komme ich nicht zu früh?

HUML: Aber, nein. Im Gegenteil, ich bin froh, daß Sie schon da sind, um zwölf habe ich eine wichtige Verabredung, so daß wir etwas früher Schluß machen müssen. Erlauben Sie…

BLANKA: Danke...

Huml hilft Blanka aus dem Mantel, trägt ihn durch die hintere Tür hinaus, kommt gleich wieder zurück, die Tür macht er hinter sich zu. Blanka hat inzwischen Stenoblock und Bleistift aus der Mappe genommen, die sie auf den Tisch legt. Sie nimmt ihren Platz ein.

HUML: Nun, was gibt es Neues?

BLANKA: Unser Aufzug ist repariert.

HUML: Endlich! Und wie steht es mit der Heizung – funktioniert die denn wieder?

BLANKA: Vorerst noch nicht. Und wie geht es Ihnen?

HUML: Danke, ich bin es wieder los, nur ein bißchen schwach fühle ich mich noch. Aber ich kann sogar schon wieder hinaus, übermorgen lasse ich mich wahrscheinlich im Institut sehen... *Pause.* Können wir beginnen?

BLANKA: Ich warte...

HUML: Dann schreiben Sie: Fünftes Kapitel – Die Werte – Einleitung.

Huml beginnt sinnierend im Raum auf und ab zu gehen, er diktiert dabei langsam, während Blanka stenographiert.

BLANKA: Ist das die Überschrift?

HUML: Ja. – Unter Wert verstehen wir – was ein menschliches Bedürfnis befriedigt – Strichpunkt – die Struktur der Werte widerspiegelt somit stets die Struktur der menschlichen Bedürfnisse – Punkt. Wir unterscheiden stoffliche Werte – zum Beispiel Essen – Kleidung – Wohnung und ähnliches – und geistige Werte – zum Beispiel bestimmte Ideen oder Erkenntnisse – das Verhältnis zu einem anderen Menschen – das künstlerische Erlebnis und ähnliches – Punkt. Verschiedene Menschen haben zu verschiedenen Zeiten und in verschiedenen Zusammenhängen verschiedene Bedürfnisse... *Huml hält plötzlich inne und wendet sich an Blanka:* Wissen Sie auch, was wir vergessen haben?

BLANKA: Das Kaffeewasser aufzusetzen?

HUML: Ja. Richtig!

Blanka steht auf und geht durch die hintere Tür ab, die sie offen läßt.

R/4

Im selben Augenblick tritt die erboste Renata in der Schürze der Humlová durch die linke Tür auf.

RENATA: Riesengebirge, Riesengebirge! Nie fällt dir etwas anderes ein!

HUML: Nun beruhige dich schon, Käfer...

Huml geht zu Renata, umarmt sie zärtlich und küßt sie beschwichtigend auf die Wangen, Stirn und Haar. Renata wehrt sich zuerst ein wenig, dann gibt sie nach, zuletzt mündet alles in einen langen leidenschaftlichen Kuß. Renata befreit sich behutsam, nun lächelt sie wieder, nimmt Huml um den Hals.

RENATA: Weißt du, was ich heute nacht geträumt habe?

HUML: Was denn?

RENATA: Daß wir in einer Moschee Hochzeit hielten!

HUML: Das ist doch absurd...

RENATA: Siehst du, solche Träume hab ich! *Renata küßt Huml, läßt seinen Hals los, nimmt ihn bei der Hand und führt ihn die Treppe hinauf ins Schlafzimmer. In der Tür bleibt sie stehen, wendet sich ihm zu:* Hier ist unsere Ziegelei...

HUML: Unsere Moschee...

Renata küßt Huml noch einmal, beide gehen ins Schlafzimmer ab, die Tür ziehen sie hinter sich zu.

P/5

Im selben Augenblick treten durch die noch immer offene hintere Tür Balcárková und Kriebl auf, gefolgt von Huml. Der schließt die Tür, alle gehen zum Eßtisch, nehmen ihre Plätze ein und warten. Längere bedrückende Pause.

BALCÁRKOVÁ: Meldet er sich, wenn ihm zu heiß wird?

KRIEBL: Die Sirene funktioniert normal... *Längere bedrückende Pause. Zu Huml:* Ich habe eine Tante auf dem Land.

HUML: So?

KRIEBL: Besuche sie jedes Jahr in der Ferienzeit. Im Gebirge ist es nicht, dafür gibt es da Teiche.

HUML: Das ist aber schön...

Längere bedrückende Pause.

BALCÁRKOVÁ *zu Kriebl*: Schadet es ihm nicht, wenn wir ihn dauernd hin- und hertragen?

KRIEBL: Das ist er gewöhnt!

Längere bedrückende Pause.

HUML *zu Balcárková*: Ich weiß, daß es jetzt eher an Ihnen ist, Fragen zu stellen, als an mir...

BALCÁRKOVÁ: Fragen Sie ruhig, was Sie wollen...

HUML: Sie sagten, daß es sich um mich handelt...

BALCÁRKOVÁ: Ja.

HUML: Dürfte ich fragen, in welchem Sinn.

BALCÁRKOVÁ: Ganz.

HUML: Gut, aber – wie soll ich sagen – meine Aussage muß sich doch – auf ein konkretes Thema ausrichten.

BALCÁRKOVÁ: Keineswegs.

HUML: Ich meine das so – sicher wird ein bestimmter Gesichtspunkt dominieren – ich könnte also gegebenenfalls – um Ihnen die Arbeit zu erleichtern – das Wesentliche entwickeln und das Unwesentliche reduzieren...

BALCÁRKOVÁ: Wir akzentuieren absichtlich keine speziellen Standpunkte: es geht uns nämlich im Gegenteil um ein möglichst komplexes und möglichst synthetisches Bild Ihrer menschlichen Individualität...

HUML: Ihre Arbeit hat also, wie ich sehe, einen anthropologischen Aspekt – das macht sie mir sympathisch! Im übrigen ist es ziemlich logisch, daß Sie den ganzen Menschen kennenlernen müssen, wenn Sie seine Taten verstehen wollen...

BALCÁRKOVÁ: Sie haben zur Anthropologie eine engere Beziehung?

HUML: Nun, die Anthropologie ist zwar nicht mein Spezialfach, aber ich bin auf dem Gebiet der Gesellschaftswissenschaften tätig...

BALCÁRKOVÁ: Daß Sie das nicht gleich gesagt haben, ich hätte...

HUML: Ich wollte keinen Vorteil aus meiner Stellung ziehen. Außerdem kam es mir so vor, als würden Sie bereits mit gewissen Daten disponieren...

BALCÁRKOVÁ: Das ist alles nur in «Puzuks» Gedächtnis!

HUML: Jedenfalls bin ich angenehm überrascht, daß Sie in Ihrer Arbeit die Perspektive der Komplexität zur Geltung bringen – eine Einsicht, die vor nicht allzu langer Zeit noch ziemlich vernachlässigt wurde...

BALCÁRKOVÁ: Diese Fragen sind bei uns tatsächlich bis in die jüngsten Jahre übersehen worden. Um so dringender ist heute die Notwendigkeit, die Lücke zu füllen.

HUML: Ich glaube, man kann sich da auf allerlei stützen, die Problematik des Menschen wird in der Welt seit einer Reihe von Jahren behandelt...

BALCÁRKOVÁ: Wir sind im Bilde, vor allem die sogenannte synthetische Anthropologie, wie sie in den Vereinigten Staaten entwickelt wurde, steht unseren Versuchen nahe. Selbstverständlich schöpfen wir auch aus den ausländischen Erfahrungen, obgleich wir sie aus grundsätzlichen Erwägungen nicht mechanisch übernehmen möchten.

HUML: Das klingt einleuchtend, Sie haben Ihre spezifischen Bedürfnisse. Und inwieweit stützen Sie sich auf Ergebnisse, zu denen die übrigen wissenschaftlichen Disziplinen im Zusammenhang mit der Thematik des Menschen gelangt sind?

BALCÁRKOVÁ: Darauf stützen wir uns zur Genüge.

HUML: Aha...

BALCÁRKOVÁ: Wenn auch eher quasi negativ.

HUML: Aha...

BALCÁRKOVÁ: Für die verschiedenen Spezialwissenschaften ist der Mensch nämlich nie mehr als eine bestimmte Funktion oder allgemeine Kategorie – sei es als hochentwickeltes Säugetier, sei es als Erzeuger oder psychologischer Typ –, und ihre Sehensweise fängt immer nur ein bestimmtes Teilstück ein, das zudem noch vielen anderen Einzelindividuen gemein ist. Uns aber geht es im Gegenteil um den ganzen Menschen, unreduziert in seiner Komplexität und unberaubt seiner unwiederholbaren menschlichen Einmaligkeit. Das bedeutet qualitativ eine neue Ebene, aus der wir nicht mit irgendwelcher Anhäufung dessen auskommen, was bereits vorhanden ist – eher im Gegenteil: wir müssen praktisch dort beginnen, wo die einzelnen Spezialwissenschaften enden.

HUML: Das nenne ich ein wahrhaft modernes Angehen der Sache! Ja, ja. Und die Ergebnisse könnten breitere Gültigkeit gewinnen – denn wenn es Ihnen beispielsweise gelänge, eine Methode zu finden, wie die menschliche Individualität wissenschaftlich zu modernisieren sei, wäre das nicht nur von großer Bedeutung für Sie, sondern es würde auch die sogenannte gesamtgesellschaftliche Applizierung möglich...

BALCÁRKOVÁ: Ganz entschieden! Zumindest würde der Weg zur rational organisierten Eindämmung von Erscheinungen geöffnet, wie es zum Beispiel die Entfremdung ist.

Da tritt durch die hintere Tür Beck auf, er ist wieder im Mantel, geht wütend zur hinteren Wand, wo er stehenbleibt und den anderen den Rücken zuwendet. Alle sehen ihn verlegen an. Nach einigen Augenblicken läßt er sich vernehmen, den Blick weiterhin abgewandt.

BECK: Morgen fahre ich angeln und basta!

Verlegene Pause.

BALCÁRKOVÁ: Das meinen Sie nicht ernst, Kollege Forschungsleiter! Was täten wir ohne Sie? Sie wissen doch, wie wir Sie brauchen...

Verlegene Pause. Beck reagiert nicht.

Wer sollte unsere ganze Arbeit leiten? Keiner hat die Voraussetzungen wie Sie...

Verlegene Pause. Beck reagiert nicht.

Das dürfen Sie uns nicht antun! *Verlegene Pause. Plötzlich dreht sich Beck um und ruft barsch –*

BECK: Es bleibt dabei!

Beck geht energischen Schritts durch die linke Tür ab, die er hinter sich zuschlägt. Huml sieht Balcárková an, doch diese wendet sich rasch an Kriebl.

BALCÁRKOVÁ: Wissen Sie, wo Frau Humlová arbeitet?

KRIEBL: Wo?

BALCÁRKOVÁ: In einer Spielzeug-Verkaufsstelle!

KRIEBL *zu Huml*: Im Ernst?

Hinter der Szene ertönt der scharfe Heulton der Sirene.

Was habe ich gesagt? Schon ist ihm heiß!

Kriebl und Balcárková stehen rasch auf, rennen durch die hintere Tür hinaus, Huml folgt ihnen, die Tür bleibt offen.

T/2

Da beginnt das Telefon zu läuten. Es läutet lange. Endlich kommt Huml durch die hintere Tür gelaufen, er hat nur Hose und Hemd an, über der Schulter ein Handtuch, eine Wange ist eingeseift, die andere frisch rasiert. Huml hebt den Hörer ab.

HUML *ins Telefon*: Am Apparat. *Pause.* Ist es dringend? Ich habe nämlich gerade erst eine Krankheit hinter mir – darf ich fragen, mit wem ich spreche? *Pause.* Verstehe – verstehe – ich werde warten – nichts zu danken... *Huml legt langsam den Hörer auf, überlegt einen Augenblick lang, schüttelt dann verwundert den Kopf und geht gemächlich zur hinteren Tür hinaus, die er offen läßt.*

P/6 (Anfang)

Kurz darauf kommen von dort Balcárková und Kriebl, sie tragen vorsichtig «Puzuk». Huml folgt, im Anzug und gekämmt, er schließt die Tür. Balcárková und Kriebl stellen «Puzuk» auf den Tisch, Kriebl steckt das Kabel in die Dose, alle nehmen ihre Plätze ein. Kriebl widmet sich «Puzuk».

BALCÁRKOVÁ: Ich hoffe, die Isolatoren sind nicht durchgebrannt...

KRIEBL: Da müßte es aus ihm rauchen. Wir können anfangen...

BALCÁRKOVÁ: Ausgezeichnet. Also schreiben Sie. *Diktiert:* Eduard Huml, 1928 – Gesprächsbeginn 16,32 – erste Frage.

Ruft: Bitte Ruhe!

Kriebl hat es auf der Tastatur geschrieben, dreht die Kurbel, schaut ins Okular, drückt dann auf den Knopf. Aus «Puzuks» Lautsprecher tönt ein leises Knurren. Kriebl blickt auf die Armbanduhr, alle warten gespannt. Nach einigen Augenblikken flammt «Puzuks» grüne Lampe auf.

Hurra, Grün!

KRIEBL: Na, endlich...

Aus «Puzuks» Lautsprecher tönt eine weibische Stimme.

«PUZUK»: Sagen Sie mir...

Pause, Spannung.

Sagen Sie mir...

Pause, Spannung.

Sagen Sie mir freundlicherweise...

Pause, Spannung.

Karel?

KRIEBL *zu «Puzuk»*: Was ist?

«PUZUK»: Kann ich mich ein Weilchen ausruhen?

Vorhang.

Ende des ersten Akts

Pause

Zweiter Akt

H/4

Der Vorhang geht auf. Niemand ist auf der Bühne – Szenerie wie im ersten Akt –, die hintere Tür steht offen. Hinter der Szene hören wir Wasser in ein Gefäß laufen. Wenn das Gefäß dem Wasserton nach voll ist, verstummt das Geräusch. Durch die hintere Tür kommt Huml, im Anzug, eine kleine Gießkanne in der Hand. Er geht gemächlich zum Kaktus, der im Hintergrund auf der Kommode steht, und gießt ihn vorsichtig. Dann rasselt in der rechten Tür der Schlüssel, und Humlová im Mantel tritt ein, sie trägt eine volle Einkaufstasche und hat eine moderne, in Papier eingepackte Tischlampe unter dem Arm.

HUML: Grüß dich!

HUMLOVÁ: Grüß dich! – Nun?

Huml beendet die Gießerei, stellt die Kanne hinter die Kommode, geht zu Humlová und nimmt ihr die Lampe ab.

HUML: Laß mal sehen...

Huml beginnt, die Lampe auszuwickeln.

Humlová stellt die Tasche auf den Tisch und sinkt erschöpft auf einen Stuhl.

HUMLOVÁ: Hast du mit ihr gesprochen?

Nachdem Huml die Lampe ausgewickelt und das Papier auf den Tisch gelegt hat, betrachtet er sie prüfend.

HUML: Das ist ja wunderbar! Was hat die denn gekostet?

HUMLOVÁ: Hundertfünfzig.

HUML: Ist ja ungeheuer preiswert... *Huml begibt sich – mit der Lampe in der Hand – durch die linke Tür hinaus, die er offen läßt. Hinter der Szene:* Ich tu mir eine stärkere Birne rein... *Pause. Huml kommt durch die linke Tür zurück, die Lampe hat er im Arbeitszimmer gelassen, auch den Sakko, er zieht im*

Gehen den Morgenrock übers Hemd, die Tür schließt er hinter sich. Wo sind denn die Birnen?

Kurze Pause.

HUMLOVÁ: Du bist ein schrecklicher Mensch...

HUML: Wieso?

HUMLOVÁ: Als ob dir eine Perle aus der Krone fallen würde – hast du kein liebes Wort für mich?

HUML: Also, ich danke dir vielmals, du hast sie ausgezeichnet ausgewählt... *Pause.* Hast mir eine sehr große Freude damit gemacht... *Pause.* Es ist fein, daß du wieder zu Hause bist...

HUMLOVÁ: Hör auf...

HUML: Was willst du eigentlich! *Huml bemerkt in der Einkaufstasche auf dem Tisch die Zeitung, zieht sie heraus, geht zum Fauteuil, setzt sich und beginnt zu blättern.*

Pause.

HUMLOVÁ: Ich habe dich etwas gefragt...

HUML *ohne aufzublicken*: Ich dich auch...

HUMLOVÁ: Warum siehst du nicht nach? Du weißt doch, wo wir die Glühbirnen haben...

Pause, Huml liest.

Mich küßt du nie auf den Hals!

HUML *blickt überrascht auf*: Wie?

HUMLOVÁ: Ich habe gesagt, mich küßt du nie auf den Hals...

HUML: Ich habe dich im Leben genug geküßt!

HUMLOVÁ: Aber nicht auf den Hals, das hat dich bei mir nie angeregt! Täusch dich bloß nicht – wir Frauen haben dafür ein gutes Gedächtnis!

HUML: Mache lieber das Abendessen und rede nicht im Namen der Frauen!

Huml vertieft sich wieder in die Zeitung. Humlová sieht ihn einen Augenblick lang überrascht an, steht dann erregt auf, nimmt das Packpapier und die Einkaufstasche vom Tisch.

HUMLOVÁ: Was bin ich bloß für eine dumme Gans!

Humlová geht beleidigt durch die hintere Tür ab, die sie offen läßt. Huml schaut ihr nach, bleibt noch einen Augenblick sitzen, erhebt sich dann langsam, schlurft – mit der aufgeschlagenen Zeitung in der Hand – zur hinteren Tür. An der Schwelle bleibt er stehen und spricht hinter die Szene –

HUML: Vlasta... Käfer! *Pause.* Weißt du, ich hab's nicht so gemeint... *Pause.* Erinnerst du dich noch ans Hohe Gesenke? In der alten Mühle?

Pause, dann kehrt Humlová durch die hintere Tür zurück, sie bindet sich eine Schürze übers Kleid.

HUMLOVÁ: Hohes Gesenke! Hohes Gesenke! Nie fällt dir etwas anderes ein!

HUML: Nun beruhige dich schon, Käfer...

Huml legt die Zeitung auf die Kommode, tritt zur Humlová, nimmt sie von hinten bei den Schultern, drückt sie an sich und küßt sie lange auf den Hals. Humlová schließt halb die Augen und lächelt glücklich. Schließlich entwindet sie sich ihm sanft.

HUMLOVÁ: Na, siehst du! So wenig genügt mir zum Glücklichsein...

HUML: Ich hab ja gar nicht geahnt, daß dir das soviel bedeutet...

HUMLOVÁ: Was möchtest du zum Abendessen? Ich habe Blumenkohl und Würstchen und kann dir auch ein Omelette machen...

HUML: Würstchen genügen...

HUMLOVÁ: Und beim Abendessen erzählst du mir, was du ausgerichtet hast! Ich bin schon ganz gespannt...

Humlová enteilt durch die hintere Tür, die sie offen läßt. Huml steht eine Zeitlang versonnen da, nimmt die Zeitung von der Kommode und steigt langsam die Treppe zum Schlafzimmer hinauf.

B/3

Gleichzeitig tritt durch die hintere Tür Blanka auf, sie trägt vorsichtig zwei Kaffeetassen auf einem Tablett, stellt es auf den Tisch, nimmt eine Tasse und rührt ihren Kaffee um. Dann kommt durch die hintere Tür im korrekten Anzug Huml, er trägt ein Schüsselchen mit Keksen, die Tür läßt er halb offen, geht zum Tisch und bietet Blanka einen Keks an; Blanka nimmt.

BLANKA: Danke...

Huml stellt das Schüsselchen auf den Tisch, setzt sich und rührt seinen Kaffee um. Längere Pause.

HUML: Werden Sie Pittermann heute noch sehen?

BLANKA: Wenn er da ist...

HUML: Wenn Sie ihn sehen, richten Sie ihm bitte aus, daß er mir seine Anmerkungen zum Editionsplan schicken soll – vielleicht durch Sie – ich möchte sie mir anschauen...

BLANKA: Ich richte es aus...

Pause. Die beiden trinken ihren Kaffee.

Können wir weitermachen...?

HUML: Trinken Sie ruhig aus.

BLANKA: Wirklich, wir können weitermachen...

HUML: Ja? Also, wo sind wir stehengeblieben?

BLANKA *nimmt Block und Bleistift vom Tisch. Liest*: Auf eine konkrete Definition des Glücks einigen können, die allen gerecht würde.

HUML: Aha. Also neuer Absatz. Ist ein bestimmtes Bedürfnis des Menschen befriedigt – erlischt es im Grunde genommen – Punkt. Der Mensch bedarf aber sozusagen eines ständigen Bedürfens – denn die Triebkraft seines Lebens ist nicht der Zustand befriedigter Bedürfnisse – sondern der Prozeß ihres unaufhörlichen Befriedigens – das Streben nach Befriedigung – Punkt.

Huml steht auf und beginnt sinnierend im Raum auf und ab zu gehen, er diktiert weiter, bleibt von Zeit zu Zeit beim Tisch stehen und nimmt mechanisch einen Schluck Kaffee. Blanka stenographiert und nippt ebenfalls ab und zu an ihrer Tasse.

Wir kennen Situationen – zum Beispiel in einigen hochentwickelten westlichen Ländern – wo alle menschlichen Grundbedürfnisse befriedigt wurden und die Menschen dennoch nicht glücklich sind – es stellen sich bei ihnen Gefühle der Depression ein – der Langeweile – der Sinnlosigkeit und ähnliche – Punkt. In solchen Situationen beginnt sich der Mensch nach etwas zu sehnen – was er in Wirklichkeit vielleicht gar nicht braucht – er suggeriert sich einfach bestimmte Bedürfnisse – die er nicht hat – oder er sehnt sich nach etwas und weiß nicht genau wonach und kann deshalb nicht danach streben – Punkt. So daß der Mensch bei Befriedigung eines Bedürfnisses – bei Erlangung des Glücks – gleich wieder ein neues Bedürfnis gebiert – ein noch zu befriedigendes – und so ist jedes Glück immer auch Negation des Glücks, denn...

Huml bleibt in der Nähe Blankas stehen und heftet den Blick auf sie, Blanka merkt es nicht, vermeint, daß er nur über die richtige Formulierung nachdenkt. Längere Pause, dann macht Huml plötzlich einen Satz auf Blanka zu, kniet neben ihr nieder, faßt sie bei den Schultern und versucht, sie an sich zu ziehen. Blanka erschrickt und ruft –

BLANKA: Hu...

Es folgt ein kurzes Ringen, Huml will Blanka umarmen und küssen, Blanka wehrt sich und versetzt Huml einen solchen Stoß, daß er umkippt. Sie springt auf.

Sie sollten sich schämen, Herr Doktor!

Entsetzt läuft Blanka durch die rechte Tür hinaus; beschämt schaut Huml ihr einen Augenblick nach, steht ebenfalls rasch auf und läuft hinterher, durch die rechte Tür, die sich langsam hinter ihm schließt; wir hören seine rufende Stimme, die sich entfernt.

HUML *ruft hinter der Szene*: Blanka! Blanka! Blanka, hören Sie...

R/2

RENATA *hinter der Szene*: Wischt denn die auch mal Staub?

Durch die hintere Tür tritt Huml auf, er geht zum Tisch und setzt sich.

HUML: Das wohl doch... wohl doch.

Kurz nach Huml kommt durch die hintere Tür Renata, sie zieht über ihr Kleid den Morgenrock von Humlová an.

RENATA: Erinnere ich dich nicht an sie?

HUML: Ein bißchen...

RENATA: Und das macht dir nichts aus?

HUML: Doch, doch...

Renata zieht den Morgenrock aus und trägt ihn durch die hintere Tür hinaus. Sie kommt gleich wieder zurück, schließt die Tür, geht zum Fauteuil, nimmt Platz und zündet sich eine Zigarette an. Kurze Pause.

RENATA: Was antwortest du eigentlich, wenn sie dich fragt, ob du sie liebst?

HUML: Was das anbelangt, so versuche ich, das Gespräch auf ein anderes Thema zu bringen. Wollen wir uns kein Mittagessen machen, Käfer? Irgendein Rindfleisch ist draußen...

RENATA: Du, Edi...

HUML: Was denn?

RENATA: Versprich mir, daß du endlich in einer passenden Form Schluß machst.

HUML: Ja!

RENATA: Wir können so nicht weiterleben! Ich leide mehr darunter, als du meinst. Am schlimmsten ist es immer am Abend, wenn wir beisammen sind, wenn wir in deinem Auto fahren, uns küssen – und ich dabei genau weiß, daß alles bald ein Ende haben wird, daß du zu ihr zurückkehren wirst, ins traute Heim, wo sie inzwischen deine Socken und Unterhosen geflickt hat; sie gibt dir noch ein Betthupferl, bringt dir den Pyjama, ihr laßt leise das Radio spielen und kriecht zusammen ins Bett – für die ganze Nacht... *Pause.* Wahrscheinlich kommt es dir albern vor, aber weißt du, was mich in solchen Augenblicken am meisten quält?

HUML: Was denn?

RENATA: Die Vorstellung, daß du mit ihr schlafen wirst, wenn du wieder daheim bist.

HUML: Du weißt das ganz genau, daß ich jetzt nur noch selten mit ihr schlafe...

RENATA: Hoffentlich lügst du mir nicht nur was vor, um mich zu beschwichtigen! Du weißt nicht, wie das ist – diese ständige Geheimnistuerei, das Versteckspielen, dich vor den Leuten nicht kennen, dich immer wie eine Diebin aufsuchen zu müssen! Wenn du es schon nicht meinetwegen machst, solltest du es wenigstens deinetwegen tun – sieh dich bloß an! Merkst du nicht, wie es mit dir bergab geht?

HUML: Ich hab dir doch gesagt, daß ich in Etappen vorgehen will... Wollen wir uns kein Mittagessen machen?

RENATA: Ich kenne deine Etappen, du bist noch keinen einzigen Schritt vorwärtsgekommen!

HUML: Wieso? Gerade heute morgen habe ich den Boden vorbereitet.

RENATA: Ja? Wie. Hast du ihr gesagt, daß du mich liebst?

HUML: Ich habe ihr fürs erste gesagt, daß du mich geschlechtlich reizt.

RENATA: Immerhin etwas. Und sie...?

HUML: Sie drang in mich, daß ich mich von dir trennen soll. Wollen wir uns kein Mittagessen machen?

RENATA: Ich hoffe, du hast ihr nichts versprochen!

HUML: Sie hat so darauf bestanden, daß ich nach außen hin nicht anders konnte... Aber innerlich habe ich mir mein Teil gedacht, und ich habe mich zu nichts Ausdrücklichem verpflichtet.

RENATA: Wirklich? Und weiter? Hast du ihr angedeutet, daß du dich von ihr scheiden lassen willst?

HUML: Ich habe gesagt, daß du perspektivisch damit rechnest.

Wollten wir uns kein Mittagessen machen? Irgendein Rindfleisch ist draußen...

RENATA: Ja, ich sehe es mir an... Ach, Edi...

HUML: Käfer...

Renata steht auf und geht durch die hintere Tür ab, die sie offen läßt. Huml erhebt sich langsam und folgt ihr,

P/1

in der Tür jedoch trifft er mit Renata zusammen, die im Mantel zurückkommt. Huml macht kehrt und geht mit Renata zur rechten Tür.

RENATA: Kann ich mich also darauf verlassen, daß du heute abend mit ihr sprichst?

HUML: Und was, wenn sie mich fragt, warum ich ihr nicht alles schon früher gesagt habe – gleich nachdem ich anfing, mit dir zu gehen?

RENATA: Du sagst einfach, sie soll sich nicht ärgern, aber du hättest es lange als unverbindliches Techtelmechtel angesehen, über das man nicht zu sprechen braucht...

HUML: Gerade das stört sie daran am meisten...

RENATA: Dir wird schon was einfallen!

Da schellt die Wohnungsglocke. Huml erschrickt.

HUML: Sie sind schon da! *Huml faßt Renata am Arm und schiebt sie zur hinteren Tür hinaus.* Warte im Bad, ich hol dich gleich...

Huml hat Renata zur hinteren Tür hinausgeschoben, die er schließt, dann geht er zur rechten Tür. Er blickt durchs Guckloch, öffnet. Als erste tritt Balcárková ein, nach ihr kommen Kriebl und Machulka, jeder mit zwei riesigen Koffern, als letzter folgt Beck; alle haben Mäntel an.

BALCÁRKOVÁ: Herr Huml...

HUML: Bitte, treten Sie näher...

BALCÁRKOVÁ: Wir hatten Sie angerufen...

HUML: Jawohl, ich erwarte Sie bereits...

BALCÁRKOVÁ: Das ist Herr Kriebl, Mechaniker, das Herr Machulka, Vermesser, ich bin Doktor Balcárková, und hier ist Kollege Beck, unser Forschungsleiter...

HUML: Freut mich...

BALCÁRKOVÁ: Die Jungens müssen zuerst noch auspacken und ihre Apparate installieren...

HUML: Apparate?

BALCÁRKOVÁ: Ja. Wo könnten sie hingehen, damit sie uns nicht zu sehr stören?

HUML: Meinetwegen dort – ins Arbeitszimmer...

Huml geht zur linken Tür, öffnet, Kriebl und Machulka zwängen sich mit ihren Koffern durch. Huml schließt hinter ihnen die Tür und geht zu Balcárková.

Erlauben Sie?

BALCÁRKOVÁ: Danke...

Huml hilft Balcárková aus dem Mantel und wendet sich an Beck.

HUML: Sie legen nicht ab? – Legt nicht ab.

Beck winkt nur kurz mit der Hand. Huml steht einen Augenblick verlegen da, dann trägt er Balcárkovás Mantel zur linken Tür hinaus. Sofort kommt er wieder zurück. Balcárková nimmt im Fauteuil Platz, Huml bietet Beck einen Stuhl an, Beck reagiert jedoch nicht und beginnt – noch immer im Mantel – nachdenklich im Raum hin und her zu gehen. Huml setzt sich verlegen. Kurze Pause.

BALCÁRKOVÁ: Es freut mich, daß Sie sich für uns Zeit genommen haben...

HUML: Oh, ich bitte Sie! Das ist doch meine Pflicht!

BALCÁRKOVÁ: Die Leute bringen meist nicht viel Verständnis für unsere Arbeit auf...

HUML: Ja, wahrscheinlich wirkt da noch eine Reihe von Vorurteilen nach...

BALCÁRKOVÁ: Leider.

Kürzere verlegene Pause. Balcárková mustert nervös den hin und her gehenden Beck, zögert einen Augenblick, dann zieht sie eine Tüte Bonbons aus der Tasche und bietet ihm an.

Nehmen Sie…

Beck sieht zwar Balcárková, ignoriert jedoch ihr Angebot. Balcárková hält die Tüte noch eine Weile, steckt sie dann verlegen wieder in die Tasche. Pause.

HUML: Darf ich fragen, was das für Apparate sind – die Sie da mitgebracht haben?

BALCÁRKOVÁ: Außer verschiedenen Meßinstrumenten ist es vor allem «Puzuk».

HUML: Puzuk?

BALCÁRKOVÁ: Wir nennen ihn so. Er ist eine kleinere Rechenmaschine vom Typ KO-213, selbstverständlich für unsere Bedürfnisse umgebaut.

HUML: Ich ahnte ja gar nicht, daß Sie so modern ausgerüstet sind…

Kürzere verlegene Pause. Balcárková mustert Beck wieder nervös, sie zögert einen Augenblick, dann fragt sie ihn –

BALCÁRKOVÁ: Ist etwas passiert, Kollege Forschungsleiter?

Beck sieht Balcárková gereizt an, dreht sich sodann um und geht durch die linke Tür ab, die er hinter sich zuschlägt. Huml sieht Balcárková fragend an, doch sie wendet sich rasch mit einer Frage an ihn –

Ihre Frau ist nicht zu Hause?

HUML: Nein. Sie ist im Geschäft…

BALCÁRKOVÁ: Wo arbeitet sie?

HUML: Sie ist Leiterin einer Verkaufsstelle für Kinderspielzeug.

BALCÁRKOVÁ: Ach? Wie nett! Sollte ich einmal Spielzeug brauchen, wende ich mich an sie.

HUML: Selbstverständlich, sie besorgt Ihnen gern, was Sie benötigen. Haben Sie Kinder?

BALCÁRKOVÁ: Nein.

Kürzere Pause, dann tritt durch die linke Tür Machulka im Arbeitskittel auf, hinter dem Ohr einen Bleistift. Huml und Balcárková beobachten ihn, Machulka beachtet die beiden jedoch nicht und geht in Richtung Schlafzimmer. Er steigt die Treppe hinauf, bleibt oben stehen, zieht ein Senkblei aus der Tasche und läßt es parallel zur Treppe hinabgleiten, bis fast auf den Boden des Wohnraums. Nachdem sich das Senkblei beruhigt hat, steckt er es wieder in die Tasche, zieht einen kleinen zerknitterten Zettel hervor und notiert etwas darauf. Anschließend geht er ins Schlafzimmer.

Kurze Pause.

HUML: Dort ist das Schlafzimmer...

BALCÁRKOVÁ: Ich weiß. Er führt dort nur gewisse Messungen durch...

HUML: Im Schlafzimmer?

BALCÁRKOVÁ: Ja.

HUML: Erlauben Sie, aber...

BALCÁRKOVÁ: Bitte...?!

HUML: Aus Ihrem Telefonat ging nicht klar hervor...

BALCÁRKOVÁ: Absichtlich gewähren wir vorher nur unbestimmteste Informationen, die Leute könnten sich sonst nämlich vorbereiten, worunter die Authentizität ihrer Aussagen leiden würde.

HUML: Aha. Ja, das verstehe ich...

BALCÁRKOVÁ: Moment! *Balcárková merkt auf und horcht. Hinter der Szene wird ein leises Brummen vernehmbar. Ruft zur linken Tür:* Herr Kriebl?

KRIEBL *hinter der Szene*: Ja?

BALCÁRKOVÁ: Weshalb brummt er denn?

KRIEBL *hinter der Szene*: Er will es nicht sagen. Wahrscheinlich ist ihm im Koffer ein bißchen kalt gewesen...

BALCÁRKOVÁ: Sonst schwitzt er doch im Koffer immer...

KRIEBL *hinter der Szene*: Wir haben einen neuen Koffer für ihn.

BALCÁRKOVÁ: Sagen Sie mir, wenn er bereit ist.

KRIEBL *hinter der Szene*: Gleich sind wir soweit…

Kurze Pause.

HUML: Sie tragen jemanden im Koffer mit sich?

BALCÁRKOVÁ *lacht*: Nein, es handelt sich um «Puzuk». Er ist sehr empfindlich, wir haben stets große Mühe, ihn zu akklimatisieren. Dabei ist es für uns furchtbar wichtig, in welcher Kondition er sich befindet: ist er in Ordnung, geht uns die Arbeit flüssig von der Hand, macht er dagegen Ärger, verursacht uns das beträchtliche Komplikationen. Am empfindlichsten sind in ihm die Spulen der Relais, deren Leistung tatsächlich vom Wetter abhängen kann – Luftdruck, Temperatur, Feuchtigkeit, das alles wirkt sich auf die Spulen aus. Wenn es regnet oder neblig ist, gehen wir lieber gar nicht ins Gelände…

Da öffnet sich die linke Tür, auf der Schwelle steht Kriebl im Arbeitskittel.

KRIEBL: Wir können anfangen…

BALCÁRKOVÁ: Ausgezeichnet!

Balcárková steht schnell auf und entfernt sich mit Kriebl durch die linke Tür, die offen bleibt. Sobald die beiden weg sind, steht Huml schnell auf, läuft zur hinteren Tür, öffnet diese und ruft leise –

HUML: Renata…

RENATA *hinter der Szene*: Das dauert…

HUML: Mach dich fertig…

Huml läuft – die hintere Tür hat er offen gelassen – zur linken Tür hinaus, die er vorsichtig hinter sich schließt.

H/3

HUMLOVÁ *hinter der Szene*: Dann wartest du, bis es richtig aufgewärmt ist, gibst das Fleisch auf einen Teller und stellst den Topf hierher zurück. Nimm dir Brot dazu, Bier ist im Eisschrank…

HUML *hinter der Szene*: Soll ich dir etwas übriglassen?

Durch die hintere Tür kommt eilig Humlová im Kleid herein, sie hat ein Make-up-Täschchen in der Hand.

HUMLOVÁ: Iß ruhig alles auf, fürs Abendessen kaufe ich etwas…

Durch die hintere Tür kommt langsam Huml herein, im Pyjama und ungekämmt, über den Arm hat er Humlovás Mantel, in der Hand ihre Einkaufstasche. Humlová geht zum Spiegel, breitet auf der Kommode ihre Kosmetik-Utensilien aus und beginnt, sich zurechtzumachen, den Rücken zum Raum: sie schminkt ihre Lippen, zieht die Augenbrauen nach, pudert und kämmt sich. Huml steht mit ihren Sachen da und wartet. Pause.

Und hast du ihr angedeutet, daß du dich von ihr trennen willst?

HUML: Ich habe gesagt, daß du perspektivisch damit rechnest.

HUMLOVÁ: Das hast du im Ernst gesagt? Und weiter?

HUML: Was, weiter?

HUMLOVÁ: Na, wie du den Boden sonst noch vorbereitet hast?

HUML: Also, ich habe zum Beispiel zu einer ganzen Reihe ihrer Anekdoten nicht gelacht, und dann habe ich mich ihr gegenüber im ganzen gemessener verhalten…

HUMLOVÁ: Sag mal, bietest du mir nicht nur faules Fallobst an?

HUML: Nein. Ich will wirklich eine Lösung herbeiführen, du mußt nur verstehen, daß das Ganze keine einfache Angelegenheit ist: wir gehen schon länger als ein Jahr miteinander, sie hat nur mich, sie kann sich ihr Leben ohne mich nicht vorstellen und verspricht sich von unserem Verhältnis viel – sie rechnet perspektivisch sogar damit, daß ich mich von dir scheiden lasse und sie heirate –, nun, du weißt ja, Frauen sind in diesen Dingen schrecklich empfindlich, auf jeden Fall wird es ein Schlag für sie sein.

HUMLOVÁ: Ich habe nie gesagt, daß du es nicht rücksichtsvoll machen sollst, das ist doch wohl selbstverständlich, oder?

HUML: Vlasta, hör zu, was soll ich ihr denn sagen, wenn sie

mich fragt, warum ich es ihr nicht gleich gesagt habe – noch bevor sie fest mit mir zu rechnen anfing?

HUMLOVÁ: Du sagst einfach, sie soll sich nicht ärgern, das Ganze sei ein Mißverständnis, du hättest es nur als unverbindliches Techtelmechtel angesehen.

HUML: Ja, ja... Halt – nein! Gerade den Verdacht hegt sie ständig...

HUMLOVÁ: Dir wird schon etwas einfallen!

HUML: Du, Vlasta...

HUMLOVÁ: Was ist?

HUML: Sag mal, möchtest du die Angelegenheit mit ihr nicht selber erledigen? Du bist schließlich in dieses Verhältnis nicht so verstrickt wie ich...

HUMLOVÁ: Ich bitte dich, wie würde das aussehen – blanker Unsinn! Du redest heute mit ihr und fertig. *Humlová beendet ihr Make-up, reinigt den Kamm, gibt alle Utensilien ins Täschchen.* Diktierst du heute?

HUML: Ja.

HUMLOVÁ: Fürs Institut?

HUML: Nein, die Plauderei fürs Nachtprogramm.

Humlová steckt ihr Make-up-Täschchen in die Einkaufstasche, die Huml in der Hand hält, und zieht den Mantel an, wobei ihr Huml hilft.

HUMLOVÁ: Soll ich dir die Tischlampe kaufen?

HUML: Da wäre ich froh...

Humlová ist angezogen, nimmt Huml die Einkaufstasche aus der Hand, prüft noch einmal ihre Gesamterscheinung im Spiegel, kontrolliert, ob sie die Schlüssel in der Tasche hat, und geht, begleitet von Huml, zur rechten Tür. Hier bleibt sie stehen und dreht sich zu Huml um.

HUMLOVÁ: Also, tschüs – ich halte dir die Daumen!

Humlová hält ihm die Wange hin, Huml küßt sie.

HUML: Tschüs...

Humlová geht ab, Huml schließt die Tür, streckt sich, schaut auf die Uhr, dann schlurft er gemächlich zur hinteren Tür hinaus, die er offen läßt. Hinter der Szene wird Humls Singsang vernehmbar, unterbrochen von Geräuschen der Morgentoilette: Wasserplanschen, Prusten, Zähneputzen u. ä. Sodann erscheint Huml in der hinteren Tür, bekleidet nur mit der Pyjamahose, um den Hals das Handtuch, er singt noch immer. Die hintere Tür läßt er offen, geht zur linken Tür, läßt sie ebenfalls hinter sich offen, wir hören aus dem Arbeitszimmer seinen Singsang. Nach einer Weile erscheint er wieder, nun schon in Straßenhose, das Handtuch weiterhin um den Hals, die Pyjamahose in der Hand. Er schließt die linke Tür, wirft die Pyjamahose über eine Stuhllehne und geht durch die hintere Tür hinaus. Im Handumdrehen taucht er erneut auf, in der Hand die Pyjamajacke, um den Hals noch immer das Handtuch. Er schließt die hintere Tür, nimmt die Pyjamahose von der Stuhllehne und geht, immerfort singend, über die Treppe ins Schlafzimmer ab.

B/4

Kurze Pause, dann Schlüsselgerassel in der rechten Tür, diese geht auf und herein kommen atemlos Huml und Blanka. Huml hält Blanka bei der Hand, er führt sie zum Tisch, setzt sie auf ihren Platz. Blanka ist mäßig verstört, sie ordnet sich das Haar. Huml ist verlegen.

HUML: Bitte, verzeihen Sie – es war eine Augenblicksregung – eigentlich ein Spaß – es ist mir schrecklich peinlich – bitte, verzeihen Sie...

BLANKA: Versprechen Sie mir, daß es nie wieder vorkommt!

HUML: Sie haben mein Wort!

Kürzere Pause. Blanka hat sich schon wieder beruhigt, sie greift nach dem Block und liest –

BLANKA *liest*: Und so ist jedes Glück immer auch Negation des Glücks, denn...

HUML: Aha. Also neuer Absatz.

BLANKA: ‹Denn› wird gestrichen?

HUML: Ja...

Huml beginnt, sinnierend im Raum auf und ab zu gehen, dabei diktiert er, Blanka stenographiert.

Das Glück stellt also etwas dar – das einerseits – im konkreten Begriffsinhalt – etwas sehr Unbeständiges – Flüchtiges – Veränderliches ist – andererseits jedoch etwas – das – als bestimmter Allgemeinzustand – gleichzeitig etwas sehr Beständiges ist – weil der Mensch ständig glücklich sein will – er ist also eine Art Ideal – zu dem sich die menschliche Aktivität stets von neuem emporzuschwingen sucht – das der Mensch aber nie voll zu erreichen vermag – Punkt. Glück ist also nicht etwas ein für allemal Gegebenes – wir verlieren es ständig und müssen ständig darum kämpfen – Punkt. *Huml bleibt stehen, überlegt, wendet sich dann an Blanka.* Blanka...

BLANKA: Bitte...

HUML: Was haben Sie für Erinnerungen an Ihre Kindheit?

BLANKA: Schöne...

HUML: Ich auch. Meine Kindheit ist untrennbar mit der Landschaft verbunden, in der ich sie verlebte, und mit den Menschen, die mich umgaben.

BLANKA: Meine auch...

HUML: Ich trage es ständig in mir: die silbern dahinplätschernde Berounka; den Damm mit den Ulmen, auf denen wir als Jungen herumkletterten; der stille Waldsee, in dem der alte Vrána seine Frau ertränkte; Föhren, Fichten, wildrankender Geißwurz und Kerbelkiefern; der alte Hejdánek mit seiner Ziege, die zu früh niedergekommen war; Růženka, die schöne Müllerin mit dem absoluten Gehör; die Marterln; die melancholischen Herbstspaziergänge in den Eichenwäldchen unter der Burg Gallenstein – doch das alles sagt Ihnen freilich nichts...

Pause. Huml ist verträumt.

BLANKA: Sollen wir nicht weitermachen? Sie sagten, daß Sie es eilig hätten...

Huml reagiert nicht, obwohl er Blanka voll ansieht, sie eine ganze Weile betrachtet, fragt er sie dann –

HUML: Sind Sie Jungfrau?

BLANKA: Bitte?

HUML: Ob Sie Jungfrau sind?

BLANKA: Na, erlauben Sie!

HUML: Ich meine nichts Böses damit, ich frage nur so, wie ein Kamerad...

BLANKA: Nein.

HUML: Das hab ich mir gedacht. Also weiter – wo sind wir stehengeblieben?

BLANKA: Glück ist also nicht etwas ein für allemal Gegebenes, wir verlieren es ständig und müssen ständig darum kämpfen.

HUML *beginnt wieder sinnierend auf und ab zu gehen, dabei diktiert er*: Und besonders in der heutigen Welt – die gekennzeichnet ist durch gigantische Entfaltung der Kommunikationsmittel – wird Glück zu einer immer schwierigeren Aufgabe – Punkt. Das Bestreben des Menschen – einen Zustand befriedigter Bedürfnisse zu erreichen – also bestimmte Werte zu erlangen – charakterisiert – direkt oder indirekt – jede menschliche Aktivität – Punkt. Weil aber die verschiedenen Werte – die der Mensch erlangen will – von verschiedenen Standpunkten – Klammer auf – zum Beispiel vom Standpunkt der individuellen Wertskala oder von dem einer breiteren zeitlichen Auffassung – Klammer zu – bitte, wie hieß das vor der Klammer?

BLANKA *liest*: Weil aber die verschiedenen Werte, die der Mensch erlangen will, von verschiedenen Standpunkten...

HUML: Das in der Klammer streichen Sie...

BLANKA: Alles?

HUML: Ja – Blanka...

Huml bleibt in der Nähe Blankas stehen und heftet den Blick auf sie, Blanka merkt es nicht, vermeint, daß er nur über die richtige Formulierung nachdenkt. Längere Pause, dann macht Huml plötzlich einen Satz auf Blanka zu, kniet neben ihr nieder, faßt sie bei den Schultern und versucht, sie an sich zu ziehen; Blanka erschrickt und ruft –

BLANKA: Hu...

HUML: Blanka – Blanka – Blanka!

Es folgt ein kurzes Ringen. Huml will Blanka umarmen und küssen, Blanka wehrt sich und versetzt Huml einen solchen Stoß, daß er umkippt. Sie springt auf.

BLANKA: Sie sollten sich schämen, Herr Doktor!

Entsetzt läuft Blanka durch die rechte Tür hinaus; beschämt schaut Huml ihr einen Augenblick nach, steht dann ebenfalls rasch auf und läuft hinterher, durch die rechte Tür, die sich langsam hinter ihm schließt; wir hören seine rufende Stimme, die sich entfernt –

HUML *ruft hinter der Szene*: Blanka! Blanka, hören Sie...

R/5

Nach kurzer Pause öffnet sich langsam die Schlafzimmertür, in der Huml erscheint; er hat den Hemdkragen offen, die Krawatte gelockert, den Sakko hält er in der Hand. Er streckt sich leicht und geht schweren Schritts die Treppe hinunter, zieht sich dabei den Sakko an, knöpft den Hemdkragen zu und zieht die Krawatte hoch. Hinter ihm erscheint Renata in der Tür, sie ist mäßig zerzaust und knöpft sich das Kleid zu. Auch sie kommt die Treppe herunter, geht zum Spiegel und bringt sich in Ordnung; sie beachtet Huml nicht. Huml steht da und schweigt verlegen. Renata ist fertig, geht zum Fauteuil, nimmt Platz und zündet sich eine Zigarette an. Ihre Haltung ist reserviert, sie schaut Huml nicht an. Er beobachtet sie und beginnt, leicht nervös zu werden. Längere bedrückende Pause.

RENATA: Du bist überarbeitet, das ist alles!

HUML: Hm...

Längere bedrückende Pause.

RENATA: Höchste Zeit, daß etwas geschieht!

HUML: Oh, ja...

Längere bedrückende Pause.

RENATA: Du mußt von dem Ganzen hier weg. Brauchst physische Arbeit. Anderes Essen. Luftveränderung. Was gibt sie dir eigentlich so zum Abendessen?

HUML: So – allerlei – Würstchen – Omelette...

RENATA: Ißt du überhaupt Mohrrüben?

HUML: Kaum...

RENATA: Das muß alles ganz anders werden!

Pause. Huml wirft unauffällig einen Blick auf die Uhr. Dann geht er zum Eßtisch und stellt das Mittagessengeschirr sowie die Tassen vom Kaffee, den er mit Blanka getrunken hat, aufs Tablett. Anschließend geht er beladen zur hinteren Tür, stellt das Tablett auf der Kommode ab, öffnet die Tür, nimmt das Tablett und trägt es hinaus. Gleich kehrt er wieder zurück, schließt die Tür, bleibt bei der Kommode stehen und sieht Renata recht unglücklich an. Sie beachtet ihn nicht und raucht.

HUML: Du, Renata...

RENATA: Was ist?

HUML: Möchtest du die Angelegenheit mit ihr nicht selbst regeln? Du bist schließlich in dieses Ehebündnis nicht so verstrickt wie ich...

RENATA: Ich bitte dich, wie würde das aussehen – blanker Unsinn! Du redest heute mit ihr und fertig.

Längere bedrückende Pause. Humls Nervosität wächst, er blickt erneut unauffällig auf die Uhr.

HUML: Du, Renata...

RENATA: Was ist?

HUML: Es kommen irgendwelche Leute her...

RENATA: Wer?

HUML: Ich weiß es nicht, sie wollten am Telefon nicht sagen, worum es geht. Sie sagten, es sei dringend. Wahrscheinlich sind es – du weißt schon...

RENATA: Meinst du?

HUML: Es wäre nicht gut, wenn sie dich hier treffen...

RENATA: Mit anderen Worten, du wirfst mich hinaus? Darf ich wenigstens zu Ende rauchen?

HUML: Ich meine es gut mit dir...

Renata drückt die Zigarette aus und geht gemessen durch die hintere Tür ab, die sie offen läßt. Huml ist sichtlich erleichtert, er geht zur rechten Tür und blickt durchs Guckloch.

RENATA *hinter der Szene*: Wo ist mein Mantel?

HUML: Hier hinter der Tür... *Huml steuert auf die hintere Tür zu,*

R/1

bleibt aber schnell noch vor dem Spiegel stehen und ordnet eilig sein Äußeres. Da schellt die Wohnungsglocke. Huml läuft zur rechten Tür, blickt durchs Guckloch und öffnet. Hinter der Tür steht Renata im Mantel.

RENATA: Küßchen!

Huml küßt Renata auf die Wange, Renata tritt ein, Huml schließt hinter ihr die Tür.

Nun?

Da tritt durch die hintere Tür Blanka im Mantel auf.

BLANKA: Guten Tag...

HUML: Das ist Fräulein Blanka, meine – unsere Sekretärin, das ist Renata, meine Schwägerin...

Renata und Blanka geben einander die Hand. Kürzere verlegene Pause. Blanka nimmt ihre Mappe vom Tisch und geht zur rechten Tür.

Zu Blanka: Dann noch einmal vielen Dank – für Ihre Geduld – für Ihre Bereitwilligkeit – für Ihre Genauigkeit...

BLANKA: Nichts zu danken. Auf Wiedersehen...

HUML: Auf Wiedersehen...

RENATA: Auf Wiedersehen...

Huml öffnet Blanka die rechte Tür, Blanka geht ab, Huml schließt die Tür und geht zu Renata.

Was war das?

HUML: Ich diktiere ihr...

RENATA: Na, na! – Nun?

HUML: Legst du nicht ab?

RENATA: Wieder nichts, was?

HUML: Es ging nicht.

RENATA: Warum?

HUML: Die Situation war nicht danach, sie war irgendwie gereizt und hatte es schrecklich eilig, zur Arbeit zu gehen. Legst du nicht ab?

RENATA: Also eine weitere verpaßte Gelegenheit!

Renata läßt sich von Huml aus dem Mantel helfen, mit dem Huml langsam zur hinteren Tür zurückweicht. Renata geht ihm nach.

HUML: Ich habe sie ja nicht zum letztenmal gesehen, heute abend versuche ich es noch mal...

RENATA: Abends! Abends! Wieder erst abends! Hör mal, Hand aufs Herz, schiebst du es nicht so ein bißchen absichtlich hinaus?

HUML: Ich bitte dich, weshalb sollte ich?

Huml verschwindet mit dem Mantel in der hinteren Tür, die er offen läßt.

RENATA: Vielleicht liebst du sie immer noch...

HUML *hinter der Szene*: Du weißt doch ganz genau, daß ich sie längst nicht mehr liebe! Ich hab sie einfach als Freundin, Lebensgefährtin, Hausfrau gern...

Renata ist Huml durch die hintere Tür gefolgt, die sie offen gelassen hat.

RENATA *hinter der Szene*: Schöne Hausfrau! Wischt denn die auch mal Staub?

T/3

Nach kurzer Pause wird hinter der Szene Humls Singsang vernehmbar. Dann tritt Huml durch die hintere Tür auf, bekleidet nur mit Hemd und Hose, über der Schulter ein Handtuch, mit dem er sich die frisch rasierten Wangen trocknet; er singt ununterbrochen. Im Spiegel prüft er sein Gesicht, dann geht er durch die linke Tür hinaus, läßt sie offen, kommt gleich wieder zurück, bringt Sakko und Krawatte mit, das Handtuch nicht mehr, die Tür schließt er hinter sich. Sorgsam bindet er die Krawatte vorm Spiegel, zieht dann den Sakko an und betrachtet und ordnet sein Äußeres. Danach dreht er sich um, blickt prüfend im Raum umher, geht langsam zum Eßtisch, stellt das Frühstücksgeschirr aufs Tablett und trägt es zur hinteren Tür. Da schellt die Wohnungsglocke. Huml erschrickt leicht, schaut, wo er das Tablett abstellen könnte, entschließt sich dann aber doch, das Frühstücksgeschirr erst noch hinauszutragen, und läuft eilig zur hinteren Tür hinaus, die offen bleibt.

P/6

Kurz darauf kommen von dort Balcárková und Kriebl, sie tragen vorsichtig «Puzuk»; Huml folgt, im Anzug und gekämmt, er schließt die Tür. Balcárková und Kriebl stellen «Puzuk» auf den Tisch, Kriebl steckt das Kabel in die Dose, alle nehmen ihre Plätze ein. Kriebl widmet sich «Puzuk».

BALCÁRKOVÁ: Ich hoffe, die Isolatoren sind nicht durchgebrannt…

KRIEBL: Da müßte es aus ihnen rauchen. Wir können anfangen…

BALCÁRKOVÁ: Ausgezeichnet. Also schreiben Sie. *Diktiert:* Eduard Huml, 1928 – Gesprächsbeginn 16.32 – erste Frage. *Ruft:* Bitte Ruhe!

Kriebl hat es auf der Tastatur geschrieben, dreht die Kurbel, schaut ins Okular, drückt dann auf den Knopf. Aus «Puzuks» Lautsprecher tönt ein leises Knurren. Kriebl blickt auf die

Armbanduhr, alle warten gespannt. Nach einigen Augenblikken flammt «Puzuks» grüne Lampe auf.

BALCÁRKOVÁ: Hurra, Grün!

KRIEBL: Na, endlich…

Aus «Puzuks» Lautsprecher tönt eine weibische Stimme.

«PUZUK»: Sagen Sie mir… *Pause, Spannung.* Sagen Sie mir… *Pause, Spannung.* Sagen Sie mir freundlicherweise… *Pause, Spannung.* Karel?

KRIEBL *zu «Puzuk»*: Was ist?

«PUZUK»: Kann ich mich ein Weilchen ausruhen?

KRIEBL: Du hast doch noch nichts getan!

«PUZUK»: Das ewige Hinundhertragen hat mich müde gemacht…

KRIEBL: Meinetwegen…*Kriebl drückt auf einen Knopf und dreht die Kurbel. Das Licht verlischt.*

BALCÁRKOVÁ: Bei ihm stimmt es wohl heute nicht ganz?

KRIEBL: Er spielt sich bloß ein bißchen auf.

BALCÁRKOVÁ *zu Huml*: Manchmal ist er wie ein Kind…

KRIEBL: Neulich, als er sich wieder mal rar machte und mich leicht auf die Palme brachte, hab ich ihn kurzentschlossen in die Garage bugsiert, finster gemacht und ihn ein paar hundert Differentialgleichungen ausrechnen lassen. Sie hätten ihn nachher sehen sollen: jeden Wunsch hat er mir von den Augen abgelesen! Ist halt auch eine Erziehungsfrage…

BALCÁRKOVÁ: Was sage ich: wie ein Kind…

Längere bedrückende Pause.

KRIEBL *zu Huml*: Ich würde gegebenenfalls ein paar von den Bergpflaumen für die Kinder kaufen…

HUML: Nehmen Sie, soviel Sie wollen – natürlich umsonst –, bezahlen kommt nicht in Frage…

KRIEBL: Nun, wenn ich Sie damit beleidigen sollte…

Längere bedrückende Pause.

HUML *zu Balcárková*: Es ist mir schon peinlich, ich frage dauernd…

BALCÁRKOVÁ: Im Gegenteil, ich unterhalte mich gern mit Ihnen über unsere Arbeit...

HUML: Sie verstehen, in einem gewissen Sinn ist es professionelles Interesse...

BALCÁRKOVÁ: Ich verstehe vollkommen, schließlich sind wir quasi Kollegen...

HUML: Ja. Sehr würde mich die konkrete Methode interessieren, mit der Sie die menschliche Individualität modellieren...

BALCÁRKOVÁ: Alsdann – wir gehen von der im ganzen logischen Voraussetzung aus: wenn die Menschen das verbindet, was in ihnen allgemein ist, dann muß sie im Gegenteil das unterscheiden, was in ihnen besonders und zufällig ist. Oder: der Schwerpunkt der menschlichen Individualität liegt nicht in dem, was man im Menschen als gesetzmäßig erklären kann, sondern im Gegenteil in dem, was sich bei ihm aller Gesetzmäßigkeit entzieht und was eben die große und vergessene Sphäre des Zufälligen ausmacht.

HUML: Das klingt einleuchtend. Doch wie läßt sich diese Sphäre wissenschaftlich einfangen?

BALCÁRKOVÁ: Dabei eben spielt «Puzuk» eine wichtige Rolle. Alle möglichen Beziehungen der Daten über ein Einzelindividuum, mit denen wir ihn füttern und die er vor allem selbst ermittelte, vergleicht er einfach laufend mit den Gesetzmäßigkeiten sämtlicher Wissenschaftsgebiete, die zuvor in seinem Gedächtnis gespeichert wurden, wobei er alle Beziehungen eliminiert, für die eine wissenschaftliche Disziplin existiert, mittels derer sie als gesetzmäßig ausgelegt werden können. Gleichzeitig scheidet er auch jene aus, denen er bereits bei anderen Einzelindividuen begegnet ist und die demgemäß als potentiell gesetzmäßig erachtet werden dürfen. So gelangt er nach und nach zu einer bestimmten festgefügten Struktur maximal zufälliger Beziehungen, die im wesentlichen nichts anderes mehr ist als eben ein gewisses verdichtetes Modell der menschlichen Individualität.

HUML: Ist ja wirklich originell! Sowohl als Theorie als auch als praktische Methode – wirklich... Dürfte ich noch fragen...

Da öffnet sich die linke Tür, in der Machulka im Arbeitskittel erscheint, hinter dem Ohr einen Bleistift. Alle drehen sich zu ihm um.

KRIEBL *zu Machulka*: Was ist denn los?

MACHULKA: Weißt du nicht, wo der Sicherungssplint für den Feuchtigkeitsmesser steckt?

KRIEBL: Du hast ihn sonst immer im Frühstücksbeutel.

MACHULKA: Da ist er nicht.

KRIEBL: Dann weiß ich auch nicht...

Machulka starrt eine Weile vor sich hin, macht langsam kehrt, um wieder zu gehen, doch da spricht ihn Kriebl an –

Čeněk...

Machulka hält inne, dreht sich erneut zu Kriebl um. Der steht rasch auf, geht zu Machulka und erklärt ihm flüsternd etwas, wobei er mit der Hand zur hinteren Tür zeigt; Machulka nickt mit dem Kopf: er hat begriffen und ist einverstanden. Kriebl streicht ihm freundschaftlich übers Haar, aber Machulka, der so etwas offensichtlich nicht liebt, zuckt zusammen. Kriebl kehrt auf seinen Platz zurück, Machulka verschwindet im Arbeitszimmer, die linke Tür bleibt offen. Machulka erscheint gleich wieder mit einem Einkaufsnetz und geht, ohne die Tür hinter sich zu schließen und ohne jemanden zu beachten, nachlässigen Schritts zur hinteren Tür.

BALCÁRKOVÁ *zu Machulka*: Haben Sie die Betten schon gewogen?

Machulka bleibt mit dem Rücken zum Raum in der hinteren Tür stehen; erst nach einer ganzen Weile brummt er –

MACHULKA: Was?

BALCÁRKOVÁ: Ob Sie die Betten schon gewogen haben?

MACHULKA *ohne sich umzudrehen*: Ich mache die Wandfeuchtigkeit...

BALCÁRKOVÁ: Aha...

Kurze Pause. Machulka steht noch immer mit dem Rücken zum Raum in der hinteren Tür, dann brummt er –

MACHULKA: Welche Sorgen...! *Machulka geht durch die hintere Tür ab.*

Kurze Pause.

HUML *zu Balcárková*: Dürfte ich noch fragen, nach welchem Schlüssel Sie die Leute auswählen, die Sie besuchen – oder anders: warum besuchen Sie heute gerade mich und nicht irgend jemanden andern?

BALCÁRKOVÁ: Das hat rein äußere Gründe...

HUML: So? Und welche?

BALCÁRKOVÁ: Wir sind zu Ihnen – ebenso wie zu einer Reihe anderer Leute – einfach deshalb gekommen, weil Ihr Name mit dem Buchstaben H anfängt und weil Sie in einem Haus mit ungerader Nummer wohnen...

HUML: Entschuldigen Sie, aber ich kann doch nichts dafür, daß ich so heiße, und ich kann auch nichts dafür, daß unser Haus diese Nummer hat! Das ist doch Zufall!

BALCÁRKOVÁ: Je zufälliger der Schlüssel für die Muster-Auswahl, desto repräsentativer fällt – bei einer bestimmten Zahl – dieses Muster aus.

HUML: So daß ich hier nur als Teilstück eines bestimmten zufälligen Musters figuriere?

BALCÁRKOVÁ: Ja.

HUML: Hm...

BALCÁRKOVÁ: Uns bleibt nichts anderes übrig, als in der ersten Phase so vorzugehen. Alle Leute können wir vorerst leider noch nicht besuchen...

Da tritt durch die hintere Tür Machulka wieder auf, er hat das Einkaufsnetz voll Pflaumen. Kriebl zwinkert ihm beipflichtend und dankbar zu. Machulka beachtet niemanden und schlurft zur linken Tür hinaus, die er hinter sich schließt.

Pause.

KRIEBL: Wir können...

BALCÁRKOVÁ *ruft*: Bitte Ruhe!

Kriebl dreht die Kurbel an «Puzuk», drückt auf den Knopf, worauf das Knurren erklingt. Kriebl blickt auf die Armbanduhr, alle warten gespannt. Da tritt durch die hintere Tür Beck auf, er ist wieder im Mantel. Alle drehen sich zu ihm um. Kriebl drückt schnell auf einen Knopf, dreht die Kurbel, das Knurren verstummt. Beck achtet auf niemanden, geht wütend zur hinteren Wand, wo er stehenbleibt und den anderen den Rücken zuwendet. Alle sehen ihn verlegen an. Nach einigen Augenblicken läßt er sich vernehmen, den Blick weiterhin abgewandt –

BECK: Morgen fahre ich angeln und basta!

Verlegene Pause.

BALCÁRKOVÁ: Das meinen Sie nicht ernst, Kollege Forschungsleiter! Was täten wir ohne Sie? Sie wissen doch, wie wir Sie brauchen...

Verlegene Pause. Beck reagiert nicht.

Das dürfen Sie uns nicht antun!

Verlegene Pause. Plötzlich dreht sich Beck um und ruft barsch –

BECK: Es bleibt dabei!

Beck geht energischen Schritts durch die linke Tür ab, die er hinter sich zuschlägt. Huml sieht Balcárková fragend an, doch diese wendet sich rasch an Kriebl.

BALCÁRKOVÁ: Können wir?

KRIEBL: Ja...

BALCÁRKOVÁ *ruft*: Bitte Ruhe!

Kriebl dreht wieder die Kurbel, drückt auf den Knopf, worauf erneut das Knurren ertönt. Kriebl blickt auf seine Uhr, alle warten gespannt. Da geht die linke Tür auf und Machulka erscheint. Er hat einen Kopfhörer auf, der mit einem kleinen Apparat verbunden ist, den er in den Armen hält. Alle drehen sich zu ihm um, Kriebl drückt wieder schnell auf einen Knopf, das Knurren verstummt. Machulka schlurft gemächlich zur rechten Wand, zieht einen Trichter aus der Tasche, der durch einen dünnen Schlauch mit dem Apparat verbunden ist, legt den Trichter ans Mauerwerk an und horcht in den Kopfhörer hinein.

Pause.

KRIEBL *zu Machulka*: Hast du den Sicherungssplint gefunden?

Pause. Machulka reagiert nicht, er löst den Trichter von der Wand, läßt ihn los, so daß er am Schlauch baumelt, zieht einen kleinen zerknitterten Zettel heraus und notiert den Meßwert. Dann geht er zur hinteren Wand, legt wieder den Trichter an und horcht.

Lauter: Hast du den Sicherungssplint gefunden?

Pause. Machulka reagiert nicht, löst den Trichter von der Wand, läßt ihn herunterbaumeln und macht wieder seine Eintragung. Dann geht er zur linken Wand, legt den Trichter erneut an und horcht.

Noch lauter: Čeněk, ich frage, ob du den Sicherungssplint für den Feuchtigkeitsmesser gefunden hast?

Pause. Machulka reagiert nicht, löst den Trichter von der Wand, läßt ihn herunterbaumeln und macht seine Eintragung.

BALCÁRKOVÁ: Er kann Sie nicht hören...

KRIEBL: Wahrscheinlich nicht...

Machulka hat seine Eintragung fertig, geht gemächlich zu Kriebl und reicht ihm das Papier.

Danke, Čeněk...

MACHULKA: Ich habe den Sicherungssplint für den Feuchtigkeitsmesser gefunden.

Kriebl streicht das Papier auf dem Tisch glatt und steckt es in «Puzuk». Machulka geht, den Trichter über den Boden schleifend, ins Schlafzimmer. Auf der Treppe tritt er auf den Schlauch und stürzt samt dem Apparat. Er bleibt eine Weile reglos liegen, dann erhebt er sich langsam, brummt etwas und nimmt mürrisch die restlichen Treppenstufen. Über die letzte stolpert er leicht und verschwindet im Schlafzimmer. Kurze Pause.

BALCÁRKOVÁ *zu Kriebl*: Können wir?

KRIEBL: Ja...

BALCÁRKOVÁ *ruft*: Bitte Ruhe!

Kriebl dreht wieder die Kurbel, drückt auf den Knopf, worauf erneut das Knurren ertönt. Kriebl blickt auf seine Uhr, alle warten gespannt. Nach einigen Augenblicken flammt «Puzuks» rote Lampe auf.

BALCÁRKOVÁ: Wieder Rot!

Da verlöscht die rote Lampe und die grüne flammt auf.

Nein, Grün!

KRIEBL: Na, endlich...

Aus «Puzuks» Lautsprecher tönt eine weibische Stimme, die zwischen den einzelnen Fragen kurze Pausen einlegt. Die rote und die grüne Lampe flammen abwechselnd auf.

«PUZUK»: Welcher ist Ihr beliebter Tunnel? Haben Sie Musikinstrumente gern? Wie oft im Jahr lüften Sie den Marktplatz? Wo haben Sie den Hund begraben? Warum sandten Sie es nicht weiter? Wann sind Sie um das Anrecht gekommen? Worin liegt der Kern? Kauf mir einen bunten Luftballon! Pinkeln Sie öffentlich oder mitunter?

Eine kurze Weile bleibt es still, nur ein dünnes Knurren kommt aus «Puzuks» Lautsprecher. Huml steht energisch auf.

HUML: Was soll das bedeuten?

V

Huml haut mit der Faust auf den Tisch und geht wütend zur hinteren Tür; diese öffnet sich, als er kurz davor ist, und vor ihm steht Blanka.

BLANKA: Sie sollten sich schämen, Herr Doktor!

Blanka schlägt die Tür vor ihm zu. Huml steht einen Augen-

blick verdattert da, dann dreht er sich rasch um und geht zur rechten Tür; diese öffnet sich, als er kurz davor ist, und vor ihm steht Machulka.

MACHULKA: Wo ist der Sicherungssplint für den Feuchtigkeitsmesser?

Machulka schlägt die Tür vor ihm zu. Huml steht einen Augenblick verdattert da, dann dreht er sich rasch um und geht zur linken Tür; diese öffnet sich, als er kurz davor ist, und vor ihm steht Renata.

RENATA: Ißt du überhaupt Mohrrüben?

Renata schlägt die Tür vor ihm zu. Huml steht einen Augenblick verdattert da, dann dreht er sich rasch um und läuft die Treppe zur Schlafzimmertür hinauf; diese öffnet sich, als er davor ist, und vor ihm steht Beck im Mantel.

BECK: Morgen fahre ich angeln und basta!

Beck schlägt die Tür vor ihm zu. Huml steht einen Augenblick verdattert da, dann dreht er sich rasch um und geht erneut zur hinteren Tür; diese öffnet sich, als er kurz davor ist, und vor ihm steht Humlová.

HUMLOVÁ: Bietest du mir nicht nur faules Fallobst an?

Humlová schlägt die Tür vor ihm zu. Huml steht einen Augenblick verdattert da, dann dreht er sich rasch um und geht zum Tisch zurück. Kriebl steht auf und wendet sich an Huml.

KRIEBL: Geben Sie mir Hochgebirgspflaumen!

Huml dreht sich zur Balcárková um, die steht auf und spricht ihn an –

BALCÁRKOVÁ: Herr Doktor Huml?

Da tönt aus «Puzuk» ein scharfer Sirenenpfiff, worauf sich Kriebl und Balcárková schnell hinsetzen. Kurze Pause, dann wird aus «Puzuk» wieder die weibische Stimme vernehmbar. Sie spricht jetzt schneller, und auch der Spielrhythmus beschleunigt sich.

«PUZUK«: Welcher ist Ihr beliebter Tunnel? Kauf mir einen bunten Luftballon! Pinkeln Sie öffentlich oder mitunter?

Huml läuft zur rechten Tür, in der Humlová auftaucht.

HUMLOVÁ: Ißt du überhaupt Mohrrüben?

Humlová verschwindet. Huml läuft zur linken Tür, in der Beck auftaucht.

BECK: Morgen fahre ich angeln und basta!

Beck verschwindet. Huml läuft die Treppe hinauf zur Schlafzimmertür, in der Renata auftaucht.

RENATA: Bietest du mir nicht nur faules Fallobst an?

Renata verschwindet. Huml läuft zur hinteren Tür, in der Machulka auftaucht.

MACHULKA: Wo ist der Sicherungssplint für den Feuchtigkeitsmesser?

Machulka verschwindet. Huml läuft zur rechten Tür, in der Blanka auftaucht.

BLANKA: Sie sollten sich schämen, Herr Doktor!

Blanka verschwindet. Huml läuft zum Tisch. Kriebl steht auf.

KRIEBL: Geben Sie mir Hochgebirgspflaumen!

Huml dreht sich zur Balcárková um, die steht auf.

BALCÁRKOVÁ: Herr Doktor Huml?

Da tönt aus «Puzuk» erneut ein scharfer Sirenenpfiff, worauf sich Kriebl und Balcárková schnell wieder hinsetzen. Wiederum wird aus «Puzuk» die weibische Stimme vernehmbar. Sie spricht noch schneller, und auch der Spielrhythmus beschleunigt sich noch mehr.

«PUZUK»: Haben Sie Musikinstrumente gern? Wo haben Sie den Hund begraben? Wann sind Sie um das Anrecht gekommen? Wie ist es heute bei uns daheim?

Huml läuft zur linken Tür, in der Blanka auftaucht.

BLANKA: Wo ist der Sicherungssplint für den Feuchtigkeitsmesser?

Blanka verschwindet.

Huml läuft zur Schlafzimmertür hinauf, in der Machulka auftaucht.

MACHULKA: Sie sollten sich schämen, Herr Doktor!

Machulka verschwindet. Huml läuft zur hinteren Tür hinab, in der Renata auftaucht.

RENATA: Ißt du überhaupt irgendwelches Fallobst?

Renata verschwindet. Huml läuft zur rechten Tür, in der Beck auftaucht.

BECK: Morgen fahre ich in die Mohrrüben und basta!

Beck verschwindet. Huml läuft zur linken Tür, in der Humlová auftaucht.

HUMLOVÁ: Bietest du mir nicht nur faule Fische an?

Humlová verschwindet. Huml läuft zurück zum Tisch, Kriebl steht auf.

KRIEBL: Herr Huml, morgen fahre ich angeln!

Huml dreht sich zur Balcárková um, die steht auf.

BALCÁRKOVÁ: Geben Sie mir Hochgebirgspflaumen!

Da – ein neuerlicher scharfer Sirenenpfiff «Puzuks», und wie auf Befehl erscheinen alle Personen auf der Szene. Alle, einschließlich Kriebl und Balcárková, beginnen aus einer Tür in die andere zu gehen und auf verschiedenste Weise die Szene zu kreuzen, wobei alle gleichzeitig, einschließlich «Puzuk», ihre Fragen unaufhörlich an Huml wiederholen. Ihr Kreisen und Kreuzen wird immer schneller, sie sprechen auch immer rascher und lauter, so daß das Endergebnis dieser Szene ein Gefühl ständig sich steigernden visuellen und phonetischen Chaos ist. Huml läuft verzweifelt zwischen den anderen hin und her, als suche er eine Zufluchtsstätte.

HUMLOVÁ: Bietest du mir nicht nur faules Fallobst an? Bietest du mir nicht nur faules Fallobst an? (usw.)

BECK: Morgen fahre ich in die Mohrrüben und basta! Morgen fahre ich in die Mohrrüben und basta! (usw.)

RENATA: Ißt du überhaupt irgendwelches Fallobst? Ißt du überhaupt irgendwelches Fallobst? (usw.)

MACHULKA: Sie sollten sich schämen, Herr Doktor! Sie sollten sich schämen, Herr Doktor! (usw.)

BLANKA: Wo ist der Sicherungssplint für den Feuchtigkeitsmesser? Wo ist der Sicherungssplint für den Feuchtigkeitsmesser? (usw.)

KRIEBL: Herr Huml? Herr Huml? (usw.)

BALCÁRKOVÁ: Geben Sie mir Bergpflaumen! Geben Sie mir Bergpflaumen! (usw.)

«PUZUK»: Welcher ist Ihr beliebter Tunnel? Kauf mir einen bunten Luftballon. Pinkeln Sie öffentlich oder mitunter?

Wenn dieses Massengeschrei den Grad der Unerträglichkeit erreicht, ertönt aus «Puzuk» die Sirene. Alles hat mit einem Schlag ein Ende. Kriebl, Balcárková und Huml nehmen schnell ihre Plätze am Tisch ein, die übrigen Personen verschwinden von der Szene.

P/7

Eine kurze Weile bleibt es still, nur ein dünnes Knurren kommt aus «Puzuks» Lautsprecher. Huml steht energisch auf.

HUML: Was soll das bedeuten? Was soll das bedeuten?

BALCÁRKOVÁ *zu Kriebl*: Schalten Sie ihn aus!

Kriebl drückt auf einen Knopf und dreht die Kurbel. Die Lampen, die während der chaotischen Szene in rascher Folge abwechselnd aufgeflammt waren, verlöschen nun, das Knurren verstummt. Huml setzt sich wieder. Verlegene Pause.

Das hat uns noch gefehlt! *Zu Kriebl:* Vermutlich ein Kurzschluß was?

KRIEBL: Kaum, eher ein fehlgeleiteter elektrischer Impuls.

BALCÁRKOVÁ: Eine verdammte Arbeit. *Zu Huml:* Das sind die erwähnten abwegigen Gedanken, er weiß in solchen Augenblicken nicht, was in ihm vorgeht. *Zu Kriebl:* Von Anfang an habe ich gespürt, daß es mit ihm heute nicht ganz stimmt! Versuchen Sie, den verlorenen Impuls zu finden?

KRIEBL: Würde ich ja gern, darf aber nicht, könnte ein Unglück geben. Morgen früh kriegt den ein Kumpel in der Werkstatt – als Schwarzarbeit, für eine Flasche kann ich drauf warten.

Durch die Schlafzimmertür tritt Machulka auf, alle drehen sich zu ihm um, er beachtet jedoch niemanden und steigt gemächlich die Treppe herunter. Er nimmt den Kopfhörer ab. Apparat und Trichter hält er in den Armen.

Čeněk...

MACHULKA: Ja?

KRIEBL: Komm, wir packen ein...

Machulka trägt seinen Apparat durch die linke Tür ins Arbeitszimmer, die Tür läßt er offen, kommt gleich wieder zurück und hilft Kriebl, der inzwischen das Kabel aus der Dose gezogen hat, «Puzuk» ins Arbeitszimmer zu tragen. Die beiden schließen die linke Tür hinter sich.

BALCÁRKOVÁ: Es tut mir leid, daß wir Sie heute umsonst belästigt haben. Können wir dann nach dem Wochenende noch mal kommen?

Pause. Huml sieht Balcárková forschend an.

HUML: Hören Sie, wo arbeiten Sie eigentlich?

BALCÁRKOVÁ: Nun, formell sind wir dem Soziologischen Institut zugeteilt, wir benutzen auch seine Räume, tatsächlich aber sind wir eine mehr oder weniger selbständig arbeitende Forschungsgruppe.

HUML: Hm...

BALCÁRKOVÁ: Weshalb?

HUML: Nur so...

Pause.

BALCÁRKOVÁ: Können wir dann nach dem Wochenende kommen? *Pause.* Herr Doktor... *Pause.* Können wir also nach dem Wochenende kommen?

HUML: Was?

BALCÁRKOVÁ: Ob wir nach dem Wochenende noch einmal kommen können – wenn «Puzuk» wieder in Ordnung ist...

HUML: Seien Sie mir nicht böse, aber ich glaube, es hätte keinen Sinn.

BALCÁRKOVÁ: Wieso? Für uns hätte es viel Sinn...

HUML: Ich fürchte, nicht einmal für Sie...

BALCÁRKOVÁ: Ich verstehe Sie nicht!

HUML: Sehen Sie, ich bezweifle nicht, daß Sie das Ganze gut meinen, ich schätze die Begeisterung, mit der Sie sich engagieren, aber als Fachmann, der seit Jahren auf dem Gebiet der Gesellschaftswissenschaften tätig ist, kann ich Ihr ganzes Unternehmen beim besten Willen nicht ernst nehmen...

BALCÁRKOVÁ: Was sagen Sie da?

HUML: Daß ich das Ganze nicht ernst nehmen kann.

BALCÁRKOVÁ: Wieso? Weshalb?

HUML: Was ich gesehen und was Sie mir gesagt haben, reicht mir völlig. Ich bin zu der Überzeugung gelangt, daß das Ganze vom wissenschaftlichen Standpunkt nichts anderes als ein bedauerlicher Irrtum ist. Sie werden begreifen, mein wissenschaftliches Gewissen erlaubt mir nicht, an einer Sache mitzuarbeiten, von der ich mit Sicherheit weiß, daß sie von Grund auf abwegig ist.

BALCÁRKOVÁ: Sie haben vorher ganz anders gesprochen...

HUML: Das war ein kleines Mißverständnis...

BALCÁRKOVÁ: Abgesehen davon, daß Sie eine solche Behauptung noch beweisen müßten!

HUML: Wenn Sie Wert darauf legen – nichts ist einfacher als das. Es genügt zum Beispiel schon der Hinweis auf das im allgemeinen klare Faktum, daß etwas, das auf der einen Betrachtungsebene als gesetzmäßig erscheint, auf der anderen als zufällig erscheinen kann, und umgekehrt, denn Gesetzmäßigkeit und Zufälligkeit sind keine absoluten Kategorien oder objektiv existierende und voneinander abtrennbare Sphären der Wirklichkeit, ergibt sich doch ihr Maß allein aus dem von uns gewählten Blickfeld. Da hilft nichts, vom Standpunkt der Wissenschaft ist alles in irgendeiner Art gesetzmäßig, und die

Wissenschaft tut nichts anderes, als die Gesetzmäßigkeiten nach und nach zu enthüllen; als zufällig bezeichnen wir lediglich, was außerhalb des Bereichs jener Gesetzmäßigkeit liegt, mit denen wir uns gerade beschäftigen, oder was wir vorerst einfach noch nicht als gesetzmäßig zu erklären vermögen. Das besagt, daß Ihr Bestreben, Zufälligkeiten zu isolieren und mit ihrer Hilfe die menschliche Individualität zu modellieren, nicht nur nichts mit Wissenschaft zu tun hat, sondern darüber hinaus auch sein Ziel absolut verfehlen muß, weil es die Wirklichkeit als objektive Totalität durch die Schimäre eines gewissen relativen und völlig subjektiven Wirklichkeitsaspekts ersetzt. Zur Totalität des Einzelmenschen kann sich die Wissenschaft nur wie zu einer Limitation vorarbeiten, in die sie durch das, was sie im gegebenen Augenblick als gesetzmäßig zu erklären vermag, wohl Klarheit bringt, doch erreichen wird sie diese Limitation nie, weil der Mensch als objektive Totalität im Grunde die Dimensionen der Unendlichkeit hat. Und ich fürchte, der Schlüssel zur wirklichen Erkenntnis des Ich liegt nicht in der besser oder schlechter begriffenen Komplexität des Menschen als Objekt wissenschaftlicher Erkenntnis, sondern einzig und allein in seiner Komplexität als Subjekt menschlicher Annäherung, denn die Unendlichkeit unseres eigenen Menschtums ist vorerst das einzige, was sich der Unendlichkeit anderer Menschen zu nähern vermag, wenn auch nur unvollkommen. Mit anderen Worten: Die persönliche, menschliche, in ihrer Art einmalige Beziehung, die zwischen zwei Ichs entsteht, ist bislang das einzige, was diesen beiden Ichs das Geheimnis – wenn auch nur teilweise – gegenseitig zu enthüllen vermag. Dabei sind Werte wie Liebe, Freundschaft, Anteilnahme, Mitleid und das unauswechselbare, unwiederholbare menschliche Einvernehmen – oder umgekehrt auch Streit – die einzigen Instrumente, mit denen der menschliche Kontakt disponiert. Mit allem anderen können wir den Menschen mehr oder weniger erklären, jedoch in keiner Weise begreifen und somit auch in keiner Weise erkennen. Der Hauptschlüssel zum Menschen liegt also nicht im Gehirn, sondern im Herzen.

Balcárková, die Huml gespannt zugehört hat, beginnt erregt im Raum hin und her zu gehen, wobei sie sich mehrmals unvermittelt zu Huml umdreht, als wollte sie einen Einwand machen. Am Ende läßt sie sich schwer auf einen Stuhl fallen, sieht verzweifelt vor sich hin, wendet sich plötzlich von Huml ab und fängt leise zu weinen an.

Überrascht: Warum weinen Sie?

Balcárková weint. Huml ist verlegen. Pause.

Ich wollte Sie nicht treffen...

Balcárková weint. Pause.

Das war nur meine Ansicht...

Balcárková weint. Pause.

Ich habe nicht geahnt, daß Sie es so persönlich nehmen werden...

Balcárková schluchzt laut, sie steht auf und geht wankend zur rechten Tür. Huml sieht sie einen Augenblick lang betreten an, dann tritt er rasch zu ihr, umarmt sie zartfühlend und streichelt besänftigend ihr Haar. Balcárková wehrt sich nicht, im Gegenteil, sie legt – noch immer weinend – den Kopf auf Humls Brust.

Vergessen Sie alles, was ich gesagt habe!

BALCÁRKOVÁ *weinend*: Es ist mein ganzes Leben!

HUML: Sicher täusche ich mich – ich habe Ihre Erklärungen nicht richtig verstanden...

BALCÁRKOVÁ *weinend*: Das einzige, was ich auf dieser Welt habe!

HUML: Ich entschuldige mich wirklich aufrichtig...

BALCÁRKOVÁ *weinend*: Wie böse seid ihr alle und wie schadenfroh? Nichts begreift ihr, gar nichts...

HUML: Beruhigen Sie sich, bitte...

BALCÁRKOVÁ: Ich hasse Sie, weil Sie mir das antun konnten!

Huml, der Balcárková die ganze Zeit gestreichelt hat, be-

ginnt, sie nun zärtlich zu küssen – auf die verweinten Augen, auf die Wangen, aufs Haar, auf die Lippen.

HUML *flüsternd*: Na, na, na – weinen Sie nicht – ich bin grausam gewesen – zynisch – ich schäme mich dafür...

Balcárková schmiegt sich eng an Huml, schluchzt noch leise, doch dann folgt ein langer, leidenschaftlicher Kuß. Als sich die beiden endlich voneinander lösen, hat Balcárková zwar noch Tränen in den Augen, lächelt aber glücklich. Langsam geht sie zum Spiegel, pudert sich und ordnet ihr Haar. Huml eilt zur hinteren Tür hinaus, die er offen läßt. Gleichzeitig kommen zur linken Tür Kriebl und Machulka herein, jeder trägt zwei riesige Koffer, Kriebl hat am Griff des einen Koffers das Einkaufsnetz mit den Pflaumen hängen.

BALCÁRKOVÁ: Für heute schönen Dank, Jungens, und bis morgen auf Wiedersehen.

KRIEBL: Auf Wiedersehen...

MACHULKA: Auf Wiedersehen...

Kriebl und Machulka gehen durch die rechte Tür ab, Huml kehrt mit dem Mantel der Balcárková durch die hintere Tür zurück. Er hilft ihr beim Anziehen. Beck kommt herein.

BECK: Es bleibt dabei! *Beck geht ab.*

Balcárková knöpft den Mantel zu und zupft ihn gerade. Dann tritt sie zu Huml, nimmt ihn kapriziös um den Hals und küßt ihn zärtlich. Sie streichelt ihn noch und geht sodann zur rechten Tür. Huml steht mitten im Raum, er ist offensichtlich etwas aus dem Gleichgewicht geraten. Balcárková öffnet die Tür, bleibt aber auf der Schwelle stehen und dreht sich zu Huml um.

BALCÁRKOVÁ: Kann ich dich morgen anrufen?

HUML *überrascht*: Ja – sicher...

BALCÁRKOVÁ: Wirst du Zeit für mich haben?

HUML: Freilich...

BALCÁRKOVÁ: Sag mir zum Abschied noch etwas Nettes!

HUML: Käfer...

BALCÁRKOVÁ: Das gefällt mir nicht...

HUML: Schätzchen...

BALCÁRKOVÁ: Das ist schon besser...

HUML: Liebling...

Balcárková läuft zu Huml, küßt ihn, dann rennt sie wieder zur Tür, in der sie sich jedoch noch einmal umdreht.

BALCÁRKOVÁ: Ich heiße Jitka...

HUML: Grüß dich, Jitka!

BALCÁRKOVÁ: Tschau, Edi!

Balcárková geht durch die rechte Tür ab, die sie hinter sich schließt. Huml blickt ihr verstört nach, schüttelt den Kopf, stößt einen lauten Seufzer aus, schaut auf die Uhr, sieht sich im Raum um, schlurft zur Kommode, bückt sich, zieht hinter dem Möbel die kleine Gießkanne hervor und schlurft weiter, zur hinteren Tür hinaus, die er offen läßt. Hinter der Szene hört man Wasser in ein Gefäß laufen. Wenn das Gefäß dem Wasserton nach voll ist, verstummt das Geräusch.

H/6

Kurz danach tritt durch die hintere Tür Humlová ein. Sie hat eine Schürze übers Kleid gebunden, bringt auf einem Tablett das Abendessen für zwei Personen: Teller mit Würstchen darauf, Senf, zwei Gläser, Weinflasche, Brotkörbchen, Besteck. Sie deckt den Tisch, ruft in Richtung Schlafzimmer –

HUMLOVÁ: Abendessen!

Als sie fertig aufgedeckt hat, schenkt Humlová den Wein ein, nimmt Platz und beginnt zu essen. Da geht langsam die Schlafzimmertür auf, Huml kommt. Er hat über Hose und Hemd den Morgenrock angezogen, ist leicht zerzaust, scheint geruht zu haben. Langsam kommt er die Treppe herunter, nimmt Humlová gegenüber Platz, breitet die Serviette auf den

Knien aus und beginnt ebenfalls zu essen. Nach längerem Schweigen Humlová –

Nun?

HUML: Wo ist der Senf?

Vorhang.

Ende des zweiten Akts

Das Spiel ist aus.

«Chronologische» Szenenfolge		Szenenfolge im Stück
H/1		Erster Akt
H/2	*Frühstück mit Humlová*	
H/3		H/1
		P/2
T/1		T/1
T/2	*Morgentoilette*	P/3
T/3		R/3
		B/2
B/1		H/2
B/2		P/4
B/3	*Diktat mit Blanka*	B/5
B/4		B/1
B/5		R/4
		P/5
R/1		T/2
R/2		P/6 (Anf.)
R/3	*Besuch von Renata*	
R/4		
R/5		

«Chronologische» Szenenfolge		**Szenenfolge im Stück**
		Zweiter Akt
		H/4
P/1		B/3
P/2		R/2
P/3		P/1
P/4	*Besuch der Forschungsgruppe*	H/3
P/5		B/4
P/6		R/5
P/7		R/1
		T/3
H/4	*Rückkehr von Humlová*	P/6
H/5	*Abendessen*	V (*Vision*)
		P/7
		H/5

Nachbemerkung

Die vorstehende Unterteilung des Textes, die eine Rekonstruktion der «chronologischen» Szenenfolge ermöglichen soll, ist lediglich für den Regisseur bestimmt: Weil die dramatische Füllung der einzelnen Szenen meines Erachtens wenigstens anfangs Proben in «chronologischer» Reihenfolge verlangt, wollte ich dem Regisseur die Orientierung im Text erleichtern, indem ich die zeitlichen Übersprünge durch Numerierung der einzelnen Szenen und durch entsprechende Schemata aufzeigte. Ich betone jedoch, daß es sich vom Standpunkt der – hier aus dem Text kommenden – Spielwirkung um eine Konzession handelt: das Stück soll einzig durch das wirken, was in ihm – als solchem – vorgeht, also auch durch die besondere Reihung des Handlungsablaufs; es ist – als bestimmtes ästhetisches Phänomen – keine durcheinandergewürfelte Darbietung einer logischen Begebenheit, im Gegenteil, die logische Begebenheit ist vom Standpunkt der Spielwirkung lediglich eine durcheinandergewürfelte und somit verzeichnende Darbietung des Stücks als solchem. Die durcheinandergewürfelte Darbietung einer bestimmten Begebenheit ist nur ein «interner» technischer Kunstgriff zur Erreichung des beabsichtigten Effekts; Aufgabe des Stücks ist es keinesfalls, diesen Kunstgriff zu erläutern – weil sich dann die Frage ergeben würde, ob es nicht einfacher wäre, ein derartiges Hilfsmittel gar nicht erst anzuwenden. Es geht hier nicht um die Demonstration eines rationalen Prinzips, sondern nur um die rationale Hinführung zu dem Gefühl, daß sich hier irgendein rationales Prinzip verbirgt. Decke ich also die Karten auf, obwohl der Effekt der Sache von ihrer Verdecktheit abhängt, tue ich es wirklich nur, um jenen eine Arbeitshilfe zu bieten, die den angewendeten Trick auf der Bühne verwirklichen sollen. Der Zuschauer, der das Stück sehen, und der Leser, der es in Buchform lesen wird, wird natürlich nichts Derartiges zur Disposition haben. Wozu auch?

V. H.

Der Fehler

Einakter

Personen

Xiboj
King
Erster Häftling
Zweiter Häftling
Dritter Häftling

Wenn der Vorhang aufgeht ist auf der linken Seite der Bühne eine Tür, in der sich der Erste, Zweite und Dritte Häftling drängen, und an ihrer Spitze King. Alle haben sie eine Glatze geschnitten, sind mehr oder weniger tätowiert – am meisten King – und tragen Häftlingsuniform. Sie schauen starr auf Xiboj. Auf der rechten Seite der Bühne stehen drei Gefängnisbetten aus Metall übereinander, auf dem obersten sitzt Xiboj, ebenfalls mit Glatze und in Häftlingsuniform, aber ohne Tätowierung. Xiboj ist Neuling und schaut ein wenig aufgescheucht auf die in der Tür zusammengedrängte Gruppe. Eine längere, gespannte Pause.

KING *zu Xiboj*: Du hast dir angeblich nach'm Wecken 'ne Zigarette angesteckt –
Kurze Pause.

ERSTER HÄFTLING *zu King*: Hat er, ich hab es selbst gesehn –

KING *zum Zweiten Häftling*: Stimmt das?

ZWEITER HÄFTLING: Sicher –

KING *zu Xiboj*: Du weißt nicht, wann Antreten zum Frühstück ist?
Kurze Pause.

ERSTER HÄFTLING *zu King*: Genau weiß er das, zehn Minuten nach dem Wecken –

KING *zum Zweiten Häftling*: Weiß er das?

ZWEITER HÄFTLING *zu King*: Sicher weiß er das! Allen Neuen wird das gesagt –

KING *zu Xiboj*: Dann hör mal zu, Freundchen! Zwischen dem Wecken und dem Frühstück haben wir zehn Minuten. In der Zeit müssen wir uns alle anziehen, wer will kann sich waschen oder pissen, da hindern wir keinen dran, da hat jeder ein Recht drauf, und wer will, kann auch anfangen, sein Bett zu bauen, damit das schön nach der Reihe geht und wir uns nicht in die Quere kommen. Und wir öffnen sofort das Fenster, damit die nächtlichen Fürze während des Frühstücks auslüften. So ist das hier üblich, genau so läuft das hier, so wird das hier schon immer gemacht. Na, und dann nimmt sich jeder seinen Napf, seine Mütze und wartet aufs Antreten. Und wenn ich brülle: Antreten, dann alle augenblicklich raus aus der Zelle und draußen in Reih und Glied angetreten. Wenn wir nicht sofort antreten, jagen sie uns zurück und wir können wieder aufs Antreten warten. Es kommt also nicht in Frage, daß hier irgend jemand dumm rumsteht, Fisimatenten macht, nicht fertig ist, seinen Napf sucht, seine Mütze nicht hat, 'ne Zigarette ausdrückt oder so – und daß wir das dann seinetwegen alle ausbaden müssen. Das ist wohl klar. Wegen einem einzigen gehen wir schließlich nicht alle in die Zelle zurück und warten noch mal aufs Antreten. Das kann man wohl verstehen. Und wer das jetzt noch nicht kapiert hat, der kapiert das ganz schnell!

ERSTER HÄFTLING *zu King*: Alle begreifen das, und jeder macht das auch so –

ZWEITER HÄFTLING *zu Xiboj*: Und wenn irgendeine Sau glaubt, daß ihr das scheißegal sein kann, dann glaubt sie das höchstens einmal!

KING *zu Xiboj*: Zwischen Wecken und Antreten ist also reichlich zu tun. Entschieden ist keine Zeit für irgendwelchen Scheißkram. Um so weniger für irgend 'ne Schmökerei. Das ist hier nicht üblich. Nach dem Frühstück, das ist etwas anderes, da kann sich jeder eine anstecken, wenn er sie hat, da ist Zeit genug und niemanden stört das. Aber vor dem Frühstück wird hier nicht geraucht. So ist das in dieser Zelle immer gewesen, und so wird das auch bleiben. Die zwanzig Minuten, bis wir vom Frühstück zurückkommen, die kann jeder aushalten. Das kann für niemanden ein Problem sein. *Zum zweiten Häftling:* Hab ich recht?

ZWEITER HÄFTLING *zu King*: Klar –

ERSTER HÄFTLING *zu King*: Wir halten das alle aus –

KING *zu Xiboj*: Kurz und gut, vor dem Essen wird hier nicht geraucht –

ERSTER HÄFTLING *zu King*: Um so mehr, weil in der Zeit hier gelüftet wird –

KING *zu Xiboj*: Das auch. Vor allen Dingen gibt es hier Leute, die diese Qualmerei gleich nach dem Wecken einfach nicht vertragen. Sie haben das nicht gern, es gefällt ihnen nicht, es ist nicht gut für ihre Lungen, sie wollen das einfach nicht. Sie haben ein Recht darauf. Ist dir das klar?

Xiboj schweigt, zuckt nur verlegen mit den Schultern.

ZWEITER HÄFTLING *brüllt Xiboj an*: Hast du gehört, was er gesagt hat?

Xiboj schweigt, zuckt nur verlegen mit den Schultern.

Wir schlagen jedem den Glimmstengel aus der Schnauze, der sich hier nach dem Wecken einen ansteckt.

KING *zu Xiboj*: Was die in den anderen Zellen machen, das ist ihre Sache. Hier wird ganz einfach nach dem Wecken nicht geraucht. Das gilt für alle und vor allem für die Neuen. Das also, Freundchen, wollte ich dir sagen. Und ich hab das nicht nur für mich gesagt, ich hab das für alle gesagt. *Zum zweiten Häftling:* Das ist doch so?

ZWEITER HÄFTLING: Sicher –

ERSTER HÄFTLING *zu King*: So denken alle –

KING *zu Xiboj*: Alle haben sie deine Zigarette heute morgen bemerkt, und alle haben dann darüber gesprochen. Es hat genug Gerede deswegen gegeben. Ich hab aber gesagt: Er ist neu, er weiß das noch nicht. Da hat das Gerede aufgehört. Für heute ist dir das noch mal durchgegangen. Aber merk dir für die Zukunft, daß es noch nie dagewesen ist, daß uns hier irgendein Grünschnabel neue Sitten einführt. Da sind wir wirklich nicht neugierig drauf –

ERSTER HÄFTLING *zu King*: So lang ich hier bin, hat es noch niemand gewagt, vor dem Frühstück zu rauchen –

KING *zu Xiboj*: Die Kippe von heute verzeihen wir dir also. Aber das war das letzte Mal. Ist das klar?

Xiboj zuckt verlegen mit den Schultern.

ZWEITER HÄFTLING *brüllt Xiboj an*: Was glotzt du so, alte Sau? King fragt dich was!

Pause.

KING *zu Xiboj*: Du siehst, wir machen noch keine Affäre daraus. Jetzt weißt du aber Bescheid, und sei so gut und richte dich danach! *Längere Pause.* Ja, und wo wir gerade dabei sind, noch was. Von morgen an sieht dein Bett aus wie alle anderen. Wenn die anderen das können, dann kannst du das auch. Niemand hat ein Interesse daran, daß wir wegen einer einzigen Arschfickerkiste jeden Tag 'nen Punkt weniger kriegen. Darunter hat dann nachher die ganze Bude zu leiden. Und wir werden hier schließlich nicht das Revier schrubben, bloß weil so 'n Grünschnabel sein Bett nicht bauen kann. Wenn du das nicht begreifst und dein Bett morgen nicht so hast wie alle anderen, dann hast du den ganzen Abend Zeit zum Üben –

ZWEITER HÄFTLING *zu Xiboj*: Wir reißen dir das auch zehnmal wieder auseinander –

KING *zu Xiboj*: Die Decke muß auf allen Seiten zwei Zentimeter vom Bettrand entfernt sein, das Laken auf die Länge vom Essenbon umgeschlagen und so weiter. Die Jungs werden dir das schon zeigen –

ERSTER HÄFTLING *zu King*: Ich kümmer mich um ihn –

KING *zu Xiboj*: Verstanden? *Pause.* Jeder hat sich an diese Dinge gewöhnt, und du gewöhnst dich auch daran! Klar?

ZWEITER HÄFTLING *zu Xiboj*: Verdammt noch mal, nun sag was, alte Sau, wenn du gefragt wirst!

ERSTER HÄFTLING *zu King*: Ziemlich schwer von Kapee, wie?

KING *zu Xiboj*: Hast du heute morgen das Waschbecken saubergemacht? *Pause.* Du hast diese Woche Stubendienst, also bist du für alles verantwortlich! Und wenn du glaubst, es genügt, einmal mit dem Besen über den Boden zu fegen und die Sache ist in Ordnung, dann liegst du aber ganz schön daneben. Unter den Betten wird gewischt, hauptsächlich in den Ecken unten an der Wand – da gucken die Bullen mit der Taschenlampe nach –, Staub gewischt wird überall, das Waschbecken wird ausgewaschen, getrocknet und poliert – und dasselbe mit dem Scheißhaus. Heute morgen war das eine Katastrophe. Du hast Glück, daß den ganzen Tag kein Bulle hier war. Sonst wär's vorbei mit dem Spaß für dich. Aber heute abend vor dem Appell komm ich das persönlich kontrollieren. Wir sind hier reichlich viele, jeder ist gleich, und keiner macht hier 'ne Ausnahme. Und erst recht kein Grünling, dessen letzter Zigarettenstummel noch vor'm Tor liegt und glüht.

ZWEITER HÄFTLING *brüllt Xiboj an:* Runter vom Bett, du Sau, wenn King mit dir spricht!

Xiboj bleibt auf seinem Bett sitzen und lächelt ständig verlegen. Gespannte Pause. Der Zweite Häftling will sich auf Xiboj stürzen und ihn vom Bett ziehen, doch King hält ihn fest.

KING *zum Zweiten Häftling:* Warte! *Pause. Zu Xiboj:* Also hör mal, Kleiner! Wenn du glaubst, du könntest gleich am ersten Tag machen, was du willst oder den Macker spielen, dann wirst du auf der Bude hier nicht warm! Überleg es dir also gut! Solche wie dich, die schaffen wir immer noch, das könnte dir eigentlich klar sein!

Pause.

ERSTER HÄFTLING *zu King*: Ist der aber aufgeblasen!

KING *zu Xiboj*: Und runter vom Bett da!

Pause. Xiboj rührt sich nicht.

ZWEITER HÄFTLING *brüllt Xiboj an*: Hast du nicht gehört?

Pause. Xiboj rührt sich nicht.

KING *zu Xiboj*: Also hör mal, Bürschchen, ich hab das nicht gern, wenn mich hier einer zum Narren hält! Bloß kriegt man mich so leicht nicht hoch!

ERSTER HÄFTLING *zu Xiboj*: Komm augenblicklich runter von dem Bett und entschuldige dich bei King!

Pause. Xiboj rührt sich nicht und lächelt nur verlegen.

ZWEITER HÄFTLING *brüllt Xiboj an:* Du Drecksack, verdammter!

Der Zweite Häftling springt auf die Betten zu, reißt Xiboj an einem Bein herunter, Xiboj fällt zu Boden, der Zweite Häftling tritt ihn und geht an die Seite Kings zurück. Xiboj steht langsam auf und schaut die Anwesenden der Reihe nach verständnislos an. Längere Pause.

DRITTER HÄFTLING *leise*: Jungs –

Pause. Alle schauen auf Xiboj.

KING *ohne sich dem Dritten Häftling zuzuwenden*: Was ist?

Pause. Alle schauen auf Xiboj.

DRITTER HÄFTLING *leise*: Der ist doch Ungar oder was –

Alle schauen fragend auf King. Gespannte Pause.

KING *nach einer Weile, leise*: Sein Fehler –

King geht unheilverkündend auf Xiboj zu. Der Erste, Zweite und Dritte Häftling folgen ihm langsam, sie umschließen Xiboj von allen Seiten und rücken immer dichter an ihn heran.

Der Vorhang fällt.

Ende

Milan Kundera: Kennen Sie Havels Stücke?

Ich reagiere allergisch, wenn vom «Leben als Kunstwerk» die Rede ist. Das Leben ist zu gestaltlos, um einem Kunstwerk ähnlich zu sein: Wohl deswegen bedarf der Mensch der Kunst. Aber wenn ich über das Leben von Václav Havel nachdenke, fällt mir ein, daß jener Vergleich zwischen Leben und Kunstwerk in einigen seltenen Fällen doch berechtigt ist. Das Leben von Václav Havel ähnelt tatsächlich einem Kunstwerk. Nicht nur, weil es uns durch klare Konturen beeindruckt und weil es um ein einziges Thema herum aufgebaut ist und deswegen als eine vollendete, in sich geschlossene Komposition erscheint, sondern auch, weil die Beziehung Havels zu seinem Leben an die eines Bildhauers zum Stein erinnert, der diesem Material bedächtig und wohlüberlegt einen nachvollziehbaren Sinn und eine klare Gestalt gibt. Es gehört zur Wesensart jedes Kunstwerks, daß es erschaffen wird, um wahrgenommen zu werden. Wer sich wie Václav Havel einem langen und zähen politischen Kampf verschrieben hat und wer diesen Kampf ohne Unterlaß führt, wer dafür mehrmals ins Gefängnis mußte (das Gefängnis ist doch die beleuchtete Bühne der Geschichte!), wer seinen Mitbürgern Mut einflößt, ist selbst ausgestellt und beleuchtet. Es kann gar nicht anders sein, und es hat nur einen einzigen Nachteil: Wenn es sich im Falle des Beleuchteten um einen Künstler handelt, entsteht für ihn ein Risiko, daß sein *künstlerisches* Werk im Schatten seiner in den Vordergrund gerückten Gestalt allmählich verlorengeht. Um so mehr möchte ich den Börsenverein des deutschen Buchhandels dazu beglückwünschen, daß er auf das literarische Werk von Václav Havel wieder einmal aufmerksam macht, indem er dem Autor einen der bedeutendsten europäischen Literaturpreise, den Friedenspreis des deutschen Buchhandels, verliehen hat.

Havel war keine dreißig Jahre alt, als in Prag seine ersten Stücke gespielt wurden: *Das Gartenfest* und *Die Benachrichtigung*. Sie bleiben unvergeßlich: intelligent, provokativ, unverwechselbar fesselten sie die Zuschauer durch ihren Humor. Wenn mir vom ganzen Werk Havels diese beiden Stücke die liebsten sind, dann wohl, weil ich sie in einer hervorragenden Regie gesehen habe, die dem Geist des Autors hundertprozentig entsprach, im Prager Theater Am Geländer, das für tschechische Intellektuelle zum Symbol der böhmischen sechziger Jahre mit ihrer frechen und freimütigen Atmosphäre geworden ist. Die späteren Stücke (beispielsweise der hervorragende Einakter *Die Audienz*) sind nicht weniger gut, und gäbe es auf dieser Welt noch Theater, für die der Text eines Dramatikers die Grundlage aller Arbeit wäre, Theater, denen die Entwicklung der dramatischen Poesie wichtig ist, würden die Stücke Havels ständig im Repertoire sein.

Ich frage bei jeder Gelegenheit Havels politische Bewunderer: Kennen Sie seine Stücke? Denn obwohl Havel zu Recht zum politischen und moralischen Repräsentanten seiner Nation geworden ist, bleibt die Begabung des Dramatikers ein Wesenszug seiner Persönlichkeit. Eben seine Stücke geben dem Politiker Havel Dimensionen, ohne die man ihn nicht verstehen kann. Zum Beispiel die Dimension des Humors (wir dürfen nicht vergessen, daß die ersten Stücke Havels beim Publikum Lachkrämpfe hervorriefen), und wenn die Dimension des Humors, dann auch die der Skepsis; und wenn die der Skepsis, dann auch die der Selbstironie. Vor kurzem sah ich in Paris sein vorzügliches Stück *Largo desolato*. Darin reflektiert Havel seine eigene Situation: die eines Menschen, der sich dem politischen Kampf hingegeben hat und der nicht mehr sein eigener Herr ist, weil ihn alle für sich vereinnahmen wollen und als ihr Eigentum behandeln. In dem Augenblick, in dem die Polizisten kommen, um ihn zu verhaften, ist er beinahe froh, daß er jetzt endlich eine Weile für sich allein leben und zu sich finden können wird. Er, ein Dissident und Nationalheld, trägt sein Los nicht als einen beflügelnden Lohn des Ruhms, sondern als eine beinahe absurde Last. Er würde gerne etwas anderes machen, sich von dem eigenen Schicksal befreien, doch er kann nicht: Etwas Stärkeres als er selbst hat sich seiner bemächtigt, etwas, was ihn überragt, und was Havel als *Verantwortung* bezeichnet. Das ist sein Ethos des Dissens. Darin ist die skeptische Erkenntnis enthalten (zu der wohl nur ein Dramatiker oder Romancier gelangen kann), daß keine Einheit zwischen Charakter und Schicksal möglich ist, daß das eine immer dem anderen geopfert werden muß und daß derartige Opfer immer schmerzen. Die Fähigkeit, seine eigene Situation ironisch und skeptisch zu sehen, sie vor jeglichen kitschigen Interpretationen zu bewahren, das ist Weisheit. Unter den politischen Persönlichkeiten der Gegenwart welche zu finden, die sich durch eine derartige Weisheit auszeichnen, ist schwierig. Es handelt sich nämlich nicht um politische, sondern um dichterische Weisheit.

(Geschrieben für die Süddeutsche Zeitung. Aus dem Tschechischen übersetzt von Werner Paul.)

Dramatische Werke in deutschen Übersetzungen

Das Gartenfest (*Zahradní slavnost*). Spiel. Deutsch von August Scholtis. Uraufführung: 3.12.1963, Prag, Theater am Geländer; Deutsche Erstaufführung: 2.10.1964, Berlin, Schiller-Theater

Die Benachrichtigung (*Vyrozumění*). Schauspiel. Deutsch von Eva Berkmann. Uraufführung: 26.7.1965, Prag, Theater am Geländer; Deutsche Erstaufführung: 12.12.1965, Berlin, Schiller-Theater

Erschwerte Möglichkeit der Konzentration (*Ztižená možnost soustředini*). Stück in zwei Akten. Deutsch von Peter Künzel. Uraufführung: 11.4.1968, Prag, Theater am Geländer; Deutsche Erstaufführung: 14.11.1968, Berlin, Schiller-Theater

Die Gauneroper (*Žebrácká Opera*) nach John Gay. Schauspiel. Deutsch von Peter Künzel. Uraufführung: 4.3.1976, Triest, Teatro Stabile; Deutsche Erstaufführung: 16.10.1976, Celle, Schloß-Theater

Audienz (*Audience*). *Vernissage* (*Vernisaž*). Kurzdramen. Deutsch von Gabriel Laub. Uraufführung: 9.10.1976, Wien, Burgtheater

Das Berghotel (*Horský Hotel*). Schauspiel. Deutsch von Gabriel Laub. Uraufführung: 23.5.1981, Wien, Burgtheater

Protest (*Protest*). Schauspiel. Deutsch von Gabriel Laub. Uraufführung: 17.11.1979, Wien, Burgtheater; Gemeinsame deutsche Erstaufführung: 1.12.1979, Göttingen: Deutsches Theater; Lübeck: Bühnen der Hansestadt; Münster: Zimmertheater

Der Fehler (*Chyba*). Einakter. Deutsch von Joachim Bruss. Uraufführung: 28.11.1983, Stockholm, Dramaten

Largo Desolato (*Largo desolato*). Schauspiel. Deutsch von Joachim Bruss. Uraufführung: 13.4.1985, Wien, Burgtheater; Deutsche Erstaufführung: 30.11.1985, Göttingen, Deutsches Theater

Versuchung (*Pokousení*). Schauspiel. Deutsch von Joachim Bruss. Uraufführung: 23.5.1986, Wien, Burgtheater

Fledermaus auf der Antenne (*Motýl na anténá*). Fernsehspiel. Deutsch von Gabriel Laub. Erstsendung: 25.2.1975, Norddeutscher Rundfunk

Der Schutzengel (*Anděl strážný*). Hörspiel. Deutsch von Gabriel Laub. Erstsendung: 2.3.1969, Süddeutscher Rundfunk

Sanierung (*Asanace*). Schauspiel. Deutsch von Joachim Bruss. Uraufführung: 24.9.1989, Zürich, Schauspielhaus

Auszeichnungen

1968 OBIE-Bühnenpreise (USA)

1969 Österreichischer Staatspreis für Literatur

1980 Ehrenmitglied des PEN-Zentrums der Bundesrepublik Deutschland, des Schwedischen PEN-Clubs und der Hamburger Akademie der Freien Künste

1981 Ehrenpreis der französischen Société des Auteurs
Pariser Theaterpreis «Prix Plaisir du Théâtre»

1982 Jan-Palach-Preis des Internationalen Komitees zur Unterstützung der Charta 77
Ehrendoktor der Universität Toulouse und der Universität York-Le Mirail (Kanada)

1986 Erasmus-Preis

1989 Ehrenmitglied des Österreichischen PEN-Clubs und des Deutschschweizerischen PEN-Zentrums
Friedenspreis des Deutschen Buchhandels
Olof-Palme-Preis

Heinar Kipphardt
Werkausgabe
Herausgegeben von Uwe Naumann

Die gesammelten Werke Heinar Kipphardts erscheinen, kommentiert und um Nachlaßmaterial ergänzt, in Einzelausgaben als rororo-Taschenbücher

Bruder Eichmann
Schauspiel und Materialien
(5716)

Traumprotokolle
(5818)

März
Roman und Materialien
(5877)

In der Sache J. Robert Oppenheimer
Ein Stück und seine Geschichte (12111)

Shakespeare dringend gesucht
und andere Theaterstücke
(12193)

Joel Brand
und andere Theaterstücke
(12194)

Schreibt die Wahrheit
Essays, Briefe, Entwürfe
Band 1
1949–1964 (12571)

Ruckediguh, Blut ist im Schuh
Essays, Briefe, Entwürfe
Band 2
1964–1982 (12572)

Die Tugend der Kannibalen
Gesammelte Prosa
(12702)

Umgang mit Paradiesen
Gesammelte Gedichte
(12805)

Außerdem lieferbar:

Heinar Kipphardt
mit Selbstzeugnissen und Bilddokumenten
dargestellt von Adolf Stock
(rowohlts monographien 364)

Rolf Hochhuth

Juristen
Drei Akte für sieben Spieler.
210 Seiten. Broschiert und als
rororo 5192

Tod eines Jägers
das neue buch Band 68

Eine Liebe in Deutschland
Sonderausgabe.
320 Seiten. Gebunden und als
rororo 5090

Die Hebamme
Komödie. Erzählungen. Gedichte. Essays.
Sonderausgabe.
496 Seiten. Gebunden und als
rororo 1670

Guerillas
Tragödie in 5 Akten.
224 Seiten. Broschiert und als
rororo 1588

Der Stellvertreter
Ein christliches Trauerspiel. Mit Essays von Sabine Lietzmann, Karl Jaspers, Walter Muschg, Erwin Piscator und Golo Mann.
Erweiterte Taschenbuchausgabe mit einer Variante zum 5. Akt. rororo 887

Rolf Hochhuth

Ärztinnen
Fünf Akte.
200 Seiten. Broschiert und als
rororo 5703

Schwarze Segel
Essays und Gedichte
Mit einem Vorwort von Karl Krolow.
rororo 5776

Judith
Trauerspiel
272 Seiten. Broschiert und als
rororo 5866

Alan Turing
Erzählung
192 Seiten. Gebunden

Spitze des Eisbergs
Ein Reader.
Herausgegeben von Dietrich Simon
336 Seiten. Broschiert

Tell 38
Dankrede für den Basler Kunstpreis 1976
Anmerkungen und Dokumente
160 Seiten. Broschiert

Atlantik-Novelle
Erzählungen
256 Seiten. Gebunden

rororo

C 967/11 a

Rolf Hochhuth

Räuberrede
Drei deutsche Vorwürfe
Schiller/Lessing/Geschwister Scholl
224 Seiten. Broschiert

Sommer 14
Ein Totentanz
336 Seiten. Broschiert

Unbefleckte Empfängnis
Ein Kreidekreis
216 Seiten. Broschiert

Rolf Hochhuth –
Eingriffe in die Zeitgeschichte
Essays zum Werk
Herausgegeben von Walter Hinck
288 Seiten. Kartoniert

Donata Höffer liest
Rolf Hochhuth
Die Berliner Antigone.
Gröninger Novelle
1 Tonbandcassette im Schuber mit 90
Minuten Spieldauer (66017)

rororo

C 967/11 b

Blickpunkt DDR

Robert Havemann
Die Stimme des Gewissens
Texte eines Antistalinisten
aktuell essay 12813

Rolf Henrich
Der vormundschaftliche Staat
Vom Versagen des real existierenden Sozialismus
aktuell essay 12536

Rudolf Herrnstadt
Das Herrnstadt-Dokument
Das Politbüro der SED und die Geschichte des 17. Juni 1953
Herausgegeben von Nadja Stulz-Herrnstadt
aktuell 12837

Walter Janka
Schwierigkeiten mit der Wahrheit
aktuell essay 12731

Der Prozeß gegen Walter Janka und andere
Eine Dokumentation
aktuell 12894

rororo AKTUELL

C 2384/3

Blickpunkt DDR

Michael Heine/Hansjörg Herr/
Andreas Westphal/Ulrich Busch/
Rudolf Mondelaers (Hg.)
«Die Zukunft der DDR-Wirtschaft»
sachbuch 8728

Hubertus Knabe (Hg.)
Aufbruch in eine andere DDR
Reformer und Oppositionelle zur
Zukunft ihres Landes
aktuell 12607

Jonas Maron/Rainer Schedlinski
Innenansichten DDR
Letzte Bilder
sachbuch 8533 (August '90)

Michael Naumann (Hg.)
«Die Geschichte ist offen»
DDR 1990: Hoffnung auf eine
neue Republik
aktuell 12814

Charles Schüddekopf (Hg.)
«Wir sind das Volk!»
Flugschriften, Aufrufe und Texte einer
deutschen Revolution
sachbuch 8741

AKTUELL rororo SACHBUCH rororo

C 2384/3 a

Václav Havel

Das Gartenfest
Die Benachrichtigung
Zwei Dramen
Essays
Antikoden
rororo theater 12736

Vaněk-Trilogie
Audienz - Vernissage - Protest
und
Versuchung, Sanierung
Theaterstücke
Mit einem Vorwort von Marketa
Goetz-Stankiewicz
rororo 12737

Largo Desolato
Schauspiel in sieben Bildern
rororo 5666

Versuch, in der Wahrheit zu leben
rororo aktuell Essay 12622

Briefe an Olga
Betrachtungen aus dem Gefängnis
Neuausgabe
rororo aktuell 1273

Fernverhör
Ein Gespräch mit Karel Hvlždala
Deutsch von Joachim Bruss
288 Seiten. Kartoniert

Am Anfang war das Wort
Zeugnisse der Widerspenstigkeit
rororo aktuell Essay 12838

C 2370/4